Jun-ichiro & Ryoko

講談社文庫

海から何かがやってくる

薬師寺涼子の怪奇事件簿

田中芳樹

講談社

目次

口絵・本文イラスト　垣野内成美

海から何かがやってくる

薬師寺涼子の怪奇事件簿

第一章　あこがれの南の島？

I

私の頭部から足もとまでを、見あげ、見おろして、私の上司は嫌《いや》みな溜息《ためいき》をついた。

「スーツ姿でプールサイドに突っ立ってる男って、ほんと、ヤボの極致ねえ」

「仕事中ですから」

できるだけ冷静な口調で私は答えたが、視線は水平に保っていた。すこしでも視線を落とすと、デッキチェア上で肢体《したい》をのばしている上司の姿が視界にはいってしまう。

「おまけに、スーツを着てるくせして、足はサンダルって、どんないい男でもマヌケよねえ」

その点は私自身も同感だが、好きでこんなマヌケな恰好《かっこう》をしているわけではない。

「しかたありません。靴のままだと、プール室に入れてくれませんから」

「だったら水着に着かえればいいでしょ」

「水着は持ってきておりません。仕事ですから」

「上司命令」

「はい？」

「きちんと上司の眼を見ながら話しなさい」

これは、しごく正当な命令で、さからうわけにはいかなかった。視線を下げる。眼だけ見ようとしても不可能だ。こまった風景が視界にひろがる。一〇〇〇万ドルの美景だ。茶色っぽい髪をショートにした、満開の紅《べに》バラのごとき美女。プロポーションも完璧《かんぺき》で、アンドロイド的ですらあるが、豊かで新鮮な血色《けっしょく》と、野心的かつ好戦的にかがやく瞳が、地球の生命体であることを雄弁に証明している。

彼女の名は薬師寺《やくしじ》涼子《りょうこ》。年齢は二七歳。東京大学法学部を首席で卒業して、現在は警視庁刑事部参事官、階級は警視。将来は、史上初の女性警視総監との呼び声も高い、キャリア官僚の華《はな》である。

彼女に較《くら》べれば、私のことなど語る価値もないが、そうもいかないだろう。彼女の部下である私の名は、泉田準一郎《いずみだじゅんいちろう》。職業は警察官で、部署は刑事部参事官付という、いささかあいまいなもの。階級は警部補、年齢は三三歳。年齢と身長と体重だけが、彼女よりまさる。彼女、すなわち人呼んで「ドラよけお涼」。

「ドラよけ」とは、「ドラキュラもよけて通る」という意味である。ゾンビもよけて通るのだが、「ゾンよけ」ではあまり語感がよろしくない。だから「ドラよけお涼」のほうが定着しているのだが、本人は超然としている。

まあ、それはいい。現在こまるのは、この絶世の美女が水着姿であることだ。いつもは競泳タイプのワンピースなのに、今日は繊維《せんい》を思いきり節約したブランド物のビキニである。目の猛毒だ。しがないノンキャリアの部下としては、「色即是空《しきそくぜくう》、空即是色《くうそくぜしき》」と古代からの呪文《じゅもん》をとなえるしかない。

「で、泉田クン、君は何でそんなところで突っ立ってるの？」

「参事官殿がお呼びになったからです」

「何の用で？」

「は？」

「そんなこともわからないの？」

「わかりませんよ！」

私がすこし声を大きくすると、薬師寺涼子は、わざとらしく頭の後ろでしなやかに両手を組んだ。

「青い空、白い雲、灰色の心」

「はあ？」

「タヒチやバリならともかく、こんなところを南の島といわれたってねえ」

ここは警視庁の管轄区域、つまり東京都である。ただし、新宿《しんじゅく》にある悪徳の双子《ふたご》塔《とう》・東京都庁からは南へ八〇〇キロメートル。水上を歩ける人なら二〇〇時間でたどりつける太平洋上だ。鳥島《とりしま》からも、小笠原《おがさわら》諸島の聟島《むこじま》からも、ちょうど二〇〇キロずつ離れた、いわゆる絶海の孤島である。

「また出張よ。今度は東京都下」

そういわれたときには、奥多摩《おくたま》の山中あたりかと思ったのだが、全然ちがった。黒潮《くろしお》の流れに乗って漂流しないのがフシギなくらいの小島。それでも東西二キロ、南北三キロはあって、人も住んでいる。このホテルの従業員だけだが。

「また出張」。「また」というのは、つい先月も出張があったからで、場所はシベリアの山奥だった。それはもう、寒くて冷たくて危険で難儀《なんぎ》だったが、今度は空と海が美しい南の島、であっても、たいして嬉しくない。

地球温暖化なんていっても、ここ何年か、日本の冬はやたらと寒い。現在、十二月上旬、東京の最低気温はマイナス一度C、と、TVの気象番組でいっていた。たぶん日本はいつのまにか火星にでも瞬間移動《テレポート》したのだろう。首相の顔も火星の貧乏神みたいだしな――本物は見たことがないけど。

まあ八〇〇キロの距離というのは、それなりに大したもので、この島の午前一〇時の気温はプラス一六・〇度Cである。ただし、海で泳ぐには、さすがに涼しすぎる。

そこで、全天候型、強化ガラス製のドームにおおわれたプールがつくられた、ということらしい。大理石がふんだんに使われていて、ゴージャスではある。

「ま、それはいいわ。その後、警視庁《ホンシャ》のほうから、何か連絡はあった？」

「この島に着いてから、ですか？」

「そう」

「いえ、何も」

だいたい、この島に着いてから、一時間あまりしか経過していない。着くなり、いきなり水着に着替えてプールへ突進するとは思わなかった。「出張」という名目の手前、もうすこし遠慮すると思っていたが、私が、あたえられたホテルの部屋で、スーツケースの中身を整理して、隣室のドアをノックしてみると、もういやしない。すばやいこと、加速剤を服《の》んだチーターのごとし、である。

この日、私たちは東京から八丈島《はちじようじま》まで定期便の飛行機に乗り、チャーターした高速艇で島に到着した。五時間も波に揺られていると、酔いはしなくてもくたびれる。プールへ直行とは、お元気なことである。

亜熱帯といっても、真冬でも海水浴できるほどには暑くない。先述したように、一六・〇度Cである。ゆえに室内プールがつくられたのだが、それがまた、東京ドームの半分くらいの大きさがあり、樹だとヤシだのシュロだの、花だとブーゲンビリアだのハイビスカスだのが植栽されて、トロピカルムードをかもし出している。

小笠原諸島は国連教育科学文化機関《ユネスコ》の世界自然遺産に指定され、希少種の動植物や自然環境を保護するために、開発がきびしく規制されている。だが、この島は、その範囲から外《はず》された。したがって、日本政府が何をやっても自由である。人道や国際法に違反しないかぎりは。だが、亜熱帯林を半分切り開いて観光開発、というのは、まだ罪の軽いほうだろう。もちろん自然破壊にはちがいないが。

「今年の冬はまた寒くなりそうですね」

話がとぎれると居場所がなくなりそうなので、そう水を向けてみた。

「〝地球温暖化〟なんて名称を使うから、誤解を招くのよ。暑くなる地域もあれば、かえって寒くなる地域もある。雨が多くなる場所がある一方で、乾燥化する場所もある。〝気候変動〟って名称に統一したほうがいいのにね」

そういえば、他の先進国には、「気候変動担当大臣」なんて方がおいであそばす。環境保護だけでなく、災害対策なども担当して、大変なようだ。日本にはそういう大臣はいないが、かわりに、財務大臣、経済財政担当大臣、金融担当大臣、経済産業大臣、と、似たようなのが四人もいて、どこでどう職務範囲のラインを引いているのだか、私なんぞにはさっぱりわからない。たぶん、わざとわかりにくくしているんだろう。責任の所在をあきらかにしないように。

「で、私たちはこれから……」

何をすればいいんです、と、つづけようとしたとき、私たちの他にはスタンドのドリンク販売員しかいなかったところへ、

「あー、警視、こちらにおいででしたか」

温厚そうな中年男性の声がして、出入口の方向を振りむくと、三人の男女が近づいてくるところだった。

五〇代後半と見える中背の男性は、丸岡《まるおか》警部。プロレスラーかと思われそうな若

い、いかつい巨漢は、阿部真理夫《あべまりお》巡査。高校生とまちがえられそうな若い女性は、貝《かい》塚《づか》さとみ巡査。三人とも歴然《れつき》とした警視庁の警官で、おなじ部署に所属する犠牲者仲間——ではない、先輩と後輩である。恰好も私と似たりよったり、つまり足首から上はきちんとしたスーツ姿だが、はいているのはサンダルであった。

これが、じつは、全員「出張」だからこうなってしまう。重々、事情を承知の上司は、自分ひとりリゾートスタイルで眉《まゆ》をしかめた。

「みんなヤボねえ。ショップがあるから水着に着替えてらっしゃいよ」

「そうしたいのは山々ですが、仕事をすませませんことには……そもそも、刑事部長のご指示とは、何だったのでしょう？」

「どうせ、たいしたことじゃないわよ」

「どうせ？」

「指示書はスーツケースの内部《なか》。食後に気が向いたら見てみるつもりだから、気にしなくていいわ」

出張といいながら無責任な話だが、実は私は、そんなところだろうと思っていた。どんなに薄弱な根拠でも、とにかく刑事部長の本意は、涼子を遠くへ追いやるという点にあるのは、まちがいないからだ。

「あ、警視、今月の『けいしちょう』が出たばかりですので持参しました。ごらんになります？」

貝塚さとみがそういって、一冊のパンフレットをとり出した。

II

「けいしちょう」の紙面をのぞきこんで、一同は絶句した。巻頭を飾っていたのは。

少年は　薔薇《ばら》を食《は》むなり　星月夜《ほしづきよ》　総監

一瞬の沈黙に、涼子の声がつづいた。

「何、これ、総監の俳句？」

「そう書いてありますね」

「全然ちがうじゃないの、作風が!?」

「同感です」

「まさか盗作か代作じゃないでしょうね？　あのツラで、何よ、この耽美《たんび》的な作品！」

警視総監は評判の悪い人ではないが、メディアに「文人総監」なんておだてられて、何かというと拙劣《へた》な俳句を披露《ひろう》するのがタマニキズだ。

「きちんとした俳句の師匠《せんせい》にでも、ついたんじゃありませんか」

「だとしても、ここまで変わる？　まるで、ひとむかし前の吸血鬼少女マンガじゃない」

「現在《いま》も、いくらでもありますよ、この種の作品」

と、貝塚さとみ。

「総監の作品評はおいといて、私たちはこれから何をすればいいんです？」

「あわてなくていいって。政府や警察にとっては、いい時代になったものよね。どんな強引なマネでも、テロ対策とさえいっておけば通用するし、国民やメディアは全面的に協力する。やりすぎだ、と批判するやつは、テロリストの味方だ、といって、これまた国民やメディアが袋だたきにしてくれる。やりやすいったらないわ。飼いならされた羊の群れを管理するって楽よね」

「あんまり不謹慎なことをいってると、この島にテロリストがやってくるかもしれませんよ」

センスのない進言を私はしてみたが、涼子は形のいい鼻の先でせせら笑った。

「テロリスト？　いいわねえ、欲求不満の吐け口としてもってこいだわ」

「あの、もしかして、そういう情報があって、我々が派遣されたということでしょうか」

きまじめに問いかけたのは、阿部巡査だ。熊みたいな外見だが、黄熊《プーさん》みたいに気のやさしいクリスチャンである。

上層部では、涼子を中東諸国のどこかの大使館の警備担当にして、海外へ飛ばしてしまおう、という構想が浮かんでは消えているらしい。イスラム超過激派の手で、涼子を処分してもらうつもりだろうか。

ありがちな発想だが、安易に実行したら、結果がおそろしい。上層部の熱望どおり、涼子がテロの犠牲になって殉職《じゅんしょく》でもしたら、彼らは涼子を二階級特進させ、ヨロコビの涙を流しながら、「故・薬師寺警視長」の遺影をおがむことだろう。

けっこうな結末だが、そううまくいくとは思えない。

「日本人現職キャリア警察官僚、イスラム超過激派に参加！」

「一兵士でなく、リーダーに！」

「女性上位の新組織を創立！」

「『わたしは日本人だ』と叫びながら、ヨルダン駐在アメリカ大使を射殺！」

「人質解放の条件は、日本国首相自身が身代わりになること」

……なんていう報道が全世界に流れる可能性のほうが、はるかに高い。日本は国際社会で袋だたきにされるだろう。悪夢のきわみである。

涼子自身はというと、平然たるもの。

「中東だろうが南極だろうが、飛ばせるものなら飛ばしてごらん。舞いもどって、やつらの頭上に墜落してやるから」

平然と、というより、欣然《きんぜん》としてそう公言しているから、上層部は手も足もシッポも出せない。君子《くんし》でもないのに、「あやうきに近よらず」を決めこんでいる。

それにしても、涼子ひとりならいざ知らず、合計五人の刑事部員をこんな孤島に送りこんで、上層部は何をさせる気なのか。涼子が何も明言しないので、さっぱりわからない。何しろ、第二次世界大戦中でさえ、一兵も駐屯《ちゅうとん》せず、一発の爆弾も落とされなかった僻地《へきち》。そこにいきなり豪華なホテルが建設された。

一万トン級の客船が接岸できる岸壁。一〇〇〇メートルの滑走路。無人島が一転して、セレブな国際的リゾートというわけだ。

どこでどう政・財・官の三角構造《トライアングル》がうごめき、貧困家庭や介護施設にはまわらない大金が動いたのか、一介《いっかい》の公務員には想像もできないが、手ぬき工事の核燃料処理施設やミサイル基地ができるよりはましだろう。

むかしむかし、郵便事業が民営化されていなかったころ、勤勉な日本人たちは、せっせと働き、せっせと貯金した。日本中の郵便局をあわせると、貯金額は何百兆円にもなった——そんな景気のいい時代があったんだなあ。

その巨億のカネを管理するのは、郵政省というお役所だったが、官僚たちのことだから、国民の財産と自分のオコヅカイとの区別がつかない。気前よく山奥や辺地の土地を買いこみ、「国民の福祉のため」と称して、ホテルやらゴルフ場やらを乱造した。美しい自然のなかに、といえば聞こえはいいが、交通手段やコストなどを考慮する脳細胞が不足していたので、せっかくの豪華リゾートも誰も使わず、荒廃していった。

「一〇〇億円以上かけてつくった施設を、五〇〇〇万円で、NPP系列の再開発業者に売りとばしたんですね」

「それに三〇億円、NPPが追加投資して、ここを開発したわけ。まったく、NPPって、やることがダーティーで、イヤになるわ」

天に向かって唾《つば》を吐く。

NPPは「ニッポン・プライベート・ポリス」という巨大警備会社の略称だ。つまり、涼子が次期オーナーに就《つ》くべき「JACES《ジャセス》」のライバル企業なので、目の敵《かたき》にしたりされたりしている次第である。

「JACESは手を出さなかったんですね」

「うちの親父《おやじ》は……」

ご令嬢らしからぬ呼びかたを涼子はする。

「悪党だけどさ、なぜだか運が強くて将来《さき》が見えるから、あぶないものに手は出さないし、大損もしないのよ」

そっくりな父娘《おやこ》である。

「前の首相も、現在《いま》の首相も、国有財産の処分でボロもうけしたらしいですね」

「あら、あたし、いまの首相には感謝してるわよ。あのドベノミクスとやらいうインチキ経済政策に便乗して、ちょっとばかしオコヅカイをかせいだしさ」

「………」

「何むくれてんの？」

「むくれてなんかいませんよ」

「だったらスナオに尋《き》きなさいよ、いくらぐらい、かせいだか」

私は溜息をついた。

「いくらぐらい、かせいだんです？」

「税金を引いて、手取りで二〇〇〇億円ぐらいね」

ばかばかしくて、今度は溜息も出てこない。

「まあ、おなじ投資で八兆円かせいだやつらもいるから、それに較べりゃ小さなものよ」

「ああ、何とかいう中国のIT企業の株ですね。市場に上場したら、株の値段が四〇〇〇倍になったとか……」

「そう。へえ、泉田クンも知ってたか」

「報道で知ってるだけです。で、もう何かに再投資なさったんですか？」

「まだよ。もっとも、政治屋、検察、国税、メディアあたりに、いろんな形で一〇〇億ぐらいばらまいたけどね」

「国家公安委員長にも、いくらか？」

「フン、あんな小物」

またしても涼子はせせら笑って、デッキチェアの上で長い脚を大胆に組みかえた。

「自分のボスに揉《も》み手して、オコヅカイもらってりゃいいのよ。それにしてもだれひとり救わず、右から左へ株を動かすだけで八兆円。資本主義って、ホント、悪魔の宗教よね」

その悪魔の宗教を利用してコヅカイかせぎをしたくせに、悪口をいっていいのだろうか。魔罰《まばつ》（？）が下るぞ。

それにしても、こんな危険な女性に、さらに特定秘密保護法などという兇器をあたえるなんて、政府は何を考えているのだろう。

まあ、公安が大よろこびしているのはわかる。戦後の日本で、もっとも法律違反と職権濫用《らんよう》を犯し、不当逮捕と冤罪《えんざい》事件をくりかえしてきたお役所は、公安警察だから。特定秘密保護法が成立し、しかも何が特定秘密かを国民に公表する義務すらないのだから、これからはもう、やりたい放題だろう。

しかし、それは同時に――

やられ放題ということでもあるのだ。

思わず私は笑いをこらえた。薬師寺涼子が警視庁のタブーであることは、ごく一部の関係者にとっては公然の秘密である。ＪＡＣＥＳはアジア最大の警備保障会社だが、そこから宇宙巨大植物さながら、四方八方に触手を伸ばし、投資に投資をかさね、拡大をつづけてきた。その国際的な人脈と金脈は日本警察のおよぶところではな

ていることになるが、それにもかかわらず、上層部になればなるほど知ってく、さからえば天下りもできない。こういう裏面は、上層部になればなるほど知って

いるから、なまじの悪徳警官や腐敗官僚が足を引っぱろうとしても、うまくいった例《ため》しがないのだ。

肘《ひじ》をつかれて振り向くと、丸岡警部がささやきかけてきた。

「君らがシベリアで苦労している間に、おれひとり草津《くさつ》温泉なんかでゆっくりして

て、申しわけなかったなあ」

「どこにいても、苦労はいっしょですよ」

「ハハハ、そうかもしれんね。だが、まあ、おかげでしばらくはカミさんに苦情をいわれずにすむ。借りは返すよ」

「借りだなんていわないでくださいよ。うかつなことを口にすると、みんなまとめて、想像もしない目にあうことになるんですから」

「そうか、そうだったな」

「平和が一番です」

「まったくもって賛成だね」

ふたりは心から同意しあったのだった。

III

涼子と貝塚さとみが何やら女性ならではの会話をかわしている間に、今度は阿部巡査が近づいてきてぼやいた。

「おれたち、場ちがいですよね」

「いわれなくても、わかってるよ」

「はっ、すみません」

温厚な阿部巡査が大きな身体《からだ》をちぢめたので、私は、自分の態度がトゲトゲしくなっていたことに気がついた。

「いや、気にしないでくれ。言葉がきつくなって、悪かった。おや、女王サマはやっとご移動あそばされるようだぞ」

見ると、涼子がデッキチェアから優雅な動作で立ちあがったところだった。となりのチェアに投げ出されていたブランド物のパーカを、貝塚さとみがいそいそと取りあげて、後ろから涼子の肩にかける。上司に媚《こ》びへつらっているわけではなく、涼子を心から尊敬しているので、自然に身体が動くのだ。有能でいい子なのだが、このあたり、変といえば変な子でもある。

パーカをはおった涼子は、プールサイドにたたずんで、ドームの外の風景をながめた。

「あれ、西之島《にしのしま》ね」

西南の方角、はるか水平線上に、灰色の影がわだかまっている。噴火をつづけている西之島であろう。

「まだ噴火活動がつづいてるんですね」

「火山活動と人間の歴史とじゃ、タイムスケールがちがうものね」

西之島からも二〇〇キロぐらいは離れているはずだが、こちらの島との間には海しかないし、噴煙の高さが一万メートル近くあって、空が晴れていれば、充分に眺望がきく。この洋上の噴煙も、ホテルの売物になるのだろう。

平和的に日本の領土と領海がひろがるのは、けっこうなことに思えるが、熔岩《ようがん》の流出がやまなければ土地利用どころか上陸もできない。それに、富士《ふじ》火山帯の地下活動が活発化しているのはたしかだから、気象や防災に関しては、頭が痛いところだろう。

と、前方の広大な空間を、何かの影が横切った。鳥ではない。ガラスごしに微妙な人工音がひびいて、地味な色あいの飛行物体が右から左へ視界を横断していく。

「自衛隊の飛行艇ですね」

「爆撃しに来たのかしら」

「何で私たちが爆撃されなきゃならないんですか!?」

「身にオボエはないの？」

「一グラムもありません」

「自覚的な悪意より、無自覚や無関心のほうが、しばしば悲劇を招くのよね」

歴史家みたいな台詞《せりふ》を吐く上司だが、正否《せいひ》は別として、当の御本人は、はたしてどうなのだろう。

「ほら、爆撃じゃありませんよ。着水します」

「チェッ」

いまの舌打ちは何か、と問い質《ただ》したいところだったが、それをやると、ヤブをつついてコブラを呼び出しそうになるので、やめておいた。人間、経験から何かを学ぶこともある。

ところで、飛行艇というのは一般的に、大型の水上飛行機と思われているが、まあだいたいそんなところだ。ただしフロートはなく、胴体で着水する。波を避けるため翼の位置が高く、独特の形状をしているので、熱心なファンもいるが、飛行船とおなじく、旧《ふる》きよき時代の乗物だ。

しかし少数ながら、生産も使用もされている。日本の海上自衛隊でも、海上救難や対潜水艦作戦用に、高性能の国産品を使っている。必要に応じて空から着水し、海中ソナーを使えるし、陸上の施設も必要ないからだ。たしか航続距離は四〇〇〇キロ、最高時速は五八〇キロくらいで、ロケット砲を装備しているとか。

などということを私が知ってるのは、ごく一時期、私がミリタリー少年だったからだが、すぐミステリー少年に転向してしまった。かくして今日に至り、すまじき宮仕《みやづか》えをつづけているわけである。

着水した飛行艇は、埠頭《ふとう》に接舷《せつげん》した。ドアが開き、搭乗員が慎重に渡り板をかける。

まっさきに渡ってきたのは、五〇歳ぐらいの女性だった。惜しいことに前歯が出すぎているが、それがなければ若いころは美人で通用しただろう。服は緑色のツーピースだが、緑色って、あんなにけばけばしく感じる色だっただろうか。いや、ファッションは個人の自由だが、それを身に着けている人物は……。

「国家公安委員長……」

さよう、彼女は形式的に日本警察組織の最高責任者である国家公安委員長であった。もちろん代議士で、防災担当国務大臣と消費者問題担当国務大臣も兼任している。若いころは体操選手で、オリンピックにも出場しているそうだ。そう思ってみれば、なかなか姿勢もよく、動作も若々しい――が、どこかわざとらしく見えるのは、政治家ならではだろう。

彼女がポーズをとって手招きすると、中高年の男女がぞろぞろ板を渡って上陸してきた。ひとりの初老の男性が旗を立てている。「天神原《てんじんばる》アザミ先生をはげます会」と大書してある。どうやら公安委員長の後援会員らしい。

「いやー、こんな楽園みたいなところで、北風をしのげるなんて、すべて先生のおかげです。ありがたいことで」

「オホホ、何をおっしゃいますの。いつも選挙、あ、いえ、国会議員としての公務のたびに、ご協力いただいてますものね。ほんの御礼ですわ」

「協力だなんて、私どものほうこそ、テンジンバル先生のおかげで色々と」

「いえいえ、とにかくね、正式開業の前ですから、どの施設も皆さんのご自由に使ってくださいな。プールもゴルフ場も、ほとんど貸切状態で、無料ですからね」

「はあ、ありがとうございます。あの人たちがホテルの従業員ですか？」

旗の先で、私たちを指《さ》した。丸岡警部、阿部巡査、それに私。何ごとかと思ってやって来てみれば、従業員あつかいである。

顔を見あわせていると、貝塚さとみをしたがえて、涼子があらわれた。肌寒くないのか、パーカのままである。新来の客たち、とくに男性陣は口と目を全開にしたまま硬直した。涼子はというと、彼らには一瞥《いちべつ》もくれない。

「お由紀《ゆき》！」

「お涼!?」

一同の最後にあらわれた黒髪にメガネの美女は、室町《むろまち》由紀子といった。涼子の同期で、警視庁警備部参事官、階級は警視である。

「いいかげんにストーカー行為はやめなさいよ、お由紀。先月、シベリアで遇《あ》ったかと思うと、今度はこんなところまで」

「あなたをストーキングするほど、暇でもないし、悪趣味でもありません」

「じゃ、何しに来たのよ、こんなところへ」

「大臣の警護に決まってます」

「国家公安委員長の？」

「そう」

「あら、多忙なんじゃないの、警備部は。原発再稼働に反対するデモ隊のおばちゃんたちを弾圧するのにさ」

「弾圧などしてません！」

「おや、そうかしら」

「日本は民主国家です。デモは市民の正当な権利ですし、それを弾圧するなんて、独裁国家です」

「あら、政府の方針と、ずいぶんちがうのねえ。よけいなお世話だけど、それじゃ出世できないわよ」

涼子のいうとおり、何しろ防衛大臣が、首相官邸周辺の公道でおこなわれる合法的なデモを、「テロとおなじだ」と攻撃するのが、わが国の政府である。

旧《ふる》い時代を知る丸岡警部によると、

「おれが警官になったころは、大臣があんな発言をしたら、すぐ更迭《こうてつ》されるか、すくなくとも国会で平身低頭させられるかしたもんだけどねえ。野党もマスメディアも、すっかりおとなしくなっちまって、何だか気味が悪いくらいだよ」

気味が悪い。そう、この数年、日本は、私ていどの表現力では不可能な薄気味悪さにつつまれている。狂犬より性質《たち》の悪いネット右翼《ネトウヨ》が、熱烈に首相を支持し、首相はそれを取りしまるどころか、けしかけたり煽《あお》ったりして、批判派や反対派の口封じに利用しているのだ。時代が八〇年ばかり逆行したような昨今《このごろ》である。

ただ、それはべつに室町由紀子の責任ではない。ストレートに社会正義感の強い女《ひと》だから、民主国家の警察官として、あるべき姿に忠実でいるだけだろう。

「わたしのことより、お涼はどうなの。ずいぶんラフな恰好してらっしゃるけど、何のお仕事？」

精いっぱいの皮肉を、室町由紀子が放つと、涼子は舌を出してみせた。

「特定秘密よ。教えてあげないよーだ」

「やあ、ホントに御縁《ごえん》がありますね」

能天気な声がして、若い小柄な男が由紀子の後ろから顔を出した。由紀子の部下、岸本明《きしもとあきら》である。

「岸本かあ。あいつもよく、室町警視にくっついてますね」

「フン、類は友を呼ぶのよ」

「お気の毒です」

「だれ？　だれが気の毒ですって!?」

涼子の柳眉《りゅうび》が急角度に吊《つ》りあがった。

「君、まさかお由紀に同情してるんじゃないよね」

「いや、べつに同情なんて……」

「あいつのどこが気の毒だってのよ！　具体的にいってごらん」

無益な会話をかわしながら、三〇名前後の集団はいつのまにやら、ホテルの玄関へと移動していた。支配人らしい中年の女性が、営業スマイルを満開にさせて、公安委員長を出迎える。さすがに着替える気になったのか、涼子も自室へと姿を消した。

Ⅳ

他人から好かれるのはいいことだし、人生を送る上でも有利になる。ただし、ゼイタクをいうようだが、対手《あいて》にもよるし場合にもよる。岸本明になれなれしくされるのは、正直いって私には迷惑であった。階級こそおなじ警部補だが、ノンキャリアの私に対して、キャリアの岸本は一〇歳も若い。

「ここにはカジノもできるんですってね、泉田サン」

「お前さん、どうせ天下《あまくだ》るなら、パチンコ業界よりカジノ業界のほうがいいんだろ？　下見に来たんじゃないか」

「へ？　どうしてです？」

「偏見かもしれんが、パチンコよりカジノのほうが、何となくセレブっぽいじゃないか」

いちおう岸本も良家の子弟《してい》だからな。

ところが、岸本は、私の浅慮《せんりょ》をあわれむように、指を振ってみせた。

「泉田サン、そんな表層的なことで人生を決めちゃいけませんよ」

「表層的、かい」

「そうですとも。いまやパチンコ台の機種はアニメのキャラクターがほとんどです。カジノじゃそうはいきません」

そうか、こいつはアニメ『レオタード戦士ルン』の熱烈なファンだった。実家の部屋はフィギュアやポスターで、天井まで埋まっているという。

「業界団体の理事になって、ルンちゃんのキャラをつぎつぎとパチンコ台に使用させるつもりだな。見あげた忠誠心だ」

「まあ、あんまりロコツなことはできませんけどね。泉田サンもご存じのように、レオタード戦士は、このところ『魔法女学園チェリーブロッサム』に、やや押され気味だったわけですが……」

ご存じじゃないよ、そんなこと。

「しかし！　世の中には底力というものがあります。チェリーブロッサムなど、しょせんレオタード戦士の亜流。一時のアダバナにすぎません」

岸本が力説する間に、ホテルのフロントでは公安委員長が声を張りあげていた。

「さあさあ、みんなに団扇《うちわ》を配ってあげて。市販してないレア物よ」

まさか「レオタード戦士」のウチワではあるまいな、と思っていると、美しいメゾソプラノの声が憎まれ口をたたいた。

「ウチワだって、しみったれてるわね」

声の主はもちろん薬師寺涼子である。

「どうせ不正でつかまるなら、金塊でも配りゃいいのにさ。善でも悪でも、アメリカや中国に較《くら》べてスケールが小さいからイヤよ」

「悪のスケールは小さいほうがいいです」

反論しながら涼子を見ると、清潔そうなパールホワイトのブラウスに、初秋用のツーピース。常識的な服装といいたいが、スカートの長さは常識ぎりぎりの短さで、世界遺産級の脚線美を惜しみなくさらけ出している。国家公安委員長・天神原アザミ女史をかこむ男たちも、センセイそっちのけで、魔女の脚線美を見やってマナコをぎらつかせている。あせったのか、天神原センセイは声を高めた。

「ほれ、倉山《くらやま》、みんなにウチワを配っておやり」

「はいはい、ただいま」

倉山と呼ばれた中年男は、何番めの秘書か知らないが、実際は雑用係なのだろう。両手いっぱいにウチワを抱えこむと、ひとりひとりに配りはじめた。配るたびに頭をさげて「どうぞどうぞ」といっているのは律義《りちぎ》なことである。

公安委員長の支持者たちは、嬉々としてウチワを受けとると、さっそく胸もとに風を送りこんで、

「いやあ、暖かいわ、涼しいわ、天国ですなあ」

などと笑いあっている。罪のない光景だ。公職選挙法の上ではどうなるか知らないが。

倉山氏が私にも近づいてウチワを差し出す。不要だから、「いえ、けっこう」と謝絶しかけたが、ウチワの表面が目にとまった。歯をむき出して笑う天神原センセイの顔写真の横に、「警察大臣」と大書してある。

「警察大臣って……」

「わたしは、警察庁を警察省に昇格させ、その初代大臣になるのです！」

緑色のオバさんは声を張りあげた。

「防衛庁が防衛省に昇格したんだから、警察庁が警察省に昇格するのは当然でしょ！　だいたい警察庁と警視庁だなんて、わかりにくいったらありゃしませんからね。警察省の下に警視庁やその他の道府県警察本部を並べて、上下関係をスッキリさせ、日本の警察を世界の中心でかがやかせるのですッ」

おーパチパチ。支持者の間から歓声と拍手《はくしゅ》がおこる。ここに警視庁の幹部がいたら、さぞ苦虫《にがむし》をかみつぶすだろう。一般市民が、「警察庁と警視庁ってどっちがエライんだ」と首をかしげている現状のほうが、プライドを守れるというものだから。

「わざわざお由紀がオトモしてくるとはね」

涼子が、冷笑した。

「あんなケバい緑色の女、だれが生命《いのち》ねらうっていうのよ。サハラ砂漠のどまんなかに首まで埋めて、周囲を緑化させてやったらいいの。そのほうが第三惑星のためになるってもんじゃない？　そうそう、まず首相を埋めてから……ね」

「お涼！」

室町由紀子がとがめたが、言葉をつづけようとはしない。その表情を見て、私はごく自然に、彼女の胸中《きょうちゅう》を理解した。この緑色のオバさんを警護するのは、さぞ不本意だろう。

このような情景を見ると、私はいささか自嘲《じちょう》的な気分になる。私には一度ならず、要人警護官《SP》の声がかかったのだが、そのつど涼子がカッテに拒絶してきた。私は憤慨《ふんがい》したのだが、もしSPになっていれば、どんなイヤなやつでも、自身の生命をかけて守ってやらねばならない。生命が惜しいのか、と詰問《きつもん》されるとこまるが、やっぱり「死に甲斐《がい》」というのはあるものなあ。

考えこみそうになったが、すぐ近くで女性どうしの舌戦《ぜっせん》がひびいてきて、私を現実に引きもどした。

「偉大なドベ首相を侮辱《ぶじょく》するということは、国家の敵であり、ひいてはテロリストの味方をするということなのよ！　わかってるの、貴女《あなた》!?」

「もちろん、わかっておりますわ」

「ほんとに？　誠意が感じられないけど……」

案外いい勘《かん》をしている。

「ほんとですとも。偉大なヒットラー総統を侮辱するということは、国家の敵であり、ひいてはユダヤ人の味方をすることだ、と、ゲッベルスだかヒムラーだかが申しておりましたものね」

「な、何ですって!?　あなた、ドベ首相をヒットラー呼ばわりする気？」

喚《わめ》き出そうとする公安委員長の眼前に、涼子がスマートフォンを突き出した。画面を見た天神原センセイの口が開きっぱなしになる。対手《あいて》のもっともいやがる物的証拠を目の前に突き出すのが、ケンカを売るときの涼子の初歩的戦術だ。

日の丸の旗とナチスの鉤十字《ハーケンクロイツ》の旗が交差して立てられ、その前で、満面に笑《え》みをたたえて公安委員長が握手をかわしている。対手は、眼鏡をかけて中途半端に髪を伸ばした小肥《こぶと》りの男で、年齢は三〇代後半といったところだろう。その横にもうひとり初老の男。

私は若いほうの男を知っている。梅井祭《うめいまつる》。「日本の威信と日本人の名誉を守る会」会長。アメリカ、イギリス、ドイツなど先進諸国のメディアからは、「日本のネオナチ」、「KKKの亡霊」などと批判されている極右の人種・民族差別団体の大ボスだ。

「これをネットに流して、とくにアメリカのユダヤ人団体あたりの反応を見てみると、おもしろいでしょうねえ」

「わ、わたし、梅井サンなんて存じませんよ」

「あら、お名前をご存じじゃありませんの。で、もうひとりこちらは池中敬蔵《いけなかけいぞう》。巨大企業〝サイエンシア〟の社長で、原子力発電システムと兵器を海外に売りまくるため、首相に気前よく三〇億円献金したオジサマですわね」

はあー。私は溜息をついた。

右に「ネオナチ」、左に「死の商人」をしたがえた「警察大臣」か。二一世紀にはいって、日本も大した国になったものだ。

とくに原子力産業界の闇《ムラ》は底無しである。地元の原発再稼働に反対しているN県の知事が、「もし私が任期中に死んだら、殺されたと思ってくれ」と語ったほどだ。この発言は、ほとんどの新聞やTVに無視されたが、それも当然、原子力産業界からは広告費だの協賛費だのという形で、巨額の買収資金《カネ》がマスコミに渡っている。

こんなことをいうのも、私の立場では厳禁なのだが、仮にN県知事が殺害されても、警察が積極的に捜査するとはかぎらない。どこかの暴力団のチンピラが、「私が殺しました」といって出頭し、逮捕され、すなおに罪を認めて、一五年か二〇年、刑務所に収容される。「背後関係なし、単独犯行」というわけだ。当然それ以上の捜査はおこなわれない。

怒りで泡を噴《ふ》かんばかりの天神原センセイが、秘書になだめられ、支持者たちにかこまれて去っていく。支配人が先導している。一同を見送って、私は上司に苦言《くげん》を呈《てい》した。

「気をつけてくださいよ、ホントに」

「何をよ？」

「あなたを消したら得をする連中が、千代田区《ちよだ》や港区《みなと》には何百人も住んでるんですから」

「おもしろいじゃない。女の本懐《ほんかい》ってもんよ。敵の多さは、女の勲章！」

　完璧な形の胸をそらせて、涼子は短く高笑いした。胸中で、私は溜息をつく。巻きぞえをくう部下の身にもなってくれ。生命とタマシイがいくつあっても、たりやしない。

　しかしながら、認めざるを得ないことがある。涼子が好きこのんで敵にまわすのは、ほとんどすべて、私自身も嫌いなタイプの人物なのだ。想《おも》い出すかぎり、あいつも、こいつも、そいつもだ。ゆえに、事件の結末に私が後悔したことは一度もなく、それがまた私を憮然《ぶぜん》とさせるのである。

　もしかして、表面的に異《こと》なるだけで、涼子と私は似た人間なのではないだろうか。このおそろしい疑惑が心の一端をかすめると、虫歯もないのに、私は奥歯に痛みを感じてしまうのであった。

V

　ここで待っているように。そう上司の命令を受けたので、そのまま私はフロントの端で、手持ちぶさたに海風を受けていた。陽《ひ》がかたむくと、いかに亜熱帯とはいっても冬のことで、空気に寒さの微粒子が点在しているのがわかる。春用のスーツで、たぶんよかったのだろう。

「泉田サン」

　聞こえないふりをしたかったが、そうもいかない。いやいや振り向くと、フィギュアを抱いたままの岸本明が、無邪気そうに笑いかけてきた。

「そんなに冷たくしないでくださいよ。ボクたちだって、公安委員長のオトモで来ただけ、公務なんですから」

「わかったわかった。それにしても、国家公安委員長ともあろう人が、この御時勢に、こんな場所にいていいのか？　中東のテロ、おさまる気配もないのに」

「いいんですよ」

　レオタード・レッド（のフィギュア）を抱いたまま、めずらしく岸本は皮肉っぽい口調になった。

「政府は、中東のテロが拡大すればするほど、軍事力を増強する口実になるし、国内でテロがおきれば、これは警察が反政府運動の監視を強める理由になるでしょ」

「だとしても、ほんとに国内でテロがおきたりしたら……」

「ねえ、泉田サン」

「うん？」

「もし日本でテロがおこったとしても、あの緑色のオバサンが、何か役に立つと思います？　ここだけの話ですよ」

「まあ、かえってジャマになるだけだな」

「でしょ、でしょ」

岸本らしからず、熱心に私に賛同してくれるのだが、あいにくと、うれしくはない。

「それに、そんな一大事のときに、公安委員長がリゾートにいたら、辞任させる理由もできます。あのオバさんは、政府だって、もてあましてるんですから」

「首相の任命責任は？」

「そんなもの、とったことがありますか、あの首相が」

「一度もないな」

さすがにごまかしきれない不祥事をおこした大臣は辞任させるが、自分の責任を謝罪したことは一度もないのが、いまの首相である。

「いや待て、あの緑色のオバさんはどうでもいいとして、室町警視はどうなんだ。あの女《ひと》が不在だったら、ホントにこまるだろ」

「これまた、ここだけの話なんですがね、室町警視、このごろ煙たがられてるんです、上層部《うえ》に」

「何でそんな――」

思わず大きくなりかけた声を、私はどうにかおさえた。

「わかるでしょ、何となく」

「というと、もしかして、マジメすぎるってことか」

「そう、それそれ。原発反対のデモを機動隊が厳重にとりしまる一方、極右のヘイトスピーチを放置しておくべきではない、と主張して……」

「正論じゃないか」

「だからですよ」

「なるほどね」

いわゆる先進国のなかで、外国人や社会的弱者に対するヘイトスピーチを放任しているのは、わが日本国だけである。

「ほら、室町警視のお父上は、いまだに隠然《いんぜん》たる影響力をお持ちですから、いびり出されるようなことにはなりませんけどね」

室町由紀子の父親は、何代か前の警視総監で、「室町幕府」と称されるほどの権勢を誇った。引退して一〇年近くたっても、彼に頭のあがらない現役幹部は多い。

「それにしては、お前さん、おちついてるじゃないか。室町警視がねらわれるようなことがあったら、お前さんにだって火の粉《こ》が降りかかるだろう」

「あ、ボクはダイジョーブです」

「自信ありげだな」

「だって、ホラ、ボクには要路のいたるところに同志がいますから、何かあったら助けてもらえますもん」

岸本がへらへら笑うので、癇《かん》にさわった。事実なので、よけい不愉快である。こいつは日本国内どころか海外にもおよぶオタク・ネットワークの要人なのだ。どこの国にも「ＯＴＡＫＵ」の知人がいる。

「そりゃけっこうだが、室町警視は、公安委員長のオトモをしていったぞ。お前さん、ついていかなくていいのか」

「いきますよ。でも、まだ、お涼サマにちゃんとご挨拶《あいさつ》してないので……」

なぜか岸本は上司でもない涼子のファンである。

涼子は、竹を割りそこねたような性格である。さっぱりしているのか、執念深いのか、いまだにわからない。矛盾《むじゅん》しているのか、自覚して矛盾をよそおっているのか、それも判断がつかない。私は警察官になって一〇年をすごし、人を鑑《み》る目を多少はやしなってきたつもりだが、この女《ひと》の心底《しんてい》はうかがい知れない。何だかちがう次元の存在に思える。

「まあ、しょうがないな」

私は不器用に肩をすくめた。

「何せ、あの女《ひと》ときたら……」

「地球人じゃないからって?」

「そう……」

うなずいてから、私は一メートルばかり横へ跳《と》んだ。岸本はレオタード・レッドのフィギュアを抱いたまま、短い両脚をばたつかせている。彼の襟首《えりくび》を後ろからつかんで、美しくも恐ろしい女神アテナの視線を私に向けているのは、薬師寺涼子だった。

○・一秒で、私は全面降伏を決断した。
「申しわけありません、警視」

「何をあやまっているのかなあ、君は」

思いきりわざとらしく応じて、涼子は、仮死状態の子ダヌキみたいに手足から力をぬいた岸本の尻を蹴とばした。

「あいたたた……！」

「岸本、あんたの上司が般若《はんにゃ》みたいな顔つきで、あんたを探してたわよ。食い殺されたくなかったら、さっさとおいき」

「こ、こわいですう」

「もっとこわくしてやろうか」

涼子が声に凄《すご》みを利《き》かせると、岸本はフィギュアスケートの選手みたいに身体を旋回させ、「トテトテ」と擬音《ぎおん》をつけてやりたくなるような足どりで小走りに遠ざかっていった。あいつに警察庁長官がつとまるような平和な社会が、つづいてほしいものである。

「待たせて悪かったわね。夕食にいこ」

もうそんな時刻か。亜熱帯とはいえ、一年でもっとも日の短い季節だ。

私をふくめ、四人の部下をしたがえて、涼子はポルトガル料理のレストランにはいった。正式開業前の特別営業なので、他に客はいなかった。天神原「警察大臣」のご一行は、他のレストランにいるか、時間をずらして予約しているのだろう。

ポルトガル料理なんて、食べたこともない。メニューを見ても、何がどれで、どれが何やら、見当もつかない。

「おまかせします」

「全面的に？」

「はい」

一同うなずく。ゲテモノを好まないポルトガル人の良識にすがるばかりだ。

やがて運ばれてきたのは、イベリコ豚のチョリソー、小《こ》鯵《あじ》のマリネ、青菜とジャガイモのスープ《カルド・ヴェルデ》、エビのガーリック炒め、雛鶏《ひなどり》の炭焼きにフライドポテト添え、干鱈《バカリヤウ》と卵の炒めもの、鴨《かも》と松の実の焼飯《ピラフ》……。

意外に、というと失礼だが、まっとうで、しかも日本人の口にあいそうなメニューだった。ワインはもちろん本場のポートワイン。八年間、樽《たる》で貯蔵し、蒸留液を混入して発酵を停止させ、ブドウの甘味を残した逸品《いっぴん》だ。公務員の出張の食事としては、分がすぎている。さぞ値が張ることだろう。

「いいのよ、こういうときのために機密費があるんだから」

「機密費で領収書を落とせますか？」

涼子はロコツに私を白眼視《はくがんし》した。

「だれが警察の機密費っていったのよ。あたし個人の！」

「そ、そうですか、すみません」

あわてて私は自分の非を認めたが、女王さまはすっかりご機嫌をそこねた態《てい》で、何やら発音しにくい銘柄のワインのグラスをあおって、イヤミたらしくおおせられた。

「あーあ、部下に誤解される上司って不幸だわ」

「しかし、何ですな」

階級社会を無難に切りぬけること三十余年、老巧《ろうこう》な丸岡警部が、するりと会話にすべりこむ。

「ポルトガル料理というやつが、こんなに日本人の口にあうとは思いませんでした。ヨーロッパ人もタラやアジを食べるんですなあ」

「アンコウも食べるのよ」

「へえ、それはまた、存じませんでした」

感心したように丸岡警部はうなずき、私は心のなかで先輩に感謝した。

「あれ、飛行艇が出ていきますよお」

ワイン半杯で顔を濃いピンク色にした貝塚さとみが、窓の外を指さす。

飛行艇は紺碧《こんぺき》の海面に白い航跡を残しながら、海面を快走している。館山《たてやま》あたりの基地に帰るのだろう。本来の専守防衛や災害救助の任務に加えて、お大臣さま一行の旅行まで担当させられるのだから、自衛隊員もご苦労なことだ。

外はすでに夜だったが、窓ガラスに特殊な加工がしてあるとかで、飛行艇の姿はよく見えた。離水する。上昇する。海面から五〇メートルほどの高度に達したとき、それはおこった。

「おやおや、まあまあ」

涼子が、いたって素朴そうな感歎《かんたん》の声をあげるうち、巨大な水の槍《やり》が海面から飛び出した。機体をつらぬかれた飛行艇は、左右の翼を大きく振った。機体をたてなおそうとしたが無益だった。飛行艇は失速し、急角度で海面へ突っこんだ。

膨大な海水の滝が下から上へ奔《はし》り、重力の限界に達したところで海面へと落下する。狂乱する波と、わきおこる泡のなかで、飛行艇は尾翼を上にして逆立《さかだ》ちし、みるみる海面下へ姿を没し去った。

第二章　真珠島《しんじゅとう》ってドコ？

I

東京都心から南へ八〇〇キロ、洋上に浮かぶ無人島。

ホテルの従業員は常駐しているが、住民票をおいている者はいないから、名目上はあくまで無人島、なのだそうだ。

一二月某日午後六時、この島で奇妙な事故、ないし事件がおこった。国家公安委員長・天神原アザミ代議士《センセイ》の後援会をツアーのために運んできた海上自衛隊の飛行艇が、突然、海中に墜落したのだ。

考えてみれば、自衛隊の飛行艇を政治家個人のツアーに利用していいのか、という問題があるが、そんなことを追及している場合ではない。薬師寺涼子と私を先頭にして、海岸へと駆け出した。

「どのへんに墜《お》ちたっけ」

「あのあたりですかね」

「道がないわ」

これは室町由紀子の台詞《せりふ》だが、たしかに舗装《ほそう》路が途中で終わって、ビンロウジュ、ソテツ、ガジュマルなどの樹林のなかへ消えていた。正式開業までには完成させる予定の遊歩道らしい。

「とにかく、いってみるわよ」

ためらいなく、涼子が樹林のなかへ踏みこむ。蚊《か》がいるのではないか、と思ったが、親分のドラキュラもよけて通る彼女に、蚊やアブごときが近づいてくるわけがなかった。

五分ほどで樹林帯をぬけると、眼下に暗い海が広がった。波だけが白い。常用のペンシルライトで、五メートルほど下の波打ち際《ぎわ》を照らしてみると、岩のひとつが動いたように見えた。人影だ。

「ひとり生きてるぞ。岩にしがみついてる！」

あとはいちいち書いていられないが、ホテルの救難用ロープを持ってきてもらい、人影に向かって投げた。相手も自衛隊員のことで、動きがよく、体力もあったので、思ったより容易に引きあげることができた。もっとも、崖の上に達すると、へたりこんでしまったが。

「ひとりだけでも助かってよかった」

由紀子は安堵《ほっと》したように肩を落とした。

「あとは万事、明日になってからのことね」

すでに夜。警察にしても自衛隊にしても、準備をととのえて本土から駆けつけるには、最短でも五、六時間はかかる。風も強くなり、当然、波も荒い。深夜の捜索を強行すれば、二次被害の危険は避けられないだろう。救助されなかった二名の自衛隊員には気の毒だが、我々としては無事を祈るしかなかった。

さすがセレブ専用リゾートというべきか、専属の看護師と救急救命士がいて、救急箱を手に駆けつけてきた。自衛隊員は当然ながら全身ずぶぬれで、顔や手足にいくつも擦過傷《すりきず》やアザがある。しきりに他の二名のことを気にするのをなだめて、医務室につれていってもらった。その前に、今村《いまむら》三等海曹という名と、二、三のことは聴《き》いておいた。

「何があったんでしょうね。ただの水が機体をつらぬいたようにしか見えませんでしたが」

「何おどろいてるの。水の圧力ってすごいのよ」

「それはまあ、たしかに」

放水銃で、機動隊のジュラルミンの盾《たて》に穴をあける実験を見たことがある。数値はおぼえていないが、薄からぬ盾を、親指ほどの大きさの穴が貫通したのを見て、感歎《かんたん》したものだ。あれが「放水砲《アーチャーフィッシュ》」だったら、りっぱな兵器になるだろう。海水に巨大なテッポウウオがひそみ、口から強力な水の弾丸を噴《ふ》き出して飛行艇を撃墜したのだろうか。あまりにもアホらしくて、正気を疑われそうな想像だった。しかし、では何がおこったのか。

暗さが増すにつれ、不安も募《つの》る。天神原アザミ大臣の支持者たちは、ホテルの前庭に身を寄せあって、憮然《ぶぜん》たる表情を常夜灯《じょうやとう》の光にさらしていた。秘書やSPをしたがえた女性大臣が、熱弁をふるっていた。

「プールも温泉もあります。夕食がすんだらどうぞお愉《たの》しみください。不快なことはお忘れいただいて。でないと、正式開業前に、苦労して皆さんがたをお招きしたわたくしの立つ瀬がありませんからね。いい思い出をつくって、お帰りください」

飛行艇の墜落がいい思い出になるかどうかはともかく、支持者たちはがやがやとホテルの建物へはいっていった。支配人はのこる。

「さてと」

天神原センセイの声と表情が一変した。緑色の服を着こんだ細長い身体ごと、私たちをながめわたす。

「あんたたちは、いったい何者なの？」

声も目つきも、先ほどの崖よりけわしい。

「有権者ですわ」

涼子の初歩的なイヤミは、前歯でかるくはね返された。

「他の選挙区の有権者なんて、興味ないわね」

「警察の者です」

私が警察手帳をしめすと、天神原アザミはやや鼻白《はなじろ》んだ。

「だったら早くおっしゃい。で、事故の原因は？」

「水だそうです」

「水？　ただの水？」

「ええ、最初は何がナンだか、わからなかったそうですがね。いきなり床に穴が開《あ》いて、水がまっすぐ、真上に噴き出して、天井を突き破ったそうです」

天神原アザミは、薄い眉をひそめた。真偽のほどはいかに、と、考えているようすだ。

涼子は形のいいあごに指先を触れた。

「ただの水とはねえ……それで、一機四〇億円もする国防軍の飛行艇がおチャラになったわけか。納税者の怒りが思いやられるわ」

「国防軍じゃなくて、自衛隊よ」

きまじめに、由紀子が訂正する。涼子は皮肉の笑みで口もとをかざった。

「このままだと、いずれ国防軍になるわよ。首相は、〝元帥《げんすい》さま〟と呼ばれたくてたまらないんだから」

それでは某世襲独裁国家とおなじだ。

「ま、ゴジラじゃなかったわけね。ゴジラだったら、火を吐くもんね」

「謎の深海生物かもしれませんよ」

ここ数年、日本の沿海部で、ダイオウイカをはじめとして、つぎつぎと深海生物が発見、捕獲されている。海の底で何か人知を超えた事象がおこっているのかもしれない。数年後に、「あれが前兆だった」といわれるか、「とんだ空騒ぎだった」といわれるか。

「某国の潜水艦よ！」

声の主は天神原アザミ大臣であった。興奮のあまり、鼻の穴が二倍ぐらいに拡大している。

涼子と由紀子の前に立ちはだかって、天神原アザミはまくしたてた。

「きっと某国は、ただの水を使って船を沈めるような新兵器を開発したんだわ。そして日本を侵略する気よ！」

「アホらしい。そんなすごい兵器を持ってて、本気で侵略する気なら、雨の日に原子炉をねらうわよ。何の証拠も残らないんだから。そのていどのこともわからないで、よく大臣がつとまるわね、ホント」

「警視、警視」

「あ、そうか、大臣しかつとまらないから、大臣にしてもらったんだっけ。首相が女好きでも、メンクイでなくてよかったわね。女なら誰でもいいんだから」

「いいかげんにおし！」

天神原アザミ大臣の唾《つば》が、確実に三メートルは飛んだ。この分でいくと、どこまで距離が延びるか、つい不謹慎な興味を持ってしまう。

「わたしはオリンピックに出たあと、アメリカのオサラ・ベイリン女子大の大学院で修士号をとったのよ！　そのあと狂茶会《マッド・ティー・パーティー》系のシンクタンクで研究員になって、帰国したら政界から声がかかった。総選挙に出馬してくれってね」

「何で帰国したの？」

「もうこれ以上、学ぶこともないだろう、と大学当局にいわれたのよ」

「あれ、おかしいな」

「何がおかしいの？」

「わたしの調査によると、そのシンクタンクで、博士論文の盗用問題がおこって、裁判になる前に遁走《トンズラ》した日本人女性がいた、って話なんだけどなあ」

「なっなっなっなっ、何のこと!?」

天神原アザミ女史は、致命的なミスを犯してしまった。涼子の奇襲攻撃を受けそこねて、弱点をさらけ出してしまったのだ。

「そこのところ、どうなんでしょ、大臣サマ」

「や、やかましいわね。わたしには関係ない。それに、たかが警視のブンザイで、大臣に向かって無礼な口のききよう。警視総監に、きつく注意しておく必要があるわね」

無益な脅《おど》しをかけたとき、「支配人！」と呼ぶ男の声がして、オレンジ色の作業服を着たスタッフらしい人物が走り寄ってきた。二、三人、客もついてくる。

II

「何なの、あわてて」

ひきつった表情と声が、支配人に答えた。

「マリーナにつながれていたスクーナーやらモーターボートが、全部なくなっています！」

「え、何？　なんですって!?」

今度は支配人の声が引きつった。眼前で自衛隊の飛行艇が謎めいた墜落事故をおこしただけでも衝撃的なのに、それを何とか処置した直後に、あらたな兇報《きょうほう》である。リゾートの重要備品であるスクーナーやモーターボートが消失したとあっては、管理責任を問われるかもしれない。彼女が盗んだり壊《こわ》したりしたわけでもないのに、理不尽な話だが、それが企業論理というものだろう。女性の出世をこころよく思わず、足を引っぱろうとしている男たちもいるだろうし。

またしても私たちは、海岸へ向かって駆け出すハメになった。今回はマリーナへの道路が整備されているので、前回よりはマシだった。加えて、楽をしたくなったらしい涼子が、ゴルフ場用のカートを使うよう指示したので、さらにマシになった。

マリーナの照明がとどく浅い海底に、海水をすかしていくつかの船影がゆらめいていた。まだ大小の泡が海面に浮かびあがってくる。たしかに船は沈んでいたが、見たところ、形はほとんどそのままで、破壊されたようには思えない。

船が強大な破砕力《はさいりょく》でたたきこわされていたら、当然、大きな音がして、誰もが気づいていただろう。だが、「水鉄砲」で船底に穴をあけられたのでは、音らしい音はたたない。気づいたときには、すでにすべてのボート、スクーナーは使用不可能になっていた、という次第だ。

「ど、どうするんだ」

天神原アザミ大臣の支持者たちの間から、悲鳴まじりの声があがった。中年男性の裏返った声というものは、あまり耳にこころよい代物《しろもの》ではない。

中年男性が中年女性に対してよくやるように、威嚇《いかく》する表情でつめよった。

「どう責任をとるんだよ、ええ？　我々はこの島から出られなくなったじゃないか。こんな離れ小島に閉じこめられて、仕事に支障が出たら、どうしてくれる？」

「どうか、おちついてください」

支配人のほうは、おだやかな表情をつくっているが、不安と困惑が透《す》けて見える。それでも口調をととのえて説得した。

「先ほども申しましたように、本土との連絡はちゃんとできております。こちらに警察の方たちもいらっしゃいますし、明日になれば何の問題もなく帰京できます。ご安心を」

東京都のなかで移動するのを「帰京」というのは不正確な表現だろうが、そんなことで揚《あ》げ足をとってもしようがない。

男は不満そうに沈黙したが、今度は四〇代とおぼしき女性が苦情を申したてた。

「ここ、携帯電話《ケータイ》の圏外なのよね。家族に連絡がとれないと、こまるんだけど」

「ご心配はいりません。当ホテルの電話は、すべて衛星回線を利用しております。もちろん客室のものもです。外界と連絡がとれなくなるようなことは、絶対にございません。どうかご安心を」

支配人は、沈着《ちんちゃく》かつ冷静に見える。りっぱなキャリアウーマンなのだろう。ただ、左右に雄大で上下は平凡な体格、しかもピンクのツーピースだから、やせて骨ばった天神原センセイと並ぶと、昭和時代の女性漫才師コンビにしか見えない。

まだざわめきはおさまらなかったが、室町由紀子が進み出ると、一同は声をひそめて彼女の発言を待った。

「と、支配人さんがそうおっしゃっています。何の心配もいりません。どうぞホテルのスタッフを信頼なさって、安心しておすごしください」

由紀子の、おちついた上品な態度は、一同の信頼を受けた。ここが涼子の、由紀子におよばぬところである。

天神原アザミ女史はまだ不機嫌だった。

「あなたたちは同僚だったの？　協同して、何か捜査でもするの？」

「いえ、わたくしどもは警備部で、彼女たちは刑事部です。薬師寺涼子という名をお聞きになったことはございませんか？」

「はてね、聞いたような気もするけど……」

そのていどの認識ですんでいるなら、これまでの彼女は幸運だった、ということだ。

「ああ、思い出した。JACES《ジャセス》の薬師寺会長のお嬢さんね。へえ、警察にはいってるの、お父さまのご指示？」

そういう記憶のしかたもあるのか。涼子を見やると、薄笑いを浮かべている。ときとして、邪悪とは美しく見えるものだ。

「で、あなたたちはなぜこんな島にいるの？　ここで何をしてるの？」

誰がいおうと、正しい疑問ではある。涼子は愛想《あいそ》よくうなずくと、室町由紀子と私を交互に見やってから応じた。

「残念ですけど、お答えできませんわ。上司にかたく口どめされておりますもので。ご理解いただきたく存じます」

「説明なさいったら！」

人間の唾が飛散する範囲は、半径二メートル以内だそうだが、天神原アザミ女史の場合、三メートル以上にはなる。何だか、地球人ばなれした人物が、この小さな島に集結しているような気がしてくる。彼ら彼女たちを一ヵ所に集めて、一掃しようとたくらんでいるやつが存在するのではないか。そんなバカバカしい考えすら浮かんだ。だとしたら、巻きぞえになるのはイヤだなあ。

室町由紀子は小さく溜息をついたが、いきなり大きく一歩しりぞいた。何ごとかと思ったら、居残っていた天神原アザミ支持者のひとりが、彼女の長い黒髪にさわったのだ。

「そういやがりなさんな。あんた、警察官にしておくのは惜しい美人じゃないか。私は国際平和産業支援機構の専務理事なんだが、どうだ、私の秘書にならんかね」

「国際平和産業支援機構」とは、よくぞいったものだ。武器、兵器と、原子力発電設備を海外へ輸出する企業の団体なのだから。

涼子がつぶやいた。

「近ごろは、失業中の若者を集めて、傭兵《ようへい》会社もつくってるしね」

「彼らは自衛隊にいくんじゃないんですか」

「自衛隊が採用しないような連中よ」

「はあ、なるほど」

私は不快な気分になった。「死の商人」というフレーズは使い古されているが、厳として実在しているのだ。

「そんなものをつくるために、政府は血税を三〇〇〇億円も拠出《きよしゅつ》したんですか」

「理事は全員、天下り。国家の寄生虫どもときたら、災害復興や社会福祉やペット保護まで、利権のタネにするんだから」

私はうなずき、そっと足を動かした。専務理事と称する男が、これ以上のセクハラにおよんだら、何とか口実をつくって由紀子をサポートしなくてはならない。

「私の家は、日本のベルサイユ宮殿と呼ばれておるんだぞ」

「まあ、お気の毒！」

突然、涼子が口をはさんだ。

「な、何が気の毒なんだ」

「だって、おトイレがないんでしょ？」

相手は絶句する。

「ベルサイユ宮殿におトイレがなかったってこと、当然ご存じですわよね」

「知っとるわい！」

平和産業の大ボスは、非平和的にどなった。涼子につめよるかと思って私は身がまえたが、彼は口を閉ざし、何やら暗算する態《てい》で五、六秒沈黙した後、こうのたもうた。

「家族用と客用をあわせて九ヵ所あるぞ」

「何が？」

「だからトイレだ！」

わめいてから、急に口を閉ざしたのは、さすがに自分の愚行に気づいたのだろう。おなじ美女でも、涼子には憎々しく、由紀子には好色そうな視線を向けてから、背中を見せた。

「とにかく、早く何とかしなさい！」

国家公安委員長・天神原アザミ代議士《センセイ》が、ふたたび叫んだ。

「あんたたちは、キャリア官僚でしょ？　警察のエリートなんでしょ!?　直接、首相閣下にお電話ぐらいできないのッ」

「すでに本土の当局には連絡してあります。現時点では……」

まじめに応《こた》える室町由紀子の声が終わらないうちに、邪悪な声が別の口から発せられた。

「天神原センセイも、首相に直接、お電話なさって、六本木《ろっぽんぎ》で、おふたりだけでお寿《す》司《し》を召しあがる仲じゃございませんの」

天神原センセイは文字どおりのけぞった。

「な、何で知ってるの……!?」

「あら、やっぱり」

涼子はニコヤカに笑った。ＪＡＣＥＳ独特の情報網の成果だろう。もちろんそんなことは口にせず、涼子はもっともらしく述べたてた。

「ご心配なく、大臣ともなれば、お宅の門前からも、浴室の窓からも、トイレの換気扇の隙間からも、ちゃんと警察が、見守っておりますから」

それじゃストーカーだろ。

天神原大臣は不信のマナコで涼子をにらんだが、「JACES会長の娘」とこれ以上トラブルをおこすのは、自分の政治家人生にとって有益ではない、と計算したらしい。もっともらしい表情をつくろって、うなずいた。

「わかりました、警察が優秀なことは、世界に対する日本の誇りです。かならずや、事態を解決することを期待していますからね」

期待の弁というよりステゼリフを残して、天神原アザミ女史は肩をゆすって背を向けた。

Ⅲ

倉山という名の秘書は、なぜか、大臣についていこうとしなかった。

「どうだい、隠すこともないだろう。いったいあんたたちは、この島で何をやろうとしてるんだ？」

「上司の許可がなければ、お話しできません」

「ふん……小役人が」

倉山は、意図的に他人を傷つける笑いかたをした。挑発している。後援会の皆様方だ。

にウチワを配っていたときとは、まるで別人だ。

こいつの本業は裏面にあるな。

私は直感した。政治家の裏面。「政治献金」と美称される賄賂《わいろ》の処理。極右ヘイトスピーチ団体や暴力団など、反社会勢力との交流。その他いろいろ。警戒が必要な男

「大臣がお呼びじゃありませんか？　いらっしゃらなくていいんですか」

小役人らしくいってやると、倉山は卑《いや》しげな笑《え》みを投げつけた後、踵《きびす》を返して去っていった。毒蛇が去るのを見とどけて、ふと振り向くと、阿部真理夫巡査がたたずんでいる。その表情を見て、私は質《ただ》さずにいられなかった。

「どうした、マリちゃん、表情がかたいぞ」

「……自分は、あの男を知っておりまして」

「何があった？」

「はあ、自分はガラになくボランティアをしておるんですが……」

「人助けにガラなんてないさ。お前さん、ほんとにえらいよ。で、ボランティアしてるとき、あの倉山ってやつに逢《あ》ったのか？」

「ええ、去年のクリスマスイブにね……」

阿部巡査は休暇をとって、教会のボランティアをした。ホームレスの人たちに対する炊《た》き出しである。炊き出しというと豚汁《とんじる》がつきものだが、イスラム教徒の外国人もいるので、タブーを避けて鶏肉と野菜たっぷりのスープ、それとパンを用意した。三〇分くらいは順調に運んだのだが……。

「わかった、そこへ倉山をふくめた連中が乱入してきたんだな」

「そうなんです」

阿部巡査は大きく息を吐き出した。

「〝外国人は施《ほどこ》しを受ける資格はない。国家の役に立たないやつらには何もしてやるな〟そんなことをどなりながら」

「はん、自分たちは国家のお役に立ってると思ってるわけだ、やつらは」

「ええ、自分たちの行動が海外に報道されて、日本の評判が墜《お》ちているとは、想像もしてないわけですよ」

「それで阿部ちゃんは――まさか腕力で対抗するわけにはいかないよな」

「ええ、スープの鍋におおいかぶさって、ひたすら、ひっくりかえされるのをふせいでました」

感心すると同時に、心配になった。

「頭はなぐられなかったろうな？」

「フードつきのコートの厚いやつを着てたので、だいじょうぶです。顔も見られてないと思います」

「おれは何の役にも立たなくて申しわけないが、気をつけてくれよ。ああいうやつら、増える一方だからな」

「ありがとうございます」

そこへ女王陛下がご下問《かもん》を投げかけてきた。

「泉田クン、あの天神原って女、もともとどこの政党から与党にクラガエしたんだっけ」

「えーと、〝新党きずな〟から〝新党なかよし〟が分離して……」

「逆じゃなかった？」

「そうでしたかね。すみません」

「ま、どっちでもいいようなものだけど」

「で、〝新党さくら〟は、二〇名全員が落選して消滅……」

「フン、いい気味だわ。あんな極右政党にのさばられたら、日本は先進国グループから追放されるわよ」

核武装だの、アメリカを引きずりこんで中国と戦争するだの、自衛隊を国防軍と改称して北方領土に上陸させるだの、『アンネの日記』を公立図書館から追放するだの、母子家庭への生活保護を廃止するだの、韓国と国交断絶するだの——政策というより妄想をならべたてていたグループだから、消滅したのも無理はない。べつの政党から分離して、たった一年の寿命だったが、生き返らないでほしいものだ。

私はガンジーやマザー・テレサのようなりっぱな平和主義者ではないが、「自分が安全な場所にいて戦争をあおりたてる者」や「自分が徴兵《ちょうへい》されたことがないのに徴兵制を主張する者」が地球人として最低の存在だ、というていどの倫理観は持っている。

ここで困るのが、私の上司だ。彼女が、平和より闘争を、安全より危険を、秩序より混乱を好むのはたしかだが、彼女の場合、まっさきに自分が血と炎の渦《うず》のなかへ飛びこんでいくので、卑怯者よばわりはできない。

では勝手にさせておけばよいか、というと、そうはいかないのだ。彼女がハイヒールの踵《かかと》を鳴らして、

「いくぞ、突撃ー！」

と叫ぶと、すくなくとも私はそれにしたがってしまう。まあ、部下が上司にしたが

うのは当然、という社会的通念に服しているだけ、ともいえるが、どうも、それだけではないような気がする。涼子のカリスマ性、というより、私は精神的に支配されているのではなかろうか。自覚がないわけでもないので、まずいなあ、とは思うが、転属願を出しても握りつぶされてしまうし……。

「まあ、シベリアよりはましですよ」

「そ、そうですよお。今年の冬は、東京もすごく寒いですし、雪も多いし、南の島でノンビリ、とはいきませんけど」

阿部巡査と貝塚巡査は、どうやら私をはげましてくれているようだ。と、涼子が、世界遺産級の脚を組みかえつつ発言した。

「雪は降らなくても、血の雨が降るんじゃないかしらね」

「刑事部長の指示の件ですか？」

「指示なんてどうでもいいけどさ」

これが中国山地か奥羽《おうう》山地のただなかなら、横溝正史《よこみぞせいし》的な世界になりそうだが、亜熱帯の、しかも本来は無人島だから、土俗《どぞく》的な恐怖とは縁がなさそうだ。もっとも、丸岡警部は、子どものころTVで、南の島を舞台にした恐怖映画を見て、夜トイレにいけなかったそうだが。

「この島の緯度ってどれくらい？」

「ええと、だいたい北緯二八度三〇分、東経一四二度一五分ですね」

「何だ、沖縄より北じゃないの」

「いいじゃないですか、充分に南ですよ。東京に較《くら》べたら……」

「ここも東京よ」

「そうでした」

さからう必要もないので、スナオに私は首肯《しゅこう》した。

「カジノにホテルかあ。でも、これだけ費用をかけて、採算がとれるんでしょうかね」

「JACESが経営《うち》したら、採算がとれるようにするわよ。IT長者どもや外国人の富裕層から、ガッポリしぼりとってやるわ」

「カジノでインチキやったりしたら、犯罪ですよ」

「インチキなんかしなくても、合法的にしぼりとる方法は、いくらでもあるわよ」

何だか悪徳商法の相談みたいになってきた。

いつのまにか、すっかり夜だ。

初冬、満天の星である。潮騒《しおさい》は音楽的なリズムを伝えてくる。何とロマンチックな亜熱帯の夜——といいたいところだが、海は底知れぬ闇をたたえて波をうごめかせ、その奥には何か得体の知れないものがひそんで、ようすをうかがっているかもしれない。

不安と孤立感が、イヤな感じで心の片隅《かたすみ》を跳《と》びはねていった。私はスーツの左胸に手をやった。内ポケットに独特の感触がある。

いちおう出張が名目なので、拳銃を持参してきてはいる。心強い一方で、いきなりおそわれて拳銃を奪われたりしたら、目もあてられない。くれぐれも用心が必要だ。正直なところ、天神原アザミさま御一行を守るため生命を張るのはイヤだな。ちらりとそう思って、上司を見やると、涼子はすこし背伸びして海の方角をながめていた。

「さすがに、西之島の噴煙も見えなくなったわね」

「噴火の炎が見えなくて、サイワイです」

まあ、平和的に国土が増えるから、おめでたいようなものだが、これらの島々は富士火山帯の一部だから、海底で何やら不気味な火山活動か地殻《ちかく》変動が生じているのかもしれず、気象庁あたりは神経をとがらせている（だろう）。

「この島自体、あやしいもんだものね。明日にでも火と煙を噴き出すかもしれない」

「やめてくださいよ、不吉な予言は」

「あら、賢者の警告よ」

登山客でにぎわう山頂が、突然、噴火して多くの犠牲者が出た。その惨事はつい先年のことだ。四つもの岩石圏《プレート》の境界線上に位置し、火山帯上に乗っかり、地震帯上にすわりこんだ列島。そこに一億人以上の人間が住み、五〇以上の原子炉が建設されている。まともな神経を持った地球人なら、せめて原子炉だけはやめておこう、と思うだろう。

「島自体が生きてるなんてことはないでしょうね」

「あら、大地は巨大なカメの背に載《の》ってるのよ」

「…………」

「で、どいつが一番あやしいと思うの？　生きている人間のうちでは？」

その質問に答えたのは、私ではなかった。

Ⅳ

「あなたたちよ、お涼」

声が聞こえた瞬間、否《いな》、聞こえる〇・五瞬前に、涼子は猛然と振り向いた。非科学的だとはわかっているが、私にはそうとしか見えなかった。超人類的な索敵《さくてき》能力である。声の主、つまり室町由紀子が歩み寄ってくると、ふたたび〇・五瞬で戦闘態勢をととのえる。

「フン、早くも警備公安関係お得意の冤罪づくりに出てきたってわけ？　あたしたちほど公明正大《こうめいせいだい》な存在は、この世にもあの世にもその世にもいないわよ」

どこからそんな自信が湧いてくるのだろう。

「客観的な事実を申しあげているだけよ。いま、この島に滞在している人間は、総計一二六名。ホテルのスタッフが支配人以下九〇名。天神原大臣の御一行が二四名。わたしをふくめて警護関係者が六名。先ほどの事故で救助された自衛隊員が一名。そして謎の一行が五名……」

「謎の一行!?」

涼子の声が一段ととがった。

「アホらしい、誰のことをいってるのか、尋《き》くまでもないけど、そんな台詞をわざわざ口にする以上、覚悟があるんでしょうね」

硬軟の挑発合戦になってきた。

「目的は何？」

「目的!?」

「そう、目的。刑事部のあなたがたが、どうしてこんな特殊な島にやってきたのかわからない。説明していただければ、ありがたいのだけど」

室町由紀子の視線を受けて、私は表情を消した。彼女のいうことはもっともだが、上司を無視して私が答えるわけにはいかない。

涼子が意地悪く告げる。

「泉田クンを脅迫してもムダよ。何も教えてないからね」

「あら、えらいわね、お涼、部下をかばってあげるの？」

由紀子はまた私をかるく見やった。彼女としては、私の「良識」を期待してくれているのだろうが、じつのところ私だってろくにわかっていないのだ。ふと思いついて、私は虎の尾を踏んでみた。

「いかがでしょう、警視、不謹慎ないいかたですが、よい機会です。このさい私どもにも、出張の真の目的を教えてくだされば、ありがたいのですが」

「ダメ」

「どうしてです？」

「だって、部外者がいるもん」

「どこが部外者!? わたしたちも警察よ」

「刑事部じゃないでしょ。あたしは刑事部長の忠実な部下だもんね。部長の許可がないかぎり、お話しできませんことよ、オホホ」

刑事部長が聞いたら、感涙にむせぶか、憤死するか、さてどちらだろう。

同性に対する意地悪は、上司にまかせておいて、私は良識派を演じることにした。涼子と二、三回やりあってから、知っていることを手短かに説明すると、由紀子はかるく息をのんだ。

「一〇年前の田園調布《でんえんちょうふ》一家殺人事件の重要容疑者が、この島にいるっていうの?」

「可能性よ、可能性」

熱も実《じつ》もない口調だが、涼子は否定はしない。室町由紀子は、涼子と私の顔を見くらべて、半信半疑《はんしんはんぎ》というより、六信四疑ぐらいの見解にかたむいたようだった。

「もしかして、ホテルのスタッフのなかに?」

「と思ってたけど、わからなくなってきたわね」

「なぜ?」

「特定秘密よ。他の部署の者にうっかり教えたら、拷問《ごうもん》の上、禁錮《きんこ》一〇年、妻子は国賊あつかいってことになりかねないからね」

　室町由紀子の柳眉《りゅうび》が徐々にさかだってきた。

「あなたに妻子なんているわけないでしょ！」

　怒るところがちがうぞ、と、私は思った。マジメな由紀子は、涼子の放つ地獄の磁力に対して、過剰に反応しがちである。

　私は口をはさんだ。

「室町警視、僭越《せんえつ》ながら申しあげます」

「ホントに僭越ね」

　涼子のイヤミは、右耳から左耳へ通過させた。

「ええとですね、つまりこういうことです、大きな声ではいえませんが、天神原大臣のご一行のなかに、可能性のある人物がまじっているかもしれません」

　由紀子は私の面上にすえた視線を、涼子のほうへうつした。

「お涼もそう思ってるの？」

「可能性はあるわよ。あの緑衣《ウーマン・イン・グリーン》の女の支持者どもときたら、ロクでもシチでもハチでもないやつらだから。あんたもさっき、身をもって思い知ったでしょ」

　ここで、すっかり存在を忘れられていた人物が口を開いた。岸本明である。

「まあ、たとえ田園調布の犯人が、この島にどんな形であれ存在するとしても、あの飛行艇墜落とは関係ないでしょ」

岸本でも、たまには常識的なことをいうものだ。逃亡中の犯罪者が、わざわざ官憲の注意を惹《ひ》くようなことをするはずがない。もっとも、愉快犯がつかまるのは、理性が衝動に負けてしまうからだが、自衛隊の飛行艇を墜落させるというのは、いくら何でもハデすぎる。

「あぶないわね」

「え、何がです?」

「わからないの? 明日になれば、この島には官憲がぞろぞろやってくるのよ。警察はもういるけど、自衛隊やら海上保安庁《カイホ》やらも加わる。ピンチじゃない?」

私は諒解《りようかい》した。

「つまり、もし田園調布の犯人がこの島にいるとしたら、今夜のうちに何かしでかす可能性がある、と……そういうことですか」

「はい、よくできました。きっと、どこかの部署とちがって、上司の教育がいいのねえ」

涼子は手を伸ばして私の頭をなでた。私はペットか。その割にはずいぶん酷使《こくし》されている気がするが。

「もし大臣が危害を加えられるようなことになったら……」

「ハッピーエンドね、すてき」

「ちがうでしょ！」

「どうちがうのよ。君、まさか、あの天神原アザミのファンだったりするわけ？」

「ご冗談を。私は、はっきりいって、あの女《ひと》がきらいです」

公務員としては、あるまじき発言だが、ついムキになって答えてしまう。

「だったら、どうしてさ」

「それはつまり……大臣に危害が加えられたりしたら、警察が責任を追及されるでしょう」

「あら、あたしの責任を追及されるのはイヤだけど、警察なら、べつにかまわないわよ。長官か総監に謝罪会見させてあげましょ。他に仕事もないんだしさ」

「いや、何かやってるとは思いますが」

いちおう丸岡警部がフォローする。

「そうね、ジャパニーズ・ニードル・カーペットにすわらされて、気の毒かもしれないけどね」

「は？」

「針のムシロってことよ」

「なるほど」

思わず納得してから、私は憮然《ぶぜん》とした。いちおう英文学科を卒業した身としては、あんまりお粗末な和製英語を使ってほしくない。

せめて反撃をこころみることにした。

「長官や総監は措《お》いといて、この島で犯罪がおこったら、警視どのの面子《メンツ》はどうなります？　犯罪者になめられるのは、ご本意じゃないでしょう？」

「フン、そう来たか。そりゃもちろんこの島で……」

涼子は動かしかけた眉をとめた。

「あれ、そういえば、この島、何て名前だったっけ？」

一同、顔を見あわせる。貝塚さとみが飛んでいって、コンシェルジュらしい男性を引っぱってきた。

「はい、島の名は、サメ島と申します」

「そう、だけどサメ島セレブツアーって、何か楽しくなさそうじゃない？」

「ですから島の名前も変えることになっております」

「なってるって……」

「もともと無人島です。住民票を置いている者は、ひとりもいません。都議会が議決して、政府が承認すれば何の問題もない、と、支配人が申しておりました」

憲法でさえ、国会審議もせずに事実上、変えてしまうような政府だ。島の名を変えるぐらい、涼子風にいうなら、「ビフォア・ブレックファースト」だろう。

「クラゲ島にでもするの？」

「いえ」

「じゃ、カルガモ島？」

「カルガモはおりませんので、それはちょっと……」

「じゃ、何なのよ」

「真珠島です」

「シンジュトウ？」

「はい、南海の真珠、パール・アイランド、ということになりますです。日本人だけでなく海外の富裕層の方々も来てくださるでしょう」

コンシェルジュは熱心に宣伝につとめた。涼子は冷笑こそしなかったが、小首をかしげた。

「でも、おなじ名前の島が、どこかになかったかしら」

「はい、三重県にございます。ですが、所属する自治体がちがえば、かまわないのです。〝大島《おおしま》〟という名前の島が、全国にいくつあると思いますか？」

そういわれれば、たしかにそのとおり。「中央区」なんて地名も、いくつあることやら。

「ありがとう、もういいわ」

涼子にいわれたコンシェルジュは、すこし残念そうだったが、一礼して去っていった。

「さて、南海の真珠とやらで何がおこるのかしらね」

悪虐非道《あくぎゃくひどう》な犯罪が未解決のまま歳月がたつと、警察は、「いっしょうけんめい捜査してますよ」と宣伝するためのパフォーマンスをやる。事件現場で捜査幹部が「かならずや真犯人を逮捕してみせる」と宣言したり、事件から一〇年もたって「あたらしい証拠」として、「犯人のはいていたズボンの色」を公表したりする。

このパフォーマンスに、メディアも加担する。広報係がTVカメラの前に立ち、「我々はかならず君を逮捕する」と呼びかける。「逮捕した」と国民に報告すべきだろうに。

　もちろん、「事件を解決したい」という警察の想いは、ウソではない。関係者は誰だって、「犯人をつかまえてやりたい」と考えている。ただ、実現できないだけである。

　以前は「時効」という制度があって、殺人事件の場合、一五年たったら捜査は終了した。現在、時効は廃止されたから、警察は永遠に犯人を追う責任がある。

「警察密着24時間！　犯罪ゆるすまじ！」

　などというTV番組が、民放各局で年に一回ずつは放映される。タイトルに最初から「密着」と記してあるから、番組の正体についてとやかくいうのも、ヤボな話だろう。警察はTV局に便宜《べんぎ》をはかり、無料で宣伝してもらう。そこであつかわれるのは、電話サギとか、ぼったくりバーとか、不法入国した外国人女性パブとか、常習的な違法駐車とか、民間人のおこす事件の摘発ばかりだ。警察の失態とか、政治家の不正などは、まちがっても出てこない。

　まあ、官憲とメディアとの、うるわしい協調ということにしておこう。こんな犯罪に注意しよう、と、視聴者に呼びかける効果もいちおうあるのだから。

V

涼子は四人の部下をしたがえてホテルにもどったが、私にイヤミをいうのは忘れなかった。

「どうしてお由紀なんかに親切に教えてやるのよ。あいつには天神原のオモリをさせていりゃいいの」

「はい、ですが、何か事が生《しょう》じたとき、協力をお願いできるかと思いまして」

「またそうやって、へ理屈をこねる」

「どっちが、へ理屈ですか」

「まあ、どちらもほどほどに」

年齢《とし》の功で、丸岡警部が、年下のふたりをなだめた。

「どうせラウンジはがらあきですし、ひとつ捜査会議のまねごとでもやってみては、いかがでしょうかね。あの暖炉《だんろ》の前なんて、居心地《いごこち》よさそうですが」

まことに建設的な意見であった。見れば、幅三メートルもありそうな暖炉では、オレンジ色の炎がラインダンスを踊っており、周囲には半ダースばかりの安楽椅子《いす》がたくみに配置されている。他のテーブル席やソファーとはやや離れているのも、絶好のポジションだ。

「亜熱帯で暖炉」というと奇妙だが、「十二月に暖炉」なら何の不思議《ふしぎ》もない。実際、日没後は、エレベーターで降下するように外気温が低下し、海からの風も強まってきたようだ。暖炉の前で会議するのは、よい考えに思えた。

天神原ツバキ、ではない、天神原アザミ女史と支持者たちは、宴会用の広間でパーティーを開いているらしい。したがって、ラウンジには涼子たち一行だけしかおらず、閑散《かんさん》というより寂寥《せきりょう》といったほうがいいくらいだ。

「そうね、せっかく暖炉があることだし、これから何がおこるかわからないし、作戦会議でも開いておこうか」

涼子が同意し、私たちは暖炉前に移動した。彼女を中心として半円形にそれぞれ椅子に腰かける。左から右へ、貝塚巡査、私こと泉田警部補、薬師寺警視、丸岡警部、阿部巡査、という順序になる。

手持ちブサタだったのか、心細かったのか、中年のウェイターが競歩みたいな勢いで歩いてきて、お客さまがた、お飲物はいかがでございますか、と問いかけてきた。適当にコーヒーやミネラルウォーターをたのみ、「作戦会議」を始める。

「あの助かった自衛隊員は、どこにいるんだっけ？」

涼子が問い、貝塚さとみが答える。

「シングルームで寝《やす》ませて、看護師さんがつきそっているそうですう」

「いい子ね、呂芳春《ルイ・ファンチュン》、ちゃんと調べたのね」

呂芳春というのは、香港《ホンコン》フリークである貝塚さとみの「ソウルネーム」である。現地の有名な風水師の先生につけてもらったそうだ。その風水師は若いころ清《しん》の西太后《せいたいこう》に会ってお言葉をいただいたそうだが、まさかね。

さて、そもそもなぜ私たちがこんな島に、「出張」という美しい名目で警視庁から一時追放されたかというと、刑事部長の指示である。またしても、といいたくなるところだが、宮仕えの身としては是非《ぜひ》もない。

涼子の話によると——

一通の封書が、涼子にしめされた。

「一〇年前の田園調布一家殺人事件の犯人が東京のサメ島にいる」

その一文が涼子の目を射た。

「サメ島で恐ろしい事件がおこる。だれかとめないと……」

ただそれだけの文面が、個性ゼロのPC《パソコン》文字で記されているだけである。消印は目《め》黒《ぐろ》だが、差出人は「一都民」、住所は記されていない。

「どう思うかね、薬師寺くん」

「くだらない。どこかのバカの悪戯《いたずら》ですわ」

涼子は一刀五断ぐらいの調子で放言した。刑事部長のデッチアゲじゃないか、と思ったくらいだそうだ。

「まあ私もそう思うんだが……」

刑事部長は口ヒゲを指先でつまんだ。

「このところ三件もたてつづけにストーカー殺人がおこって、そのたびに警察はメディアにたたかれとる。事件の前に、関係者が警察に相談していたのに、まじめに対処しなかった、ということでな。確率がゼロでない以上、放っておくわけにはいかん。だろう？」

部長は卑屈っぽく涼子の表現をうかがった。

「そうですわね」

涼子は上司の前で腕を組んだ。

「日本のメディアって、ほんとにバカですものね。あいつらの飯の種《たね》をつくってやるために、警察がわざと手をぬいてやってる、ってこともわからないんですから」

「お、おいおい」

刑事部長は口ヒゲから指をはなした。

「悪い冗談はやめてくれ。警察は、いつだって全力で捜査にあたっとる」

「全力をつくしてるのに結果が出ない、というのは、能力の問題でしょうか？」

さらに意地悪く涼子はいったが、刑事部長もさんざん彼女に鍛《きた》えられて、すこし成長したようだ。

「まあ、残念ながら全能ではないが、だからこそ君に期待しておるのだよ」

オトナの返答である。涼子は唇を閉ざし、刑事部長の表情を観察したが、あっさりとうなずいた。

「わかりました。部長のご命令とあらば、否やはございませんわ」

もともと安穏《あんのん》な日常に満足できる女《ひと》ではない。パーティーへの出席と、ディノニクスとの決闘との選択をせまられたら、否、せまられなくとも、欣然《きんぜん》として後者を選ぶ女《ひと》である。警視庁某係の警部どのは、「人材の墓場」と呼ばれているそうだが、薬師寺涼子は、さしずめ「上司の葬儀場、部下のトライアスロン会場」ということになるだろうか。この女《ひと》が暴走するのについていくのは、凡人にとって、死ぬよりむずかしいかもしれない。

　とにかく、涼子は部下をしたがえて、東京都千代田区を離れた。それだけで、刑事部長は血圧や血糖値がさがったにちがいない……。

　涼子の話が終わったころ、ウェイターが、コーヒーとミネラルウォーターをうやうやしく運んできた。サービスと告げて、ナッツとクッキーの小皿を置く。私たちの「会議」に興味しんしんのようすだったが、礼をいわれて引きさがっていった。

「要するに、またヤッカイばらいかあ」

　一同の顔にそう書いてあったが、丸岡警部はベテランの功とでもいうのか、マジメそうに口を開いた。

「つまり、従業員のなかに殺人犯が……？」

「あくまでも可能性だけどね」

　涼子にとっては、望ましい可能性だろう。彼女にとって、「平和なリゾート」は「退屈」の代名詞でしかない。

「で、その情報、どこまで信頼できますかな」

「さあね」

　そっけなく応じて、涼子は腕をのばし、私の前に置いてあったペリエのグラスをとりあげて口をつけた。コーヒーをたのんだくせに。

刑事部長の場合、あやしげな情報を信用するフリをして、涼子を遠ざけようとする意思、というか動機があるから、私たちまで迷惑をこうむる。

「ひとつ推理ゲームやってみようか。誰かメモ帳持ってない?」

女王陛下の気まぐれで、私たちは一枚ずつメモ用紙を渡され、この島で何がおこるのか考えたことを記すハメになった。そして貝塚さとみが読みあげた結果はというと……。

「政府の陰謀」
「政府の陰謀」
「地底人の陰謀」
「政府の陰謀」
「政府の陰謀」

五人はたがいに顔を見あわせた。これではどの意見が誰のものか、丸わかりである。

「何よ、これ、みんな想像力なさすぎじゃない? そろいもそろって、政府の陰謀以外に考えられないの?」

「約一名、例外がいるじゃないですか」

「そうね、だれかしら」

「まあ、いいじゃありませんか。陰謀ってところはおなじですし」

丸岡警部が苦笑してみせた。冗談で書いたつもりかもしれないが、このような結果が出ると、何とも表現しようのない気分になる。約一名の例外は、「政府にそんな陰謀をたくらむ能力なんてあるもんか」というところだろう。

「それで、政府の陰謀って、具体的にどういうこと？」

そこでふたたび、一同にメモ帳がまわされた。その結果はいかに？

「原子力発電所」

「核廃棄物の廃棄場」

「生物兵器の研究所と人体実験所」

「政府にとってつごうの悪い人物の監禁施設」

「自衛隊とアメリカ軍の共同秘密潜水艦基地」

「おなじく秘密訓練所」

「外国スパイの収容・拷問《ごうもん》施設」

「本土が外国から攻撃された場合のシェルター」

貝塚さとみがつぎつぎと読みあげると、涼子は両手の指を頭の後ろで組んだ。

「よくまあ、つぎつぎと出てくるもんね。何だか、悪の帝国に住んでる気分になってくるわ」

口ではそういうが、涼子にとっては、悪の帝国のほうが住みやすいにちがいない。

「現在の政府なら、やりかねないことばかりだけどね」

「とはいっても、すでにカジノとホテルが建ってることだし、妙な施設をつくるのは、むずかしいのでは？」

「カムフラージュよ」

「あ、なるほど」

思わず、うなずいてしまった。カジノやホテルの近く、観光客がたわむれ騒ぐすぐ傍《そば》に、秘密の施設があると想像するのはむずかしい。まあ、アメリカのB級TVドラマ的な発想だが。

島の面積の三分の一は、立入禁止区域になっている。ジャングルと称するのは、おおげさだが、亜熱帯の樹木におおわれ、絶滅危惧《きぐ》種の鳥や昆虫、一方では有害な生物がいてもおかしくはない。

いずれにせよ、皆が承知していた。夜は始まったばかりだ、と。

第三章　責任者はダレ？

I

薬師寺涼子の予言は外《はず》れて、何ら兇事《まがごと》はおこらず、「真珠島」の滞在者たちは無事に二日めの朝を迎えた。

ギリシア神話にカサンドラという女性予言者が登場する。彼女はトロイの王女で、美貌によって神サマに愛され、予言の才能を授《さず》けられたが、神サマをふったため、怒った神サマに、「どんな正しい予言をしても他人に信じてもらえない」という呪《のろ》いをかけられ、かくてトロイはギリシア軍に滅ぼされてしまう。悲劇の王女だが、ギリシア神話の神サマも、ずいぶんケチくさいことをするものだ。

二一世紀のカサンドラ薬師寺涼子は、デラックススイートルームで寝たくせに、すこし不機嫌であった。予言が外れてシャクだったにちがいない。それでもビュッフェスタイルの朝食では、スペイン風オムレツ、マセドニアンサラダ、ミネストローネ、チーズとベーコンのトーストサンド、ブルーベリーソースをかけたヨーグルト……と威勢よくたいらげた。今日の活動にそなえてのことだろう。不自然なダイエットとは無縁の人生を送っているシアワセな女《ひと》だ。

食後にペリエのグラスを空《から》にしながら、すこしも悲劇っぽくない女性予言者は、さっそく舌打ちした。

「チェッ、昨夜《ゆうべ》のうちに、もうひとつふたつ、何かおこると思ったのになあ」

「いえ、おかげでゆっくり眠れて、私などは助かりました」

丸岡警部がそう受けた。阿部、貝塚両巡査がうなずく。私が同調しなかったので、涼子がジロリと私を見すえた。これは予測の範囲内だったので、即答できた。

「もしかしたら、何かがおこっていたかもしれませんよ。私たちが知らないだけで……ホテル側が何か隠しているかもしれませんね」

べつに涼子に気を遣《つか》ったわけではなく、私の刑事根性がそう思わせたのだ。あまり高尚《こうしょう》な思案ではないが、充分にありえることである。

丸岡警部が、コーヒーカップを皿にもどした。

「しかし、何ですな、天神原大臣も、ややこしいことになったもんです」

私が応じることにした。

「正式開業前のホテルを借りきること自体は犯罪じゃないでしょう」

「とはいっても、政治家、それも現職の大臣が、支持者を集めて、特権的なツアーをもよおしたんだからなあ。すくなくとも、週刊誌は喜ぶだろうよ」

「ですね。大臣にとっては、政治生命にかかわるかもしれない」

申しあわせたわけではないが、涼子をふくめて、一同はいっせいにダイニンググルームの反対方向をながめやった。天神原アザミ大臣とその支持者たちが会話と食事を愉《たの》しんでいる。にぎやかというより騒々しいくらいだが、昨夜以来の不安を解消できておらず、ことさらに声を大きくしているのだろう。ちらちらと私たちを見る人もおり、その視線には怒りと不満がこめられているように思われた。警察が何もしてくれないので、不快なのだろう。もっともなことだが、したくても何もできないのだ。

しばらく沈黙していた涼子が、私に顔を向けた。

「泉田クン、昨晩《ゆうべ》の推理ゲームのときだけどさ」

え？　ゲームだったのか。

「君、政府の陰謀とか書いてたでしょ」

「はあ」

何しろあの状況では、「自分は書かなかった」と主張しようがない。

「あれって、過大評価《かいかぶり》じゃない？」

「でしょうかね」

「そんな知能《アタマ》が、いまの政府にあると思う？　大臣があだけど、その大臣を任命したのは首相だからね。人を鑑《み》る目がないったら」

もっともだが、他人に聞かれると、いささかまずい意見ではある。

「気は進まないけどさ、捜査のフリして、田園調布の犯人がいたら、さっさとつかまえて帰ろうよ。この前のシベリアのときみたいにさ」

「さあ、そう簡単にいきますかね」

シベリアの場合は、犯人の顔も名前も経歴もわかっていた。今回は性別も年齢も不明だ。一六年前の事件だから、犯人が当時、未成年だとしても、もう三〇代だろう。犯行の動機すらわかっていない。

そもそも、「田園調布一家殺人事件」とは何か。田園調布は人ぞ知る高級住宅地だが、多摩川《たまがわ》に近くなれば寂しい地域もある。相続税やら海外滞在やらの問題で、人が住んでいない邸宅もある。そのなかの一軒で、一家五人が皆殺しにされたのは、一六年前のことだった。

ちょうど正月だったので、新聞は休刊、TVはスペシャルと称する手ぬきのバラエティ番組ばかり。局によっては、「報道機関」と自称しながら、一日合計して二〇分しかニュースを放映しない局さえある。ようやく年始の仕事がはじまったころ、一挙に全国ニュース化して、事件の残忍さが人々を戦慄させた。

四〇歳のIT企業経営者、三五歳の妻、六歳の長女、二歳の長男、それに六六歳の妻の母親。合計五人が、血みどろの死体となって発見されたのだ。四人は刃物で全身をめった刺しにされ、五人め、つまりおさない長男は床にたたきつけられて頭蓋《ずがい》と脳を損傷していた。

ダイニングルームには豪華なおせち料理が血にまみれて散乱し、しかも、一部は食べられていた。通報者は年賀状の配達人で、カーテンが開いたままの窓から室内をのぞきこんで、文字どおり腰をぬかしてしまったが、それでも携帯電話でようやく警察に報《しら》せた。駆けつけた親族が、家庭用金庫がなくなっていることを証言。約五〇〇万円の現金が強奪されたと推定された。

血のついた掌紋《しょうもん》や足跡、血をぬぐったティッシュペーパーなど、遺留品がいくつもあったので、早期に解決すると楽観されていたが、現実は未解決のままで、警察としてはお恥ずかしいかぎりである。

にわかに歓声があがった。海に面したガラス壁を見ると、白い船が港内にはいってくる。船腹に「JAPAN　COAST　GUARD」と記されているのも見えた。

「早かったわね、海上保安庁《カイホ》」

「ちょうど小笠原諸島近辺をパトロール中だったそうです」

と、阿部巡査が報告する。

私たちはホテルの外に出て、海面を近づいてくる巡視船をながめた。海上保安庁についてはよく知らないが、だいたい一〇〇トンあたりで、巡視船と巡視艇に区別されるのだそうだ。巡視船は外洋で行動し、巡視艇は港内や湾内など、かぎられた水域で行動する。小笠原諸島周辺をパトロールしていたというなら、巡視船だろう。二〇ミリや四〇ミリサイズの機関銃も装備しているはずだ。

朝日を受けて、海には金色や銀色の波が、かがやいている。近くで嬌声《きょうせい》があがったので、そちらの方向を見てみると、広い大理石のテラスにむらがった男女が、スマートフォンをかざして巡視船の写真を撮《と》りまくっている。たしかに写真になる光景ではあった。それをスマートフォンで撮る人々の姿も、見あきた光景だ。昨日あんな不可解な事故ないし事件があったのに、のんきなものだ、という気もするが、一般市民にのんきな生活を送ってもらうのが、公僕の責務である。

巡視船は港内にはいってくると、突堤《とってい》の一〇〇メートルほど先でストップした。エンジンつきのゴムボートをおろしている。突堤の周囲には、昨夕、穴をあけられたスクーナーやモーターボートが沈んでいるから、直《じか》には接岸できないのだろう。

五名の海上保安官がゴムボートに乗りこみ、エンジン音をたてたと思うと、一分もかからずに突堤に接岸した。危《あや》うげなく上陸し、ボートを係留させる。

私たちが近づいていくと、表情の選択に迷う表情をした。とくに涼子を見て、正体不明と思ったのは、まちがいない。私が警察手帳をしめすと、顔を見あわせて納得したが、たがいに名乗った後、かえって隔意《かくい》を抱いたようすだった。

「海難事故は海保《われわれ》の管轄です。このあとは、海保にまかせて、警察はもう手出しご無用にねがいたい」

「まあ、とても残念ですわ」

「は、そうですか」

「せっかく、すてきな海上保安官の方々と、協力しあって、国家のためにお役に立てるかと思ってましたのに、ホント残念」

残念がっているのがまるきりイツワリとはかぎらないが、その考えを表現するのに、流し目と脚線美を見せびらかす必要はないだろう。

「とっ、とにかく、海保としての立場がありますし、警察の方は海中の捜査には慣れておられんでしょう。ここは我々プロにおまかせください」

冬なのに汗をかいている海上保安官だが、その後方の空から爆音がひびいて、怪鳥のような黒い機影が近づいてきた。

「おー、今度は海上自衛隊《カイジ》か」

「空を飛んできますからね、いったん基地を出発したら速いですよ」

「これで警察《あたしたち》とならべて、三つそろったわけだ。あれ、特高警察と憲兵隊は？」

「そんなもの、日本にはありませんよ」

「すぐに閣議決定でつくるわよ。この国は法治国家じゃなくなってるんだから」

近づいてくる機影を注視していた貝塚さとみが声をあげた。

「あ、オスプレイだ」

「未亡人製造機ってやつですな」

丸岡警部が応じる。アメリカ国内でしばしば事故をおこし、搭乗員が死亡していることから、そう呼ばれる。それを一〇機も二〇機もまとめ買いしてやっているのは、日本ぐらいのものだから、もうすこしお客をだいじにして、とくに沖縄には紳士的に

JAPAN COAST GUARD

ふるまってほしいものだ。

先入観があるからか、オスプレイは空中で、よちよち歩きの幼児みたいに動いているようで、私たちは半ば無意識に一〇歩ばかり後退した。

II

ひとりの未亡人も製造することなく、オスプレイはホテル近くの滑走路に着陸した。軍事オタクの連中にとっては、狂喜すべき光景だろう。そこまでの興味があるかどうか知らないが、またしても一〇人ぐらいの男女がスマートフォンを振りかざしている。

こうして見ると、機械というものは、発達すればするほど昆虫に似てくるようだ。翼をたたんでいくオスプレイは、巨大なハエのように見えた。つまり、昆虫のような、自然に進化してきた生物は、合理的に造形されているのだろう。

オスプレイの乗降口が開くと、短いタラップがおろされ、制服姿の海上自衛官が一名、速い足どりで降りてきた。まだ若いようだ。出迎えるのも妙なものなので、私たちは滑走路の端にたたずんだまま、彼が近づいてくるのを待った。

自衛官はまじめな性格らしく、ショートパンツから伸びる涼子の長い脚線から、視線をはずすのに苦労していた。

「墜落した飛行艇は国産で、防衛機密のかたまりなのです。警察はこれ以上、関与しないでいただきたい。民間人の方々も、撮影はおひかえください」

「躾《しつけ》がなってないわね。まず官姓名を名乗ったらどうなの？」

「あ、失礼しました。海上自衛隊館山航空基地の富川《とみかわ》一等海曹であります。ええと、その、あなたがたは警視庁の方ですか」

「あら、そう見えます？」

適当にからかえる相手と見すかして、涼子が、天使をよそおう悪魔の微笑で応じた。

「は、いや、あの、ちがうのですか？」

「ちがいませんわ」

「それならそうと……いや、ですから……」

無意味に口を開閉させる富川の身体が、乱暴に押しのけられた。長方形の顔にサングラスをかけた上官らしき男が私たちの前に立ちはだかる。最初から私たちを見下したようすで言い放った。

「とにかく、警察は近づかないでもらいたい」

「お約束の台詞《せりふ》だけど、ノーといったら？」

「特定秘密保護法違反で拘束《こうそく》する」

「へえ、この国ではいつから軍隊が警察の捜査権を侵害するようになったの？」

「軍隊ではない、自衛隊だ。何なら、もっと上のほうから指示を出してもらってもいいんだぞ」

「笑わせてくれるわね。逮捕するのは、こっちのほうよ。公務執行妨害、証拠湮滅《いんめつ》、遺体を乱暴にとりあつかったら死体損壊ね」

「ふん」

上官は冷笑し、すこし右肩を前に出した。肩章を見せつけるように。ところが、あいにくと私たちは自衛官の肩章がどんな地位をあらわすか知らない。涼子は知っていたかもしれないが、すくなくとも知らぬ素振《そぶ》りだった。私たちがいっこうにおそれいったようすを見せないので、相手は警察官たちの無知にあきれたらしい。

「自分は海自館山基地の西原《にしはら》二等海佐だ」

それで涼子も名乗った。警視と二佐は、どちらが上位なのだろうか。

「とにかく死者が二名出たことは事実。検死させてもらうわよ」

「やってみるがいい。で、検死官はどこにいるのかな？」

西原二佐はあざけった。この男に、私は残念ながら好感を持てなかった。つきあってみれば、いいやつかもしれないが、いまは組織防衛に専念しているらしく、どこまでも高圧的である。

海自の館山基地といえば、妙なことで有名になったところだ。女性幹部が部下の女性に対して部下いじめを《パワハラ》おこない、インターネット上でひと騒動、さらには裁判ザタになって、てんやわんやだった。海自は、ひどいパワハラにあった隊員が自殺して、その両親が加害者と国を告訴したこともあり、どうもほめられない体質を持っているようだ。

私たちは肉体的にも頭脳的にも手ブラで滑走路から離れた。一度だけ肩ごしに振り向くと、西原二佐が富川一曹を叱責《しっせき》しているのが見えた。声はほとんど聞こえなかったが、富川が悄然《しょうぜん》とうなだれていたので、それがわかる。

「女の脚などに見とれるやつがあるか！」

とでもいわれているのかもしれない。だとしたら、ショートパンツなどはいている涼子が悪い。十二月にその恰好で寒くないのは、亜熱帯の陽光と、昨日にまさる南風のためだ。

「警察《うち》と自衛隊と海上保安庁《カイホ》が、協力どころか対立して妨害しあってるようじゃ、事件の解決なんて、おぼつかないわね。日本の将来が思いやられるわあ」

「そういう台詞は、うれしそうにいうものではありません」

「あ、上司に向かって、えらそう」

「失礼しました。ですが、これは上司や部下ということとは関係ないと思います」

「ですが」以下は、心のなかのツブヤキである。うっかり口に出して、揚《あ》げ足をとられたら、ややこしいことになる。平和のための妥協《だきょう》、というにはスケールが小さいが。

それにしても、警察、海自、海保と強力な公権力機関が三つもそろって、たがいに特定秘密保護法を振りかざし、協力どころか妨害しあっている。当然、捜査も調査もすすみはしない。不毛だなあ、と思うのだが、私の上司は、いたってご機嫌であった。

「いやー、特定秘密保護法って、こんなに便利だとは思わなかったわ。イヤガラセ、オドシ、クチフウジ、やりたい放題の公務員応援法」

「そういう目的でつくられた法律じゃないと思いますが……」

「何いってんの、最初から悪用する目的でつくられてるんだから、ちゃんと使うのが、公務員のツトメってもんでしょ！」

　悪用ねえ。まあ悪用と自覚しているだけマシか。

「あのう、もしもし」

　遠慮がちだが、太い声がして、振り向くと、三〇代半ばに見える男が立っていた。よく見かける警察に似せた制服を着ているが、それがはちきれそうなほど肉づきがよい。

「あなたは？」

「申しおくれました。当ホテルの警備主任です。正確に申しますと、オーナーのNPPから派遣されてきております」

　また、あたらしい権利主張者があらわれたわけだ。私はうんざりしたが、同時に、彼個人に対しては、いささか気の毒さを禁じえなかった。NPPはJACES《ジャセス》の商売敵《ライバル》である。この将来《さき》、どれほど涼子にいびられるか、想像すれば同情心ぐらいわこうというものだ。

「それで、何のご用？」

　はたして、涼子は、はぐれ羊を見つけたオオカミみたいな態度になった。なまじ美しくて、声はやさしげに出しているから、正体を知る者にとっては、よほどこわい。

「はあ、じつはお客さまがたから苦情が出まして……せめて警察からもうすこし事情を教えてほしいとのことで……」

　突然、肥満体の左右から、四、五の人影があらわれ、ハデなメガネをかけた中年女性が詰問《きつもん》してきた。

「わたしたちは、ちゃんと本土へ無事につれて帰ってくれるんでしょうね」

「それはもう、かならず」

「とは断言できません!」

　毅然《きぜん》・厳然・冷然として、涼子が言い放った。中年女性はさらに言葉をつづけようとしていたらしいが、口をあけたまま、こちらは茫然《ぼうぜん》。

「ちょっと、ちょっと、警視」

　私の小役人的常識を、涼子は、雲の涯《はて》まで吹き飛ばし、滔々《とうとう》と演説をはじめた。

「わたくしども警察が全権をにぎっているのであれば、皆さん方のご無事はお約束いたします。ですが! 海自のパカや海保のアポが、何のかのといって、わたくしたちのジャマをするので捜査もままなりません。まことにイカンなことですが、どうしようもないのです」

　忘れていた。薬師寺涼子もキャリア官僚だったのだ。詭弁《きべん》を弄《ろう》して、他人に責任を転嫁《てんか》するエキスパートだったのである。というより、権限を振りかざして、彼女や私を排除しようとした海自や海保の自業自得《じごうじとく》というべきだろうか。

いずれにせよ、善良な刑事サンである私としては、面目《めんぼく》なさそうにかるく一礼してみせる以外になかった。毒気にあてられた態《てい》で、警備主任はいったん引きさがった。

「よしよし、これで当分おとなしくしてるだろ」

「いいんですか、後で海自や海保とトラブルになるかもしれませんよ」

「トラブルを秘《ひそ》かに解決して、国民を誘導するのが、上層部の仕事よ。あたしたちの仕事は、トラブルをおこすこと」

「お言葉の前半はともかく、後半は……」

「トラブルなくして、何の人生か！」

迷惑な人生訓もあったものだ。やれやれと思った直後、「当分」は終わった。天神原アザミ自身が猛然と近づいてきたのである。

Ⅲ

天神原アザミがたっぷり五分ほど非難とイヤミをまくしたて、いったん言葉を切ると、涼子がつぶやいた。

「ちょっと教養をひけらかしてやるか」

まともに相手せず空を見あげていた涼子は、天神原アザミを見すえて、呪文をとなえるようにおごそかな声を出した。

「狠剛《こんごう》にして和せず、諫《いさ》めに愎《もと》りて勝つを好み、社稷《しやしよく》を顧《かえり》みずして、軽《かろ》がろしくなして自ら信ずる者は、亡ぶべきなり」

「な、何なの、いきなり」

「『韓非子《かんぴし》』亡徴《ぼうちよう》篇第十二項よ。どうせ知らないだろうから、訳してあげるわね――一国の統治者が独善的で協調性がなく、批判されたら反発するだけで自省しない。国家全体のことを考えず、軽薄に行動し、しかも自信過剰である。このようなとき、国は亡びるであろう――ざっとこんな意味よ」

「それがどうしたっていうの」

天神原アザミがうなり声をあげる。涼子は彼女のツバキの嵐を避けるため、中国古典を持ち出したらしいが、効果はなかったようだ。

「ここまでいわせないでよ、いちおう大臣なんだからさ。六本木二丁目の寿司屋で、甘エビとウニを食べまくってオナカをこわした男が、このダメ統治者そっくりだって

「そ、そんなことまで、首相が甘エビとウニを食べすぎたことまで、何で知ってるの!?」

天神原アザミ女史は、のけぞった。

「いってるの」

「ほんとにダメだわ、こりゃ」

涼子は、大きく溜息をついてみせた。半分はワザとだが、半分は本心であろう。

「いこ、泉田クン」

「お待ち！　説明なさい！」

天神原アザミのツバキライフル弾もとどかぬ速足で、涼子は上司の上司のそのまた上司を置き去りにする。オトモしつつ私は問うた。

「それにしても、どうして、首相が食べたものまでわかるんです？」

「君まであんなくだらないことを気にするの？　あたしがあの女にいってやりたかったのは、別のことよ」

「わかっているつもりです。いつまで聴いていてもキリがありませんからね。でも、気になりますよ」

「君の推測は？」

「六本木の寿司屋というのが、ＪＡＣＥＳのアジトか監視ポイントだったんでしょ」

「わかってるなら、いいじゃないの。サマツなことにこだわってると、出世が遅れるぞ」

痛いことを、イヤミな口調でいう。

じつは私にも俗っぽい望みがある。三〇代のうちに、階級から「補」の一字を取って、警部に昇進したいのだ。できるなら、故郷の祖母《バア》ちゃんが健在なうちに、喜ばせてやりたい。ううむ、われながらいい年齢《とし》してバアちゃんっ子だなあ。

私の姉は地元で結婚したが、相手は税理士と司法書士の資格を持ち、商工組合の顧問もつとめている。四〇歳をすぎたばかりで、経済的にも安定しているし、子どももふたり。おちついた常識人で、私の両親は、いつ大地震が来るか知れない魔都で女性上司にこき使われている実の息子より、ムコどののほうを、ずっと頼りにしている。

私自身も、姉夫婦が両親のすぐ近所（五歳のメイの足で歩いて三分だ）にいてくれるので、安心していられる。よって義兄《あに》には頭もあがらず、足も向けられない。

私のプライバシーはどうでもよいことだった。上司に問いかける。

「天神原アザミに、何をいいたかったんです？」

「あの女が来てから、この島では、ロクなことがおこらないじゃないの。不幸を呼ぶ女って実在するのねえ」

「はあ、いや、それは……」

たしかにこの「真珠島」ではロクなことがおこらないが、その原因は、はたして天神原アザミであろうか。これまでの警察官人生から学んだ身としては、天神原アザミは一過性の低気圧にすぎず、巨大な台風はべつに存在する、というのが私の意見である。

私たちは涼子を先頭に、島の要所を見てまわったが、滑走路には海自が、突堤《とってい》付近には海保がいて、私たちを近づけようとしない。先ほどの涼子の演説は、あながち虚言《うそ》ではなかった。

「で、あの天神原ツバキだけど……」

「ツバキじゃなくて、アザミですったら」

「あら、そうだっけ。名は体をあらわすのかと思ってた」

「……ですが、あれでも、まるっきりトリエがないわけじゃないですよ。性犯罪や夫の家庭内暴力《DV》に対して、厳罰を科すよう主張してるじゃないですか。女性大臣ならではですよ」

「ま、それはね」

しぶしぶ、という表現そのままに、涼子は認めた。

「だけど、トータルして、メリットよりデメリットのほうが大きいのなら、役職にふさわしくないでしょ！」

「はいはい、それで、天神原大臣がどうかしましたか」

「いや、どうやら、身のホドを知って、退散するらしいわ」

左手をあげて指《さ》ししめす。その方角を見ると、珍妙な光景が現出しつつあった。五、六台のゴルフ場用カートが、ホテルの裏手から出てきて、大名行列よろしく、滑走路への道をゆっくり走っていく。先頭のカートには緑色の人影が見える。天神原アザミ女史であること、疑いようもなかった。よく見ると、同乗しているのは室町由紀子と岸本明らしい。あと二名は、秘書の倉山と警護官《SP》だろう。つづくカートには、スーツケースやキャリーバッグとともに、天神原アザミの支持者たちが、一台四、五人ずつ乗りこんでいる。

「オスプレイで帰京するんでしょう。長居は無用、予定変更というところでしょうね」

「フン、お由紀のやつ、怪事件を前にして、シッポを巻いて逃げる気ね、口ほどもない」

「口ほどってことはないでしょう。あの女《ひと》の任務は、大臣の警護なんですから、ついていくしかありませんよ。それに、いいじゃないですか、ジャマされずにすむんですから」

涼子は無言。私の最後の一言で、反論の余地を奪われたらしい。私だって、たまには口で勝つこともあるのだ。

レベルの低い勝利感を味わう暇もなかった。海岸の方角で、鈍《にぶ》い音に人声がつづいた。阿部巡査や貝塚巡査が突堤のあたりから私たちを呼んでいる。海上保安官が決死の形相《ぎょうそう》で私たちを追いぬいていった。

「巡視船が……！」

海上保安官があえいだ。

大型機関銃までそなえた五〇〇トン級の巡視船が、水の柱を天へと噴きあげながら、一秒ごとに喫水線《きっすいせん》を下げていく。船上では、幾人かの海上保安官が、どなったり走りまわったりしていた。浸水をふせごうとしているのだろうが、どうやら努力はムダに終わりそうだった。

「あー、これでまたひとつ、国民の血税のカタマリが海の底へ消えたわね」

「まだ消えてませんよ」

「すぐ消えるって」

客観的に見て、無責任ととられかねない会話をかわしていると、不意に悲鳴があがった。

巡視船をつらぬく水の柱が、二本に増えている。あらたな水柱の上に人影があった。人間ひとりを宙に持ちあげるほどの水圧なのだ。制服姿の海上保安官が、空中で必死に手足をばたつかせている。これがサーカスの演技なら、ユーモラスな光景だったかもしれないが、状況を考えると、そらおそろしいかぎりだった。

「総員退去！」

その声がひびいたとき、巡視船の甲板《かんぱん》は、すでに海水に洗われつつある。海上保安官たちは、腰から下を濡らしながら、突堤へ跳《と》びうつる者もあり、思いきって海へ飛びこむ者もあり、騒然たるありさまだった。

私たちは突堤へ小走りに近づいた。海保のほうは、さえぎりたくても、そんな余裕はない。「アダを恩で返す」というより、「貸しをつくる」というのが本心だろうが、涼子の指示で、私たちは、陸にあがろうとする海上保安官たちを助けあげた。

ふと気づくと、室町由紀子が岸本明をともなって近くにいた。すこし息を切らせているのは、走ってきたばかりだからだろう。

「とりあえず無事なのは、海自のオスプレイだけね。あれは陸上にあるから。大臣たちは帰れそうだわ」

由紀子がいう。私も、彼女の意見に、とりあえず賛成だった。

「何物かが海中にいることはたしかです。オスプレイが無事ということは、島にいるかぎり我々は安全だとみていいでしょう」

「そうとはかぎらないわよ」

カサンドラ涼子が、地獄の混声合唱団みたいな声を出した。私が由紀子と話していると、なぜだかいちいち不機嫌になる。

「それはどういう意味、お涼？」

「わからないの、あきれた、海中にひそんでいるそいつが、陸上に這《は》いあがってこないって保証がある？」

「陸にあがってくるって……」

由紀子は困惑したように語尾を消す。私は涼子に質《ただ》した。

「海棲《かいせい》の両生類ってことですか？　私は生物にはくわしくありませんが、そんなやつがいるんですか？」

「君、いまさら何をいってるの。何億年も前に、生物は海から陸へ這いあがって、そこから陸上生物の時代が始まったのよ。時代おくれで、いまごろになってそんなことをやるやつだっているでしょ」

私は数億年の過去の光景を脳裏《のうり》に再現してみようとこころみたが、私の貧弱な想像力では、恐竜以前の時代は、さっぱり絵画にも映像にもならなかった。

「ほんとに生物ですかな」

丸岡警部が、ひさしぶりに口を開いた。

「あまり考えたくもありませんが、昨夜、天神原大臣のおっしゃったように、潜水艦かもしれませんよ。どこの国のものかはともかく」

「だったら海自の責任ね。日本の領海で外国にこんなマネをさせておくなんて、手ぬかりもいいところよ。バカ高い潜水艦や対潜哨戒機《しょうかいき》を何十も持ってて、何をやってるんだか」

「これからやるんでしょうよ。すでに一機、飛行艇をうしなっているんだし、面目にかけても」

「ハン、恥の上ぬりにならなきゃいいけどね」

どこまでも涼子は冷淡だった。そして、今回のイヤミは、「カサンドラの予言」では終わらなかったのである。

Ⅳ

異常事が続出するこの島において、一番えらいのは、天神原《てんじんばる》アザミ女史である。「えらい」というのは人格的なことではなくて、「社会的地位が高い」という意味だ。何しろ国家公安委員長、自称「警察大臣」なのだから。

となれば当然、リーダーシップをとって秩序と平穏を回復する責任があるはずだが、そんなココロザシはまったくないようだ。

「もうこんなところはたくさん！　わたくしには支持者の方たちをお守りする義務があります。皆さんを無事に東京へお帰しするため、わたくしは全力をつくします！」

支持者以外は置き去りにする気らしかった。いまどきの政治家は——などといっても、時代おくれだろう。ご本人は、たぶん被害者のつもりにちがいない。せっかく有力な支持者たちを集めて、豪華リゾートで接待するつもりだったのに、たったひと晩でUターン。だれが費用を負担して法網《ほうもう》をくぐったか知らないが、想定外というやつだ。

オスプレイの私的利用を正当化するためだろう、カート上で大声の演説がしばらくつづいたが、不安の影が「大臣」の威厳をそこねていた。考えるまでもなく、怖いのがアタリマエだ。この時点で逃げ出さなかったら、豪華リゾートとはいえ、絶海の孤島に閉じこめられてしまう。

私などは、薬師寺涼子に引っぱりまわされて、非科学的でおぞましい事件に巻きこまれること数知れず。いつしか、慣れる、というよりスレてしまって、恐怖感がやや薄れてしまった。ただ、嫌悪感は健在で、時おり、おぞましい夢に安眠を破られる。汗に湿ったアンダーシャツを着かえながら、よく生きてこられたな、と、あらためて冷汗が出るのだ。

オスプレイの乗降口からタラップがおろされ、一方、つぎつぎと停車したカートからは逃亡者たちが降りはじめた。両手に荷物をかかえ、何やら話しあいながらオスプレイへと近づいていく。体内は不平不満でいっぱいだろう。きちんとフォローしておかないと、天神原センセイの次の選挙は苦しくなるだろうな。

地ひびきのような音が聞こえた、ような気がする。人々の叫びや悲鳴が、これはハッキリと聞こえた。オスプレイの機体がかたむき、左の翼の付根《つけね》から水柱が天へと噴きあがるのが見えた。正確には、滑走路に穴があき、高圧の水が機体をつらぬいたのだ。噴きあがった水が落下して、雷雨のように機体をたたく。

「あーッ!!」

天神原ツバキ、ではない、アザミ女史の声が耳に突き刺さった。私のすぐ近くで、カートからころがり落ちた女性大臣が、私の襟首《えりくび》をつかまんばかりのイキオイでどなった。

「何で、何で、滑走路の下から水が噴き出すの!?　ここは陸の上よ！」

もっともな疑問だが、私が詰問されるスジアイはない。

「滑走路の下に水が流れてるんでしょう。地質調査をきちんとせずに工事した企業の責任ですね」

ことさら冷静さをよそおって、役にも立たないことをいってやった。だれの影響やら、私も意地悪になったものだ。

「おーおー、一〇四億円の血税が水の泡、いや陸のカビだわ。天網恢々《てんもうかいかい》、疎《そ》にして漏《も》らさず。悪いことはできないものねえ」

台詞だけ聞けば、正義の味方である。涼子は矛盾のカタマリだが、血税の流用に対しては一貫して、いちじるしくきびしい。彼女自身が多額納税者だし、浪費するときは自分のおカネをばらまくから、

「首相が政務活動費でアイスキャンデーを買った」

なんて報道を聞いたときの侮蔑《ぶべつ》ぶりときたらなかった。セコい、ケチくさい、いじましい、ミグルしい、コスからい、アサマしい……と、四〇種類ばかり悪口をならべたて、

「暗殺する価値もない男だわ」

と、しめくくったものだ。殺されなくてよかったですね、首相。もっとも、「死んだほうがマシだ」という目にあわされるかもしれませんが。

五、六名の自衛官が、水に打たれながら必死で走りまわっているが、どうしようもないだろう。さすがに気の毒になった。

西原二佐は不運な部下たちにあたりちらしていたが、涼子や私たちの姿を見ると、突進直前のいきおいで歩み寄ってきた。敵意むきだしでどなりつける。

「何でだ!? どうして滑走路から水が噴出したりするんだ? 陸地だぞ、しかもコンクリートが敷いてあるんだぞ!」

「あたしたちに尋《き》かれてもねえ」

これは当然の回答である。

「捜査すればわかるかもしれないけど、妨害するヤカラがいて、こまったモンだわ。どう、あたしたちに捜査を一任してみる?」

「ふざけるな」

憎々《にくにく》しげに吐きすてて、二佐は踵《きびす》を返していった。

一機三億円以上する無人偵察機の墜落事故を、陸上自衛隊が四ヵ月も隠蔽《いんぺい》していたことがある。露見したときの弁明が、こうだった。

「単に機体が損傷しただけ。事故ではないから公表しなかった」

しかし、今回は、有人機が二機つづけての損傷だ。しかも、大臣が現場にいて、負傷者や行方不明者が一〇人以上も出ている。金銭的損害も桁《けた》ちがいだ。隠しようがないだろう。

私たちをどなりつけたとき、西原二佐の顔は、どす黒く変色していた。怒りと恐怖が、理性の枠《わく》をいまにも突き破りそうな表情だった。さらにいえば、恐怖は二種類に分かれている。オスプレイを破壊した正体不明の「敵」に対する純粋な恐怖。そして、責任を追及される恐怖――官僚性恐怖というやつだ。

前者には同情するが、後者にはその必要はない。責任をとりたくなければ、出世をあきらめることだ。

他人事《ひとごと》ではない。私だって、警部に昇進できたら、その分、責任が増えるのは覚悟の上である。しかし待てよ。現在の私は、一般的な警部補より、よけいな責任を負わされているのではなかろうか。だれかさんのせいで。普通の警部補は、シベリアの片隅でサーベルタイガーに追いまわされたりしないだろう。

「しょせん組織は上司しだいだなあ」

「いい上司を持って、泉田クンは幸せね」

「おっしゃるとおりです」

飛びあがりもせずに応じることができたのは、修業の成果だが、そのかわり心臓の表面にたっぷりアブラ汗をかいた。涼子は私を見やったが、いつのまにかサングラスをかけていたので、瞳の動きがわからない。すこし肌寒さを感じたのは、風のせいだろうか。

「泉田クンだけ、ついておいで。あとの人たちは、いったんロビーにもどっていて」

そういうと、返事も待たずに歩き出す。丸岡警部が、私の肩をかるくたたくと、反対方向へ足を運ぶ。阿部、貝塚の両巡査は、何だか「ファイト!」とでもいいたそうに私に一礼してから、警部のあとにしたがった。

涼子につれられて、私は突堤に到着した。あたかもよし、潜水していた海上保安官のウエットスーツ姿が、海面に浮上してきたところだった。

「どうだー!?」

「ありません」

「何!?」

「遺体が見つからないんです」

海上保安官たちは、突堤の上と下で、しばし声を投げかけあった。

「もっとよく探してみろ。潮流で移動している可能性がある」

「海底の岩と岩の間にはさまってる、って可能性は？」

「そんなことはとっくに――」

答えかけた海上保安官は、声の主が女性であることに気づき、不審そうに振り向いた。涼子の姿を見て目をむく。

「な、何だね、あんたは？　民間人はホテルにもどってなさい」

その眼前に、涼子が警察手帳を突きつける。ふたたび目をむいた海上保安官は、同僚たちと額《ひたい》をあわせ、何やら相談してから、私たちをできるだけていねいに追いはらった。

日本は自由な国だ、と、たいていの日本人は思っているだろう。ところが、「国境なき記者団」とかいう団体の調査報道によると、日本の「報道の自由度」は世界で六一番め。いわゆる先進国のなかで最低である。理由のひとつは、「特定秘密保護法」

の制定であり、ふたつめは「官庁記者クラブ」の存在だ。記者クラブは、フリーや外国人の記者を締め出して取材させず、それどころか官庁と結託《けったく》して取材を妨害したりする。三番めはフクシマでの原子力発電所の大事故に際して、報道を統制したこと。まだいくつもあって、「日本は自由な価値観の国」なんていうのは残念ながら幻想である。

「ま、この国には不気味な秘密がいくつもあるから、おもしろいんだけどね。あたしが、もっとまともな国に移住しないのは、それがあるからなのよ」

たしかに移住しないほうがよいだろう。移住された国に迷惑がかかる。それはそれとして、涼子の奇妙な台詞《せりふ》が気になった。

「不気味な秘密って、何ですか」

「知りたい？」

「それはまあ」

「だったら？」

「ぜひ教えてください」

時間のムダになるので、最初から下手《したて》に出た。涼子の答えは、奇妙なものだった。

「なぜ六月に祝日がないのかなあ」

「いくら祝日を増やしても、政府は絶対、六月に祝日をつくろうとしない。どうしてかしらね。変だと思わない？」

「そんなこと……単に……」

いいさして、私は沈黙した。六月には祝日がない。事実だが、くだらない事実だし、意味もないことだ――ろうか？

どこへいっても追いはらわれ、孤島のなかを歩きまわっていると、亜熱帯の楽園どころか、煉獄《れんごく》の迷路をさまよっている気分になってくる。空の碧《あお》さまで気に入らない。と、タブレットをとり出していじっていた涼子が、「あー！」と声をあげた。

「え⁉」

「どうしたんです？」

「どうもこうも、連絡しようと思ったら、部長のやつ、衛星電話の電源を切ってるのよ！」

「無理もありませんね」

いってから、しまった、と思ったが、涼子は気にとめなかったようだ。

「まあいいわ。そっちがその気なら、もっと事態を重くしてから、あらためて連絡してあげましょ、オホホ」

邪気にみちた笑い声が亜熱帯の空にコダマした。

V

私たちは滑走路へともどった。来るな、といわれたオボエはない、というのが涼子の理屈だが、別の理屈も世の中にはある。天神原アザミ女史が、室町由紀子に何やらイヤミをいっているらしい光景を見て、近づこうとしたが、

「近よらないでください！　近よらないで！」

若い自衛官が必死の形相で、立ちはだかった。富川一曹だった。よほど上官にいぢめられたのか、危険人物を見る目を私たちに向ける。

「捜査のためよ、おどき」

「許可できません。お帰りください」

「許可あ？」

声こそ美しいが、インネンをつける口調で涼子がいった。

「いっとくけど、自衛隊はまだ国防軍じゃないし、治外法権でもないのよ。いずれ国防軍になったら、軍法会議だろうと銃殺刑だろうと好きにすりゃいいけどね」

「図に乗るな」

近づいてきた西原二佐がうなった。制服から水がしたたっている。涼子はサングラスをすこし下げ、冷たい視線で二佐を見ると、いきなり呼ばわった。

「大臣！」

呼ばれた天神原センセイは、無視しようとして失敗し、こわばった顔で振り向いた。

「な、何よ」

「ごらんになったでしょ？　自衛隊が警察の捜索を妨害しておりますのよ。日本の平和を守る警察が侮辱されて、いいのでしょうか。何とかこのパカを排除してくださいな」

西原二佐は咆《ほ》えた。

「何をぬかす！　日本の平和を守っているのは、おれたちだ。このバカ女、とっとと消えてなくなれ」

「まあ、大臣をバカ女ですって！　よろしいんですの、大臣、ここでひとつシメておかないと、警察は自衛隊になめられてしまいますわ。善処《ぜんしょ》をおねがいいたします」

天神原アザミ女史は、あわただしく眼球を上下左右に動かした。さすがに大臣ぐらいにはなれるだけあって、涼子が海自側の発言をねじまげたことには気づいている。

ただ、形式上とはいえ、警察のトップであるからには、それなりの行動をとってもらおうではないか。

「わたくし、専門家ではありませんから……」

そういいかけて黙りこんだ。だったら何で国家公安委員長を引き受けたのか。室町由紀子までが、そういいたげに大臣を見やっている。

私は上司にささやいた。

「もう、いいかげんにしてくださいよ」

「何のこと？」

「あなたは、双方をけしかけて、トラブルを拡大しようとしてるでしょう？」

「トラブルなくして、何の人生か！」

朗々《ろうろう》たる美声で、涼子はふたたび断言する。一同が彼女を見つめる。両手を腰にあて、ショートパンツから長い脚を伸ばした姿勢で一喝《いっかつ》されると、思わずひざまずきそうになってしまうが、かろうじて私は踏んばった。

「問題はあなたの人生ではなく、事件の解明です」

「へえ、じゃ、君の人生は？」

「私の人生は、って、どうでもいいでしょ」

「公務員諸君！」

初老の男性の声がして、おやと思うと、五、六人の天神原センセイ支持者たちが集まってきていた。

「そこの背の高い刑事さんがいってたけど、いいかげんにしてくれんかね」

「そうよ、日本の平和を守るっていうなら、まずわたしたちを助けてちょうだい」

「だいたい、警察と自衛隊と海保が、角《つの》つきあわせてどうするんだ」

「協力して、私らを無事に東京へ帰してくれ。それがあんたらの仕事だろ！」

ひとつひとつ、正論である。自分たちだけまっさきに逃げようとしたくせに、とはいうまい。守られるべき市民の声である。それにしたって、私たちに何ができるというのか。

「皆さまのおっしゃるとおりです。全力をあげて皆さまの安全をお守りいたしますので」

マジメな室町由紀子がマジメに応じかけると、たちまち悪魔が天使の足を引っぱりにかかった。

「それでは有権者の皆さま、どなたが最高責任者として、公務員一同の指揮をとるべきだとお考えでしょうか」

まさしく魔女のやりくちである。私たち公務員を口々に責めたてている人たちは、天神原アザミ女史の支持者なのだ。たちまち魔女の掌《てのひら》の上で踊《おど》りはじめた。

「そりゃ天神原センセイだろ」

「そうよ、天神原センセイに決まってるわ」

「何てったって、日本で最初の女性総理大臣になるお方だからな」

「わしらも応援させてもらっとる」

「ぜひ天神原センセイを総理大臣に！」

論旨《ろんし》がどんどんずれていく。奸智《かんち》に長《た》けた涼子の思うツボだ。軌道を修正する義理もないので、私は沈黙していたが、煽動《せんどう》政治のもっとも初歩的な形態を見学させられた思いであった。

「というわけでございまして」

涼子の笑顔は、華麗と邪悪の完璧なコラボレーションである。

「天神原センセイ、民《たみ》の声は天の声と申しますわ。ぜひ海自や海保にもご指示いただいて……」

「ちょっと待て！」

西原二佐が割りこんできた。

「自衛隊法で決まってる。非常事態においては、海保は防衛大臣の指揮下にはいることになってるんだ」

「それは知ってます。ですが、それは事態が確定して、長官からの通達があってからで……」

海上保安官が反論する。

「そんなことといってる場合か。いまこそ、まさに非常事態じゃないか。我々の指揮下にはいれ」

「お待ちください、まず大臣のご意思を……」

室町由紀子が懸命に話をまとめようとする。

「いいぞいいぞ、もっとやれもっとやれ」

小さな声の主は、全身に邪悪なオーラをまとって、上機嫌である。海自も海保も、室町由紀子も、まじめに事態の打開を図《はか》っているのだが、立場をゆずろうとはしないので、涼子のいいオモチャにされてしまっている。

「警視、ほどほどにしておかないと、えらいことになりますよ」

「あら、あたしの考えがわかるっていうの？」

「まあ、だいたいのところは……」

「いってごらん」

「海自と海保を利用するだけ利用して、オテガラは警察でひとりじめ」

「そうよ、わかってるじゃない」

「そううまくいきますかね。だいたい、敵の正体もわかってないのに」

「すぐわかるわよ。あたしをダレだと思ってるの」

言い放ってから、すこし口調を変えた。

「それにしても、気にくわないな」

「そうでしょうね」

「あら、どうしてそう思うの？」

サングラスをずらして、美しすぎる瞳を私に向ける。これが諸悪の根源だ。涼子が古代のローマ帝国や中世の大唐《だいとう》帝国にでも生まれていたら、世界の歴史が変わっていたこと、疑いない。

「あなたにはめずらしく、何というか、その、行動に迷いらしきものがですね……」

「はっきりいいなさいよ。相手に先手先手を打たれてる、っていいたいんでしょ」

「……そうです」

「あー、認めるわよ。どうも、あたしとしたことが、いまひとつスッキリしない気分なの。すぐれた敵より無能な味方のほうが腹が立つ、ってのは古今《ここん》の真理ね」

せめて室町由紀子とぐらいは手を結べばいいのに。

「お察ししますが、味方であるべき海自や海保にヤツアタリしてもしかたありませんよ。仲良くはムリでも、中立ぐらいにしておいてください」

「だって、現にあいつら、あたしのジャマばかりしてるんだもの。現場に近づけよう
ともしないしさ」

たしかにそのとおりだが、より公平にいえば、三者三様に悪い。涼子のほうから友好的に歩み寄る、という事態はありえないし、じつのところ私も、すすんで彼らと協力する気はなかった。たとえあっても、拒絶されるのは明白だ。警察も自衛隊も海上保安庁も、しょせん官僚組織で、「権限の強化」と「責任の回避」の二兎《にと》を追っている。それぞれ、他の二者から指図《さしず》されたり、責任を追及されたりするのは悪夢のキワミだろう。


古典演劇でいえば、ヘビとガマガエルとナメクジの三すくみだ。一番ワルいやつが勝つ、とすれば、たぶん警察《われわれ》だろう。その点、私は涼子を信頼（正しい日本語か？）しているのだが、ゴールが見えているとしても、途中にどんな障害物が待ち受けているか、思いやられるというものだった。

第四章　血税浪費軍団って？

I

「ばかばかしい、ホテルに帰ろ」

女王サマがのたまうので、運も才能もない臣下は、おとなしく、勅命《ちょくめい》にしたがった。芝生と花にかこまれた遊歩道を、半歩おくれて歩いて三分もたつと、振り向きもせずご下問が降ってくる。これは予想どおり。

「泉田クンはどう思ってるの？」

「滑走路の地下にトンネルか空洞があって、そこに何かがひそんでいるんだと思います」

平凡な結論だが、それ以外の可能性はまず考えられない。以前、大理石の内部を移動する面妖《めんよう》な生物に遭遇したことがあったが、あれは涼子が退治してしまったし、同類が日本周辺にうようよ生存しているとも思えないのだ。

「つまらない結論ね」

「どうもすみません」

「何であやまるのよ。つまらないからといって、外《はず》れてるとはかぎらないでしょ。あたしだって、おなじ考えなんだから」

「……そうでしたか」

「何かいいたいことは？」

可能なかぎり平静さをよそおって、私は奉答《ほうとう》した。

「海自や海保は放っておいて、私たちは独自に捜査を開始してはいかがでしょうか。彼らには彼らの任務があって、それは私たちのように市民社会の平穏を守ることではありません。彼らは本土と連絡をとって動くでしょうし、好きにさせておきましょう」

涼子は完全にサングラスをはずし、立ちどまると、振り向いて私を直視した。よい前兆ではない。

「何だか、泉田クン、お由紀に洗脳されたみたい」

「そ、そんなことはありませんよ。警察の人間として、変なものではないと思いますが」

「じゃ、そういうことにしとこうか」

案外あっさり恕《ゆる》してくれたので、私は安堵《ホッと》した。ふたたび歩き出す。

「それにしても特定秘密保護法って、つまらないものね、ホント」

「先日と、おっしゃることがちがうじゃありませんか。ステキだとかやりやすいとか」

「つまらないことを憶《おぼ》えてるのねえ」

「半日や一日ぐらい憶えてますよ！」

涼子は歩きながら、またサングラスをかけた。

「あれは一時の気の迷い。簡単すぎるとつまらないわ。人間は、困難や苦労と戦ってこそ成長するのよ！」

すばらしい主張である。発言者の過去と現在を問題にしなければ、だが。

「とにかく、多少のことをやらかしても、外には出ないんだから、あなたのやりたいようになさってください。オトモしますから」

私自身の名誉のために弁明しておきたいが、上司にへつらっているわけではなく、本心である。自衛隊や海保に必要以上に譲歩《じょうほ》して、警察官がつとまるものか。

涼子は無言で歩みをすすめた。

丸岡警部たち三人は、ロビーの一隅《いちぐう》で、所在なげに衛星TVをながめていた。ニュースとバラエティをたして三で割ったような番組で、出演者の人件費だけで制作されているのが一目瞭然《みえみえ》だ。また中国に国内総生産《GDP》で差をつけられたといって、どこかの大学教授がおおげさに歎《なげ》いている。

「警視、お疲れさまです、何か収穫はありましたか」

「マイナスよ！」

「それは残念……」

「みんな、ここで待ってて。泉田クンもよ」

いいたいことだけ簡潔に言いすてて、涼子はエレベーターホールへと姿を消した。

丸岡警部が問いかけてきた。

「で、どうだったんだね、実際のところ」

もちろん私は説明するつもりでいたから、できるだけ要点をおさえて手短かに説明した。ロビーの反対側では、天神原センセイの支持者たちが、ちらちらこちらのようすをうかがっていた。

「真珠島」の地下に空洞があり、そこに海水が流れこんで、何やら怪異な生物が棲息《せいそく》していると思われる。そう聴かされた三人は、たがいに顔を見あわせ、それぞれの表情で考えこんだ。ほどなく阿部巡査が巨体を乗りだすようにして声を出した。

「警部補」

「何だい？」

「いよいよ地底探検ですかね」

一瞬の間をおいて、私は答えた。

「たぶん、そうなるだろうな」

「やっぱりですねえ」

貝塚さとみが、あきらめと悟りをまじえてうなずいた。私は頭を横に振った。

「いや、みんなそろって犠牲になることはない。警視についていくのは、おれひとりでいいよ」

「そうはいきませんよ」

阿部巡査の声は豊かな男性低音《バス》だ。もうすこし音感がよければ、プロの声楽家になれるかもしれない。

「自分は体格と体力がトリエですから、そういうやつには参加させてください。何かお役に立てると思います。おジャマはしませんから」

「ジャマ？　何のジャマだ」

「あ、いえ、その……」

なぜだか狼狽《ろうばい》する阿部巡査に、貝塚巡査が救いの手を差しのべる。

「もちろん捜査というか探検のジャマですよ」

「そうか、いや、阿部クンがジャマになるわけないさ。いてくれたら、たのもしい。だけど、何がおこるかわからないしなあ」

「だったら、みんなでいくさ」

悠然《ゆうぜん》と、丸岡警部が提案した。

「え、いや、警部こそ残ってください。警視庁《ホンシャ》との連絡もありますし、たしかこの前、腰とヒザを痛めたんじゃないですか」

丸岡警部の悠然は、憮然《ぶぜん》に変わった。

「ありゃ、君、カミさんの手前だよ。何かというと、アウトレット・モールに出かけて、荷物持ちをさせようとするんだからな。おれだって自己防衛の権利があるだろう」

「そ、そうでしたか。だったら……」

「わたしも行きます！」

貝塚さとみは女学生みたいに手をあげた。

「こんなところにひとりでとり残されたら、どんなトラブルに巻きこまれるか、わかったもんじゃありません。皆さんといっしょに行動してるほうが、ずっと安心です！」

「おいおい、以前のことを忘れたのかい。トラブルどころか、大惨事に巻きこまれるかもしれないぞ」

「覚悟の上です。地下がどうなってるか知らないけど、わたしの身体が小さいのが役に立つかもしれないでしょ」

結局、四人とも女王陛下のオトモをすることになった。涼子が無理強《じ》いしたわけではない。ドラよけお涼の「人徳」というには、釈然《しやくぜん》としないものがあるが。

「さて、そうすると、どうやって地下にもぐるか、だな」

「出入口が海中にあると、やっかいですよ」

丸岡警部と私の会話に、阿部と貝塚の両巡査が加わる。

「それだと、海保がだんぜん有利になりますね」

「あんがい島の半分を占めるジャングルのなかに隠れてるかも……」

「こうなると、小島といっても広いな」

いいながら、ふと気になったのは、姿を消した涼子のことである。

小人《しょうじん》、閑居《かんきょ》して不善《ふぜん》をなす。

ドラよけお涼、独居して奸謀《かんぼう》をめぐらす。

事件の最中、涼子が私を置き去りにして姿を消すとき、多くの場合、よからぬことを考え、実行しているのだ。

涼子は現在、JACES《ジャセス》社内の「臣下」たちか、ふたりのメイドと連絡をとっているのではないだろうか。

涼子のふたりのメイドは、ただの家事おてつだいさんではない。長い話は省略するが、彼女たちは世界最強クラスの女性戦闘員なのだ。これまで幾度も、涼子の「個人的戦争《プライベート・ウォー》」に参加してきた。もし涼子がメイドたちに何か物騒《ぶっそう》な指令を出しているとすれば、この島は丸ごと地図から消えてしまうかもしれない。

その点に思いあたると、私は頭をかかえこみたくなった。「日々《ひび》是平穏《これへいおん》」がモットーの丸岡警部まで、何だかその気になってしまっているらしいが、おちついて考えてみると、地下空洞とやらが見つからなかったら、いったいどうやって事態を収拾すればよいのか。もともとこの「真珠島」にやって来たのは——そう、「田園調布一家殺人事件」の犯人を捜査するためではなかったか。本来の目的は、どうするんだ……？

この島に事件の犯人がいる、と、刑事部長あての「手紙」には書いてあったという。書いたのはだれか。そんなことを警察に知らせてきた理由は何か。

「いる」という表現からすれば、島の住民ということになるが、本来ここは無人島だ。あえていうなら、リゾートの従業員がそれにあたるが、彼らの取り調べや聞きこみなど、まったく手がついていない。

加えて、海自や海保の艦船や航空機が破壊されるという、想定外の事態。こちらの件の犯人と、「田園調布一家殺人事件」の犯人との間には何かつながりがあるのか。薬師寺涼子が大好きな人外の魔物なんて実在するのか。実在するとしたら、どう対処するのか……。

頭を整理するつもりだったが、思考の糸がこんがらがって、私自身、収拾がつかなくなりそうだ。と、雑誌を丸めたようなもので、ポンと頭をたたかれた。

「そういうのを、〝カエルが津波を心配する〟っていうのよ」

上司がもどってきたのだった。なぜかその後ろで岸本がへらへら笑っている。

II

私たち、というより刑事部参事官一行が、この「真珠島」にやってきた理由は、そもそも何か。一片のあやしげな紙片を、刑事部長が薬師寺涼子に押しつけたからだ。根拠の薄くてもろいこと、ウェハースなみである。

「その文書の真偽は措《お》いておいても、わざわざ参事官を派遣するような案件じゃありませんよ。捜査一課の刑事二、三人を出しときゃいい話です。こんなことというのも何ですけど、いま、この島にいる人たちのなかで、一番、必然性がないのは、泉田サンたちですもんねえ」

岸本がほざく。事実ではあるが、こいつがいうと、他人にいわれるより五割がた不快感が増すのはなぜだろう。

「そんなこと、とっくに自覚してるよ！　つまり何か、おれたちが一番あやしいっていいたいのか？」

「そんな失礼なこと、いってませんよ。いくらお涼サマだって、オスプレイや巡視船をぶっこわすなんてマネできないでしょ」

「そうかな」

「は？　え？」

「いや、とにかくだ、事件がおこったとき、薬師寺警視以下おれたちは、海自や海保の連中ともども、それを目撃してたんだからな。犯人なわけないだろ」

「まあ本気で怒らないでくださいよ。ボクたち、お仲間じゃないですかあ。海自や海保にやらせ放題やらせてたら、事件の処理がどうなるか、わかったもんじゃありませんよ。ボクたち協力しなきゃ」

「でないと、お前さんの出世や天下りにもさしつかえるよな」

「いやあ、ボクのことならご心配なく」

岸本はオウヨウに、私の皮肉を受け流した。だれが心配するか。キャリア官僚である上に、世界的オタク・ネットワークの要所に鎮座《ちんざ》する男だ。天下りの話など、多すぎて、ことわるのに苦労するだろう。

私は遠くでうごめいている制服姿の人々に目を向けた。

外界と完全に孤絶しているなら、島内にいる人間たちは協力して脱出をはかるようになるかもしれない。しかし、警察は警察、海自は海自、海保は海保、ホテルはホテル、客たちは客たちで、それぞれ本土と連絡をとり、自分たちが優位に立とうとしている。

岸本が、丸っこい肩をすくめた。

「ホント、縦割り行政の弊害《へいがい》ですねえ」

「そういってりゃ、たいていのトラブルは説明できるな」

良識と公僕精神をもってすれば、三者が協力して民間人を守らなくてはならない。

だが、じつのところ、私自身も海自や海保の下風《かふう》に立つ気はない。小人物と笑われても、甘んじて受けなくてはならないだろう。

「ボク、さっき池中のジイさまに声をかけられたんですけど、話が全然あいませんでした」

「ふん、どうせ、お前さんも、いつかは原子力マフィアの一員になるんじゃないのか」

「やだなあ、ボク、平和主義者ですよ。核や兵器にかかわる気はありません」

「それじゃカジノのほうだな」

「決めつけないでくださいよ」

「だって、そうだろ」

「そうなんですけどね」

岸本は、フィギュアを抱いてやさしく頬ずりした。フィギュアが眉をしかめたような気がする。

「それにしても、泉田サン、どうしてカジノがきらいなんですか？」

「危険ドラッグ中毒が犯罪で、カジノ中毒が犯罪じゃない、という理屈がわからないだけだよ」

「ちょっと八つ当たり気味ですね。ボクらは法律を守るという分《ぶん》を犯しちゃいけません。犯罪の何たるかは、感情ではなくて、法によって決められるべきなんですよ」

何たる正論。この岸本明が、難関を突破したキャリアであることを思い出すのは、こういうときである。ちらりと涼子のほうを見ると、何か考えているようすで、海風に髪をなぶらせていた。

「亜熱帯の楽園」とやらも、このような状況になると、あまりにも人工的なリゾートの薄膜がはぎとられてしまい、快適でも爽涼《そうりょう》でもない。なまぬるい風は不快だし、碧《あお》い空を見ても何となく腹が立つ。絶景も奇観も、しょせん人間の心理しだいなのだろうか。

「いまさらですけど、よくまあ、こんなところにリゾートをつくろうなんて思ったもんですねえ」

貝塚さとみが小首をかしげる。丸岡警部が時代の証人ぶりを発揮した。

「ずっと昔、泡沫経済《バブル》のころは、日本の国土の二〇パーセントがリゾート計画地に指定されたんじゃなかったかな」

「はあ!?　そりゃ日本全国の農地面積より広いじゃないですか。そんなアホらしい国土計画、よく立てられたもんですね」

　立案した連中は、いまごろどこで何をしているのだろうか。

「海も山も、森も島も、みんなリゾートさ。ゴルフ場とスキー場をあわせると、何千ヵ処になったんじゃないかな」

「だけど、実現する前にバブルがはじけた、と」

　私が結論を先どりすると、丸岡警部は、二度くりかえしうなずいてから、目を細めて水平線をながめやった。

「日本じゅう浮《う》わついていたけど、現在よりはましだったかなあ。まさか、子や孫が戦場へつれていかれるのか、と心配するような時代が来るとは思わなかったよ」

「そんな時代は、わたしもイヤですよぉ」

　今度の溜息は、貝塚さとみ巡査だった。

「香港《ホンコン》も、いつまで自由でいられるかなあ」

「そうだよねえ、香港製のコピーフィギュアには、独特の味わいがあるからね」

これは岸本だが、だれも返事しなかった。

今後の基本的な方針を、いちおう決めとこう、と、女王サマがのたまうので、四人の臣下はいったんトイレ休息をとることにした。結局、何もわからないというのが、今日これまでの成果だ。

ロビーのソファーに支配人がすわりこんでいる。

支配人は疲れたようすで、そうするとただの小母《おば》さんに見えたが、私たちに気づくと、背すじをのばし、ソファーから立ちあがって深く一礼した。あっぱれなプロ魂である。

「警察の方たち、お疲れさまです。あのう、事情がどうなっているのか、さしつかえなければ教えていただけるでしょうか」

「海自や海保は何といってます？」

多少うしろめたい気分を抱きつつ、私は、質問に質問で応じた。

「重大な機密だとかで、教えてくださらないんですよ。私どもの方でも、本社に報告はいたしましたけど、何とも策《て》の打ちようがございませんで……」

衛星通信のおかげで、東京二十三区のほうと連絡はとれている。防衛省に海上保安庁に警視庁、どのお役所でも上層部は右往左往《うおうさおう》していることだろう。刑事部長が昼寝のタヌキを決めこんでもムダだ。室町由紀子が警備部長に連絡しているにちがいないから。

二〇〇キロ南の小笠原では、「真珠島」の異変に気づいているだろうか。連絡がとれていれば、周辺にいる海保の巡視船がフルスピードでこちらへ向かっているかもしれない。

これがほんとうに怪獣映画だったら、首相官邸や防衛省あたりのあわただしい動きが、スクリーンに描き出されるのだろう。だが、あいにくと私は千里眼《せんりがん》ではない。自分の五感がはたらく範囲内でしか、事件を把握しようがないのだ。

「おはずかしい話ですが、我々もまだ五里霧中《ごりむちゅう》でして……」

「そうですか」

「何かあったらかならずお報《しら》せしますから」

支配人の前にいたたまれなくなって、私たちは場をうつした。

広すぎる廊下の一隅に談話スペースがあった。直径一二〇センチほどの円卓に、椅子《いす》が五つ。おあつらえむきである。密談の始まりは、貝塚さとみの報告だった。

「スマホの電子辞書によると、水そのものの破壊力だけでは、コンクリートや石や金属を切断するのは、むずかしいみたいですぅ」

「じゃ、どうするの？」

「研磨材を混入させるそうです。ええと、酸化アルミニウム、炭化ケイ素《そ》、立方……

立方晶窒化《しょうちつか》ホウ素、ですね。それと、うわ」

「どうしたの？」

「ダイヤモンドの粒子なんかだそうです」

涼子は愉快そうに笑った。

「呂芳春《ルイ・ファンチュン》、ダイヤといっても工業用ダイヤだから、そんなに高価《たか》いものじゃない
わよ。もったいない、なんて思わなくていいの。で、その他には？」

「は、はい、工業用ウォータージェットの場合、圧力は約四〇〇〇気圧、普通、水道
の水を出すときは二気圧だそうですから、ざっと二〇〇〇倍の強さになりますぅ」

「すごいわね。で、放出される水のスピードは？」

「マッハ3。音速の三倍ですね。新幹線だと一〇倍以上になります」

「うーむ、それじゃ鉄板に穴ぐらい開《あ》くだろうなあ」

丸岡警部がうなった。私は、うなるかわりに疑問を呈《てい》した。

「ただ、それは機械を使ってのものだろ？　それだけのパワーを、生物が出せるのか

な」

「可能よ」

涼子が断言する。

「可能ですかね」

「怪獣なら、そのていどできなきゃ。怪獣を名乗る資格ないわよ」

名乗ってるのかな？　ばかばかしい疑問を、もちろん私は口に出さなかった。

Ⅲ

一連の怪事件は未知の海棲生物だ、ということを前提にして話はすすんでいき、涼子が豆知識を披露《ひろう》した。

「鉄砲魚《アーチャーフィッシュ》の場合だと、舌と口蓋《こうがい》を丸めて水の管《くだ》をつくる。水面から水滴を弾丸のように発射して、昆虫なんかを撃ちおとすのね。命中距離は一五〇センチ」

「一五〇センチ先の昆虫に命中させるんですか。たいしたもんですなあ」

「水の弾丸なんですね。水流じゃないんだ。とすると、今回の事件では、鉄砲魚とはちがうシステムで犯行がおこなわれている」

「見当がつく?」

「残念ですが、全然」

貝塚さとみが低声《こごえ》で確認した。

「あのう、鉄砲魚は水の発射管をつくるのに、口をすぼめるんですね」

「口、口ねえ……」

「口」という器官の定義について考えていると、

「それじゃ、今度の犯人、いえ、犯獣はカッパじゃないんですね。あの口じゃ水鉄砲はできませんから」

「カッパ!?」

貝塚さとみをのぞく四人の声が、できそこないの四重奏をかなでた。赤面した貝塚さとみの肩を、涼子がたたく。

「何いってんの、呂芳春、海に棲《す》むカッパなんているわけないでしょ。あれは川とか沼とか、淡水に棲む生物なんだから」

そういう問題か?

ここで、マジメに反応したのが、意外や、丸岡警部であった。

「いやいや、警視、そうともかぎりませんぞ」

「え、そうなの？」

「いえね、子供のころ聴いた話ですが、カッパはもともと中国の黄河《こうが》に棲んでいたのが、大群で海を渡って九州の球磨川《くまがわ》に棲むようになったんだそうで。それでいろいろ害をなしたので、加藤清正《かとうきよまさ》に退治されたとか」

「つまり、海水にも淡水にも棲めるってわけ？　ハア、加藤清正もたいへんね。トラ退治のつぎはカッパ退治か」

「ま、あれですな、清正は日本一の治山治水《ちさんちすい》の天才でしたから、洪水や山くずれをふせいで領国の民を救った。カッパの大群というのは、災害の比喩《ひゆ》として後世に伝わったんでしょうな」

　意外な丸岡警部の蘊蓄《うんちく》だったが、いまは日本史や民俗学のディスカッションをしている場合ではない。

「いまのところ、カッパの可能性は排除しときましょう」

　涼子が貝塚さとみの頭を「よしよし」という感じでなでた。

「それじゃ、ジャングルにはいってみましょうか。あ、マリちゃん、あれを出して」

「はい」

　マリちゃんこと阿部巡査がショルダーバッグから取り出したのは、卵型の物体だった。人間の耳には聴こえない超音波を出して、虫を追いはらうアウトドア用品だそうだ。尋《き》くまでもなく、JACES《ジャセス》製である。こいつが岸本には効《き》かないものかな。半分本気で、私はそう思った。思ってから、べつの考えが頭に浮かび、私は、柔軟体操らしきものをはじめた丸岡警部に声をかけた。

「いや、やはり丸岡さんはホテルに残ってください」

「どうして?」

「室町警視を輔《たす》けてあげてほしいんですよ」

「ふむ……?」

片方の眉をあげた警部に、私は説明した。

「海自や海保がまったく協力してくれず、大臣はあのテイタラクで、しかも室町警視についてるのは岸本ときてますからね。おなじ警察《かいしゃ》どうし協力してあげてください」

警部が小首をかしげる。と、とがりまくった声が私に突きつけられてきた。

「ちょっと、泉田クン、だまって聞いてれば、何であたしたちが、お由紀のやつに協力してやらなきゃいけないの。あいつはあいつの貧しい能力の範囲でがんばるべきでしょ!」

「りっぱな理由があります」

「どんな理由？」

「あなたが室町警視に貸しをつくるためです」

涼子はかるく息を吸いこんで、私をにらみつけた。

「フン、そう来たか。まったく、悪ヂエがはたらくようになったもんだわね」

「戦略的提案のつもりですが」

涼子は私をにらみつけたまま、すこし考えこんだが、表情を変えてうなずいた。

「わかった、乗ってあげるわ。丸岡サン」

「はい」

「聞いてのとおりよ。この悪党の意見にも一理あるわ。たよりないお由紀といっしょに、天神原センセイの近くにいてやって」

丸岡警部は、うなずき返した。

「わかりました。正直なところ、私は、あのウチワおばさんの近くにいるより、地下空洞にもぐったほうがマシな気がしておるんですが、大局的には、泉田クンの提案にしたがったほうがよさそうですなあ」

いいながら、片手の拳で腰をたたく。丸岡警部の腰痛は、奥さんに対するレジスタンスの演技ばかりではないようだ。

「丸岡サン、お由紀も、こちらの善意をこばむほどのオタンコナスじゃないでしょ。ベテランらしく輔けてやって」

「かしこまりました」

「お由紀には、あたしのハカライについて、さりげなく伝えておいてね。善意はスナオに受けるように、ってこともね」

涼子がいうと、「貸しをつくる」を通りこして「恩の押し売り」という感じになるのが難点だが、丸岡警部のことだから、そのあたりは穏便《おんびん》にとりはからってくれるだろう。

丸岡警部が亜熱帯樹林のクロスカントリーを回避できることに決まって、一行五名は建物の外に出た。室町由紀子は天神原アザミの近くにいるだろうから、緑色の服を目印にしてさがすことにする。あの「緑衣の女《ウーマン・イン・グリーン》」に接近するのは気がすすまないが、室町由紀子の苦労を考えると、それくらいガマンすべきだろう。

貝塚さとみが爪先立《つまさきだ》ちして、南西方向の水平線をはるかに見やった。「西之島」の方角だ。

「まさか噴火はしませんよねえ」

「しないとは思うけどね」

何の根拠もない。むしろ逆だ。東京都南方の諸島は、すべて、富士火山帯の火山群が海面から頭を出したものなのだから。もっと南方の硫黄島《いおうとう》などは、「火山列島」と呼ばれているくらいだ。

「とりあえず海保は、このあたりの海域を出入り禁止にするでしょうね」

「不審船がいるとか、海底火山の噴火の恐れがあるとか、口実はいくらでもあるものね」

「天神原センセイの不在は、どうとりつくろいますか」

「急病で入院よ。何のためにP病院があると思うの。うまく立ちまわったら、大臣だってやめなくてすむわ」

P病院は四谷《よつや》にある政治家御用達《ごようたし》の病院で、宮殿とまではいかないが、イギリスの領主館《マナーハウス》みたいにりっぱな建物である。

目的の物体はすぐ見つかった。

マイクをつかんだ天神原アザミ大臣は、日の丸のハチマキをしめていた。選挙のときのようだが、「八紘七宇《はっこうしちう》」という四文字が、赤く記されている。たぶん「八紘一宇」をまちがったんだろう。いずれにしても、こんな場合に意味不明である。

「皆さん、わたくしはまだまだ未熟な人間ではございますが、わが身をかけて、生命《いのち》をかけて、皆さま方の安全をお守りいたします！」

口先だけ、などとはいうまい、りっぱな覚悟である。

彼女をかこむ支持者の間からパラパラと拍手がおこり、つづいて、当然の質問が飛んだ。

「センセイ、いったいどうしてくださるんですか」

「ですからかならず皆さま方の安全を――」

「具体的にお願いしますよ！」

気の短そうな男の声が飛ぶ。天神原センセイが答えにつまった。涼子が歩み寄る。

「あせらないほうがよろしゅうございましてよ」

ていねいすぎる言葉は、悪意のしるし。

「このあたりの海には、ゴジラが棲んでいるんですから」

「ゴ、ゴジラですって!?」

天神原アザミ女史は、涼子の期待より、ずっとスナオに仰天《ぎょうてん》してくれた。俗物で小物だが、根は涼子より善人かもしれない。

「ほんとにゴジラが出るの!?　も、もっと北か西のほうじゃなかったの？」

「出るわけありませんよ。ゴジラの棲息場所は、映画のスクリーンだけです」

まじめに由紀子が応じると、すかさず涼子が、良識の池をかきまわす。

「あら、東京都新宿区は、ゴジラに住民票を出してるわよ。あたしは、品川区《しながわ》が出すべきだと思うけどね」

「どうしてです？」

「だって、上陸地点じゃない。常識よ！」

世の中には、いくつぐらい常識があるんだろうなあ。またも無益なことを私は考えた。それにしても、涼子の常識は岸本の坊《ボン》やと、けっこう近いところにあるような気がする。

阿部巡査が、左胸のあたりに手を触れながら、私にささやいた。

「こうなると、拳銃を持ってきてよかったですね」

「まあな、通用するかどうかわからんが、ないよりましだ」

ほんとうに、ましだろうか。正直なところ、私は自分の発言に、あまり自信が持てなかった。

Ⅳ

「さて、それでは、メンドウなやつらは丸岡サンにまかせて……」

涼子は、残る三名の部下を見わたした。

「あたしたちは探検、じゃない、捜査にいこう」

「は、おともいたします」

ジャングルといっても、総面積は三〇〇万平方メートルていどのものだ。もちろん東京都のどの公園よりも広い。

「以前、東京の地下にもぐりこんだことがありましたね」

「もぐりこんだ、なんて品性のない言葉、使わないで」

「はいはい、失礼しました。あのときは建物の中から地底へ潜入したんでしたね」

「最上階からね」

「今度はどうでしょうか」

涼子は、すこし考える。

「ホテルの最上階から、地底を通って海中へ抜ける、ってわけ?」

「そうです」

「一度きりなら使えるアイデアね」

意味不明のことを口にして、涼子は、形のいいあごの先をかるく指でつまんだ。どういう順路でジャングル内にはいるか、考えているのだろう。

「じゃ、あたしが先頭で、泉田クン、呂芳春、マリちゃんの順ね」

まず順列を指示した涼子が、一歩を踏み出そうとして、

「泉田クン、あれ」

「はい？」

涼子の指さす先を、私は凝視《ぎょうし》した。

滑走路の上がぬれている。乾いた部分より暗い色に見えるその部分は、幅が滑走路全体をふさぐほどだった。しかも、前進している。人がゆっくり歩くていどの速さだが、着実に歩いている？　いや、這《は》っているのか。

「警視……」

「やつが上陸してきたらしいわね」

「……いつの間に」

あわてて私は周囲を見まわした。風が強まって、涼子の髪を乱し、亜熱帯の樹林や

草花をざわつかせる。

おちつけ。おそらくは人間以上のサイズを持った生物のはずだ。そう容易に姿を隠すことはできないはずである。

何秒かの間、私たちは目をこらして周囲を見まわし、耳をすました。咆哮《ほうこう》のようなものは、まったく聴こえず、足音らしきものも感じとれなかった。

あの悲劇的な巨大地震以来、日本の地下深くで何ごとが生《しょう》じているか、正確なことは、だれも知らない。日本列島をかこむ海では、なおさらのこと。深度一万メートルをこす日本海溝の底の底に、何物がひそんでいるか、専門家ほど困惑しているように思われる。

私のとぼしい知識によれば、深海に棲む生物が浅いところに急浮上すると、水圧の激変で破裂してしまうはずだ。ただし、例外はあるだろう。

深海の底は地殻が薄くなっており、ところどころに破れ目があって、そこから高温のマグマが噴き出して、暗黒の世界に熱をもたらしている。それが鉱物を形成した残りの水溶液を「熱水《ねっすい》」と呼ぶ。この熱水のなかには、何億もの微生物が棲息しており、その大半には名もついていないそうだ。微生物。「微」だけならいいんだが。

阿部巡査の巨体が、いきなりよろめいたので、あわてて私は彼の肩をささえた。

「どうした、マリちゃん？」

「あ、すみません、いまちょっとメマイが」

「おいおい、だいじょうぶか」

私は心配したが、これにはいささか利己主義がはいっている。マリちゃんこと阿部巡査に脱落されると、重大な戦力喪失になるのだ。

阿部巡査もそれは承知の上。両足をふんばり、頭をかるく二、三度振った。

「お騒がせしました。だいじょうぶです。何かちょっと、視界が揺れたような気がしただけで……」

「しっかりしてくれよ、頼りにしてるからな」

自分勝手な激励をしたつぎの瞬間、天罰が下った。そう私が思ったのは、私自身もめまいをおこした、と感じたからだ。「ぐらり」というより「ゆらり」と視界がゆらぎ、私は足を踏んばった。妙な話だ。伝染性のめまいか、集団ヒステリーの第一歩だろうか。

「ちがう！」

鋭く叫んだのは涼子だった。阿部巡査と私のようすを見て、何かを察知したらしい。黄金の矢にも似た視線を、滑走路にそそぐ。

「泉田クンたちが、メマイをおこしたわけじゃない。あそこに何かいるのよ。半透明の何かがね！」

その半透明の身体をとおして見たから、視界が揺れて、メマイと錯覚したわけだ。警視から巡査まで、四名の警官は、それぞれ拳銃の位置をたしかめた。敵が見えないとなると、やっかいなこと、この上ない。

強い日光の下で、陽炎《かげろう》がゆれている。そう見える範囲が、正体不明の物体のサイズであるはずだった。人間より大きい？　それどころではない。牛より大きい。カバやサイよりも……否、ゾウより大きいかもしれない。

半透明というより、五分の四透明といったほうがいい。直射日光の下で、目が痛くなってきた。それでもどうにか輪郭《りんかく》を描くことができるようになってきた。巨大な三角形と数本の太い木の根の組みあわせ……。

涼子と私は顔を見あわせ、同時に叫んだ。

「イカ!?」

あえていえば、それはたしかにイカに似ていた。形だけは。大きさからいえば、大王イカどころではない。

「すごいや、大宇宙大々皇帝イカですね」

いつのまに近づいてきたのやら、妄言《もうげん》を吐いたのは岸本である。やつを蹴とばす寸前、涼子が、またフマジメな発言をした。

「刺身が一〇万人分ばかりつくれそうね」

「やめといたがいいです。動物はサイズが大きくなればなるほど、大味になりますからね」

くだらない会話は、緊張の裏返しである。こんな有害生物に直面した場合の対処法は、想定外だ。

「とにかく、イカの分際でナマイキな！　刺身がまずいなら、スルメにしてやる。火炎放射器がどこかにない？」

「あるわけないでしょ」

とりあえず拳銃をいつでも引き抜ける姿勢で、一歩前進しようとしたとき、力強く乱暴な靴音がひびいてきた。西原二等海佐が、私たちの前へ大股でまわりこんで、一喝《いっかつ》する。

「近づくな！」

「あんたに命令される謂《いわ》れはない！」

「お前らの安全を思って、いってるんだぞ」

「お前よばわりされる覚えもない！　ゲシュタポより怖いニッポン警察をなめるなよ」

　私は涼子の腕を引っぱった。

「ここは、すこし退《さ》がりましょう」

「何よ、泉田クン、意見でもあるの？」

「彼らのほうが装備は上です。すこし、ようすを見て、対策を考えましょう」

「なるほど、海自の屍《シカバネ》を踏みこえて、あたしたちが勝利を手にするってわけね」

「……まあ、彼《あいつ》らの武運を祈りましょう」

私は何とか涼子の舌鋒《ぜっぽう》をかわした。意地悪く笑うと、さっさと歩き出す涼子。ふたりの巡査がつづく。

　由紀子は私に歩み寄って語りかけた。

「わたしは天神原センセイの側についていないといけないから……そちらの方はおまかせするわ。役に立てなくて、ごめんなさいね」

「いえ、とんでもない。室町警視の方が、よほどご苦労だと思います。あんなのの傅《も》りで、たいへんですね」

　由紀子は苦笑らしい表情をつくった。

「いまの発言、叱責《しっせき》しなくてはならないところね、ほんとうは。でも、ありがとう。気をつけていってきてください」

「おそれいります……あ、そうだ、もし歴史について話相手がほしかったら、丸岡警部がいますから、遠慮なくどうぞ」

「丸岡さん？」

小首をかしげる由紀子に一礼して、私は涼子たちのあとを追った。顔に見おぼえのある若い自衛官が、息を切らしながら走ってくる。富川一曹だ。離れた場所をパトロールしていたのだろうか。

「しっかりおやりなさいね」

涼子が半分以上からかうようにはげますと、不安そうな言葉がかえってきた。

「じ、自分、こんなのはじめてなんですよ」

「初陣《ういじん》といういいかたすればカッコいいじゃない。外国の民間人が対手《あいて》じゃなし、どんどんぶっ放しなさいよ」

「民間人を撃ったりしませんよ！」

「アメリカ軍も、口ではそういってるわね。イラクでは女性や子どもをふくめて一〇万人以上、殺害したけど、ま、四捨五入すればゼロよね。一〇〇万とゼロならね」

「警視、自衛官をいじめてる場合じゃありませんよ」

「あら、いじめたりしないわよ、こんなカワイイ子」

肩から首すじのあたりをなでられて、富川一曹は顔面の細胞をすべて赤くした。いまどき純情な若者だ。

「そうそう、男はスナオで正直が一番よ。スレて反抗的になったらお終《しま》い。じゃ、いってらっしゃい」

富川一曹は催眠術にかかったようにうなずいて、背中を見せた。あわれ、マタタビをかがされた子ネコである。

「総員集合、整列！」

西原二佐がどなると、声に応じて自衛官が右から左から駆けつけてきた。足どりは速くて力強いが、顔がこわばっているのは責められない。三〇秒もたたず、二佐の前に自衛官が整列した。総員といっても、二佐をふくめて七名だけだ。

「いいか、これから自衛隊法の規範にもとづいて、危険物を排除し、民間人の安全を確保する。総員、準備と覚悟はいいな」

西原二佐の眼光と口調には、なかなかの迫力があって、内心、私は感心した。いやなやつだと思っていたが、案外たよりになりそうだ。しかし、七人では、人数がひと桁《けた》すくないのではなかろうか。

彼らにつづく出番があるかもしれない。私たちは無言で見守った。まったく、今回の件で私たちは、ただただ惨事を見守るだけで、無力感という名の小鬼に針でチクチク刺される気分だ。

「全員かまえ！　ねらえ！」

六丁の自動小銃が、怪生物に銃口を向ける。カウントダウンにつづいて、

「撃て！」

意外に軽快な発射音が連鎖して、薄く白い煙があがる。一五秒ほどの後、イカもどきは傷ひとつない姿をすべての地球人に見せつけた。

「自動小銃ではだめです！」

報告の声が、悲鳴に近い。

「銃弾がすべて、やつの表皮からすべり落ちてしまいます。破れません」

「機関砲か対戦車ロケットが必要か？」

西原二佐が制服の袖《そで》で額をぬぐう。あらたな決断をせまられているようだった。

V

海自に最初の対応をまかせて、フラチにも私たちは見物にまわっていたが、貝塚さとみが電子辞書をあやつりながら報告した。

「イカの身体は、ほとんどが水分で、ソナーにも魚群探知機《ギョタン》にも、よく映《うつ》らないそうです」

「つまり全身が武器なわけ？」

「うーん、そういう表現をされると……」

私は眉をしかめた。違和感がある。「全身が武器」などという表現は、ハリウッドや香港のアクション映画などで、スーパーヒーローに対して使われる類《たぐい》のものだ。あの半透明の巨大水風船に対して使うのには、抵抗がある。

「警察、海自、海保がならんで、水鉄砲に潰滅《かいめつ》させられたら、世界のいい笑いものね」

「それですが、あんなに水鉄砲を撃ちまくったら、いずれ内容物《なかみ》がカラになるでしょう？　いっそ、撃ちまくらせたほうがいいんじゃないですか」

「一案だけど、それまでに、こちらの損害がどれくらいになるやらね。ロケット弾だと一発一〇億円よ。想像もつかない大金ね」

それはウソだ。ドベノミクスとやらで、その何倍もかせいだくせに。

室町由紀子がマジメに告げた。

「ダメよ、先方から撃ってこなければ、反撃は許されません」

「イカが銃を撃ってくるわけありませんよ」

岸本が軽い口調で軽いことをいってのけた。

「イカをバカにしちゃいけないわよ。地球人よりずっと手足の数が多いんだから」

「じゃムカデのほうが、もっとえらいわね、お涼」

「ゾウリムシだって負けてないわよ」

「ゾウリムシのは肢《あし》じゃないでしょ」

涼子も由紀子も東京大学法学部の卒業生だ。「東大出たってバカはバカ」というのは、他大学出身者たちのヒガミだが、このふたりの場合、妙に歯車があうと中学生なみの口論になる。

「あのー、イカより脚がすくなくなってますが……」

貝塚さとみが声をうわずらせた。またも目をこらすと、三角形が四角形に変わったようだった。左右に生《は》えた肢もごつごつしている。何となく全体として硬そうな外観だ。

ふー、と、涼子が息を吐き出して、にがにがしげに腕を組んだ。

「今度はカニラか。じゃ、この将来《さき》、タコラやハマチラに変化する可能性もあるわけだ。ま、形はどうでもいいけど、あの水ぶくれのオバケ、どうやって生きてるんだろ」

由紀子も正気を回復したように応じた。

「内臓らしいものは透《す》けて見えないわね……もしかして、内臓や脳も透明ってこと？」

由紀子が私に視線を向ける。質問されても答えようがない。私は生物学者でも怪物学者でもないのだ。

「内臓も脳も存在しないかもね」

涼子の声が存外マジメだったので、由紀子と私は同時に彼女を見た。涼子の瞳に、思考と計算と記憶とが、三原色のきらめきを放っている。こういうときは、チャチャをいれてさまたげたりしないほうがいい。

半透明なだけに、怪生物の変容は視認しづらかった。太陽の光も、私たちのはかない努力をさまたげる。それでも、イカらしく見えた外見が、べつの生物に変わったのは何とか判別できた。由紀子があきれたように断定した。

「……たしかにカニだわ」

「何でイカがカニになるのよ！　女が男になるより、ずっとむずかしいわよ」

必死になって、私は貧しい脳細胞をフル回転させた。女子中学生に一時的退化をとげた二大才女は、新人教師を品さだめするように私を見やった。

「形態変化――いえ、形態模倣《もほう》じゃないでしょうか」

二大才女は二大美女である。四本の、美しくもおっかない視線を受けて、私は内心たじろいだ。

「もうイカラでもカニラでも、名前はどうでもいいですが、やつには本来の形なんてないと思います。海中で接触した他の生物の形状をマネしているだけでしょう」

迅速に、涼子は諒解《りょうかい》した。

「深海怪獣カニラ対海自か。どっちが勝つか観物《みもの》ではあるわね」

「勝手に命名していいんですかね」

「いいのよ。著作権は早い者勝ち。あ、そうだ、ＪＡＣＥＳの本社に連絡しておこうっと」

「警視庁《ほんしや》へ、じゃないんですか」

「先方で電源切ってるでしょ！」

「刑事部長だけじゃないですか」

「他の部署に、いまさら連絡したって、しようがないわよ。お由紀はお由紀でやってるでしょうし、公安部長も警務部長も、あたしを目のカタキにしてるしさ」

原因は涼子のこれまでの言動や価値観にあると思うのだが、そんなことは彼女の脳裏にはないらしい。何しろ、

「後悔しても反省せず」

というのがモットーの女《ひと》である。

あたらしい音響が生まれた。何というのか知らないが、ロケット砲が発せられたのだ。滑走路に片ひざをついた自衛官三名の肩の上から煙の尾を引いて。

「おー、血税のカタマリが飛んでいく。わが国の独裁者が狂喜する光景ね。せめて一発ぐらい命中させなさいよ」

私たちは両耳をおさえた。もちろん爆発音から鼓膜を守るためだ。そして見た――世にもトッピな光景を。

放たれたロケット砲弾は、三発とも命中した。そこまでは、みごとなものだった。

三発の破弾が半透明の薄膜を貫通できず、「ぼよよーん」というマヌケな擬音《ぎおん》どおりに、はじき返されてくるまでは。

唖然《あぜん》として見守る自衛官たちの前へ、砲弾が愛想《あいそ》よい子ネコみたいにころがってきた。

「うわー！　退避、退避！」

その後の惨状は、ご想像におまかせする。死者や重傷者が出なかったのは悪魔の気まぐれだ。轟音と炎と煙がおさまったあと、滑走路には大穴があき、顔を煤《すす》で黒くした自衛官たちが手足をかかえこんで、苦痛にうめいていた。

粗暴な足音とどなり声がして、建物の蔭《かげ》から池中敬蔵が姿をあらわした。

「何て醜態《ざま》だ！　こんなことで、イスラムの過激派に対抗できるのか」

「イスラム」と称する過激なテロ集団が、貴重な古代遺跡をつぎつぎと破壊して、全世界から非難されている。テロ集団は、破壊の理由を、「イスラム教の原理に則《のっと》って、偶像崇拝を禁じているのだ」と語り、自分たちの蛮行を正当化しているが、これは真赤《まっか》なウソだ。

そもそも、中東の古代遺跡がなぜ二一世紀までのこっているのか。それは、これまでのイスラム国家――ウマイヤ王朝、アッバス王朝、セルジュク王朝、オスマン王朝などが、異教の遺跡を破壊せずにのこしておいたからである。イスラム教は本来、寛容な宗教なのだ。

えらそうに講釈をたれたが、すべて涼子からの受け売りである。

文明論はともかく、池中のような、古典語でいう「死の商人」に、えらそうに罵倒《ばとう》されるいわれはない。

「もし原発やらプルトニウム倉庫やらがテロリストにおそわれたらどうする！　役立たずどもが」

「あら、そう、『自分の家の隣に放射能廃棄物の最終処分場をつくっていい』という覚悟のない人間に、原発推進なんていってほしくないわね」

「バカも休み休みいえ！　あんな危険なものの隣に住めるか。過疎地につくるのが常識だろ！」

声を荒らげてから、池中敬蔵はあわてて口をつぐんだ。

痛烈に糾弾《きゅうだん》されるとでも思ったのか、池中は品の悪い舌打ちをすると、私たちに背を向けた。足早に立ち去る。天神原センセイの近くへ歩み寄ると、支持者たちが池中をとりかこんだ。言葉の破片が風に乗って運ばれてくる。

「どうですか……池中会長……警察は……何といって……ました？」

「あ、ああ、ガツンといってやったよ。この税金ドロボウどもが、ってね」

池中の、虚勢まみれの声もする。

「ガツンといってやった」

というのは、品性のない傲慢《ごうまん》な中高年男性が、自分がいかに大物かということを誇示するために多用する台詞《せりふ》だ。ほんとうに実績や人望のある日本人なら、使用することはない。

池中という原子力マフィアのボスが小物だということは充分にわかった。だからといって、現状は、すこしも改善されたわけではなかった。

第五章　寿司のネタがいろいろ？

I

半透明の物体、たぶん深海生物は、地上人たちの狼狽《ろうばい》や恐怖を無視して、マイペースで前進していく。亜熱帯の陽光あふれる碧空《あおぞら》の下で、グロテスクな光景が展開されていた。明るいだけに、かえって感性や想像力がマイナス方向へ刺激され、おぞましいといったらない。

「シベリアのサーベルタイガーのほうが、よっぽど始末がよかったですよね」

岸本が一人前の口をきくと、たちどころに魔女のイヤミが飛んできた。

「へえ、そう思うなら、もう一度あのときの経験を再現してみる？」

「ひえ、いいえ、いや、つつしんで辞退します」

「だったら、だまっておいで！」

涼子は機嫌が悪い。いまのところ手も足も出ず、活躍の場がないからだ。一方では、海自の攻撃が全然、功を奏さないことに対して、邪悪なヨロコビを感じているらしく、美しい唇の線が笑いの直前の状態をしめしている。

「こりゃ、もうどうしようもありませんね」

「いっそ日本特有の攻撃法をやってみようか」

「え？　特攻《カミカゼ》ですか、いくら何でもそれは……」

「まさか。竹槍《たけやり》突撃よ」

「さらに愚劣ですよ」

「何いってるの。風船を割るには、針を突き刺すのが一番でしょ。竹だったら、ジャングルのなかに、いくらでも生《は》えてるしさ」

警察学校に通っていたころ、琴柱棒《さすまた》で犯人を押さえこんで捕える訓練を受けたことがある。江戸時代じゃあるまいし、と思ったものだが、刃物を振りまわす暴漢を流血なくとりおさえるには、あんがい有効だった。

しかし、いくら何でも竹槍とはなあ。

そう思いながら涼子を見ると、いなくなっている。おどろいていると、貝塚さとみが報告した。サバイバルナイフを持って、ジャングルへ駆けこんでいったという。

「ここで待っておいで、といわれました」

そういわれると待つしかなかったが、五分もせず、女王サマは姿をあらわした。肩に竹を三本かついでいる。額の汗が真珠のように光る。

本気だったのか。

アッケにとられて視線を集中させている私たちの前で、涼子はナイフをあやつってたちまち三本の竹槍をつくりあげると、長く美しい両脚をふんばり、槍投げのポーズをとった。のたくる半透明生物に向けて無言で投じる――ことにならないのが、薬師寺涼子たるユエンである。

「覚悟を決めたか、ヘクトルよ。わが朋友《とも》パトロクロスを殺した罪、いまこそ贖《あがな》ってもらうぞ。そら、いまこそ我《われ》アキレスの復讐の槍を受けてみよ！」

朗々ととなえるなり、オリンピック選手も見とれるほどみごとなポーズで、手製の竹槍を思いきり投じた。

槍は優美な曲線を描いて宙を飛んだ。半透明生物の胴――胴も頭も手足もあったものではないが――にみごと命中し、深々と突き刺さ、らなかった。球状の表面をすべり、滑走路のコンクリート上に落ちる。カラカラと、骸骨《がいこつ》の笑声のような音をたて

て。

「ええい、逃げるとは卑怯なやつ！」

「逃げてませんよ」

「うるさい、外《はず》してないんだから、あたしの勝ちだ。二本めは手かげんしないぞ」

二本めの竹槍をとりあげると、ふたたび涼子はポーズをつくった。

「サー・ランスロット、よくもわが弟、ガエリスとガレスを殺したな。弟たちは非武装《まるごし》であったのに、それでも騎士か。我ガウェインの槍を受けて、正義の報《むく》いを思い知れ！」

「トロイ戦争ごっこのつぎは、アーサー王ごっこですか」

「よくわかったわね」

「いちおう英文学科出身ですから」

「あぶない！」

涼子と私の、危機感の欠如《けつじょ》した会話を中断させたのは、阿部、貝塚の両者が同時に発した叫びだった。視界がゆれた。半透明生物が、ほんの四、五歩の距離にまで近づいていたのだ。

反射的に、私はホルスターから拳銃を抜きとった。だが私よりさらに上司のほうが迅速《はや》かった。彼女は右足の踵《かかと》を軸にして、全身を回転させると同時に、電光の迅速さで、せまってくる半透明生物に竹槍を突き出したのだ。アキレスもガウェインも舌を巻くであろう絶技である。

結果は、投げたときとはちがった。槍はすべることなく、半透明生物の身体に突き刺さったのだ。周囲の全員、西原二佐までが、「おお」と感歎《かんたん》の声をあげた。

しかし、女戦士の得意もそこまで。

突き刺さった槍は、するすると半透明生物の体内へもぐりこんでいく。吸収されているのだ。槍をにぎった涼子の手もとまでが、たちまち半透明生物にのみこまれてしまった。

「ほら、あぶないったら！」

私が涼子を抱きとめると同時に、涼子がようやく手を放した。一秒後、槍は完全にのみこまれてしまった。冷汗ものである。

「あー、もうちょっとだったのに」

「あなたまでのみこまれたら、どうするんです」

「そんなヘマするわけないでしょ」

私は話を変えることにした。

「そろそろメディアも動き出すコロアイじゃないですか」

「単に時間的にならね。でも、お役所の公式発表がないかぎり、このごろのメディアは動きゃしないし、まだお役所が公表するとも思えないわ」

たしかにそうだ。全容を解明するまで、とはいかなくとも、せめてもうすこし状況を把握してからでなくては、公表も会見もしたくないだろう。

「合同記者会見ってことになりますかね」

「警察《うち》と海自と海保と、ドコが中央の席にすわって、ドコが最初に発言するかしらね」

私たちのはかない阻止《そし》活動を、怪生物は歯牙《しが》にもかけなかった。いや、歯も牙も見えないので、この比喩は不適切かもしれない。

頭上から、虫の羽音《はおと》めいた音波が伝わってきた。見あげると、いまいましいほど碧い空を無粋《ぶすい》に引き裂いて、ヘリコプターが北の海上を近づいてくる。

「海自と海保をあわせて、損害は二〇〇億円をこすわね。お気の毒なこと」

「その前に人命よ！」

室町由紀子が鋭く指摘する。

「無傷なのは、警察《われわれ》だけかあ。オコナイがいいと、神サマが守ってくださるのね」

瀆神《とくしん》そのものの台詞を涼子は発したが、雷は落ちてこなかったので、私は、何かあたらしい証拠が出てくるまで、神の存在を信じないことにした。

「どこのヘリ？」

「自衛隊の偵察《ていさつ》ヘリでしょう」

「ヘリなら、滑走路があのザマでも着陸できるわね。でも、どこから飛んできたんだろ」

涼子は、ヘリの航続距離をあやしんだようだが、これは私が答えた。

「きっとヘリ搭載型の護衛艦を出してきたんですよ。そこから発進してきたんでしょう」

「そんなところかしらね。でも、上空から偵察するだけなら、ひとりも助けてもらえないわね」

「護衛艦はどこか近くまで来ているのかしら」

由紀子が、だれに問うともなくいった。

「さあて、と、水平線の向こう側じゃないの。安全区域から出たらまずいから、そろりそろりとね」

用心か警戒か、海自は慎重に動いているらしい。うかつに行動すれば、アメリカ軍や中国軍に知られてしまう。いや、それとも、前者はとっくに知っていて、干渉の機会をねらっているだろうか。

「うああああ……！」

奇声がとどろいて、私たちはその方角を見やった。とたんに、笑おうにも笑えない光景が視界にはいる。手に手に竹槍をかまえた自衛官たちが、西原二佐の号令一下、半透明生物の周囲にむらがっているのだ。先刻、涼子の竹槍が突き刺さったのを見て、効果ありと考えたらしい。たしかに、成功といえばいえた。竹槍は一点集中の形で生物に突き刺さり、のみこまれていく。いや、竹槍だけではない。それをかまえたまま自衛官がひとり、するっと吸いこまれてしまった。

室町由紀子があえいだ。

「吸収されてる……」

半透明体のなかにのみこまれた自衛官の姿が、ぐんぐん薄れ、ちぢんでいく。屈強な男たちが悲鳴をあげ、竹槍から手を放し、半ばころげるように後退した。何本もの槍の影も急激に薄れていく。

「う、撃て！　撃て！」

西原二佐の声は、パニックの域に突入していた。ひきつった表情で、部下たちは命令にしたがった。というより、二佐の声がきっかけになって、彼ら自身の恐怖が炸裂したのだろう。

すでに銃撃が無効なことは判明しているにもかかわらず、乱射が開始され、銃声は四方へ飛散した。

そのなかに鈍く重いひびきがまじる。私たちの上空に達したヘリが、旋回しているのだ。機体には「海上自衛隊」と記してあった。空中偵察に徹し、着陸する気はないようだ。

乱射の結果を述べる必要があるだろうか。まったく効果はなかった。発射されたすべての銃弾が、半透明体の表面をすべり落ち、ドングリの実のようにころがり、ちらばった。

ただ、今度は反応があった。半透明生物の表面の一部がへこみ、どんどん深くなって、筒のような発射管が内部に形成されるのが外からも見えた。

「よけろ！」

これまで私たちは「敵の武器」を単なる水だと思っていた。海水であるにせよ、淡水であるにせよ、ただのH_2Oだ、と。だが、そうではない。あの水には、吸収され消化されてしまった不幸な自衛官の肉体が溶《と》けこんでいるのだ。どんな毒薬よりおぞましい、グロテスクな消化溶液だった。

「うわッ」「ひいッ」「たすけてッ」

悲鳴と、逃げる足音が、かさなりあう。

II

亜熱帯の太陽の下でのパニック。

「映画でも観《み》ているような」という慣用表現があるが、まったく、そうとしか思えなかった。すさまじく、おぞましい光景が、どこか現実感を欠いて見える。

このようなとき、独創的あるいは芸術的な台詞《せりふ》を発して逃げる人など、めったにいない。

「逃げろ！」「助けて！」「溶《と》かされる！」

逃げまどい、悲鳴を放ち、ころび、荷物をとりおとす。彼ら彼女たちは、天神原アザミ女史の支持者からとくに選ばれて来島されたセレブたちだ。私の好きな種類の人たちではないが、無辜《むこ》の民間人であるにはちがいない。助けるのが公僕の務《つと》めである。

彼ら彼女たちは、ほとんどひとかたまりになって走っている。他人とちがう方向へ、ひとりで逃げるのがこわいのだ。当然の心理だが、悪くすると一撃で全滅である。

私は両手で拡声機をつくってどなった。

「ひとかたまりになるな！　みんなバラバラになって逃げろ！」

ベストの指示ではないかもしれないが、集団でかたまって逃げるよりは、ましなはずだ。その声が聞こえたのかどうか、招待客たちは右へ左へと散らばりはじめた。紳士然とした男が、すがりつく女性を突きとばす。男は初老で、女性のほうは三〇代に見える。いわゆる「年の差婚」か愛人関係かわからないが、ふたりは破局を迎えるだろう。ただ、それも、生き残れればの話だ。

「最初に海自が怪生物《あいつ》を吹き飛ばしていてくれれば……」

「吹き飛ばさなくて、かえってよかったのよ」

「かえって始末が悪くなる？」

「そう。あいつ、たぶん、バラバラになったら、そのひとつひとつが再生して、成長すると思うわ」

ハリウッド製B級パニック映画の王道をゆく展開になりそうだ。とにかく、ひとりでも多く助けなくてはならないが、どういうわけか、ホテルへと直進してくる人がいない。分散されたら、ひとりひとり別途に助けなくてはならないのだ。一難去ってまた一難。

巡視船の船首近くで紅《あか》い点がきらめき、線となって宙を裂いた。巡視船が機関砲を発射したのだ。軽快でリズミカルな音がひびき、紅い火線がゼリー状の怪生物に突き刺さる。何の効果も反応もない。

もどってきた丸岡警部が歎息した。

「こうなると、私らは非武装同様ですな」

首をひねって、上司に具申《ぐしん》する。

「流れ弾にあたったりするのも、ばかばかしい。すこし後退しますか？」

「うー」

涼子は美女らしからぬうなり声をあげた。この期《ご》におよんでも闘争心満開である。亜熱帯リゾートファッションのまま、拳銃一丁で突進しそうな表情と体勢である。

とっさに私は拳銃をホルスターにしまい、両手を空《から》にした。勇敢な、というよりドウモウな上司が突進しようとしたら、はがいじめにしても制止しなくてはならない。それも全力で。一方的に損害をこうむって、ろくに反撃もできずにいる涼子は、いまや武力的欲求不満の化身である。生半可《なまはんか》な制止では、振りほどかれてしまう。

天神原アザミの支持者たちは、バラバラになって逃げていた。そこまではよかったが、逃げるひとりひとりが助けを求めて叫びたてるので、室町由紀子のわずかな部下だけでは、とても手がまわらない。天神原アザミ本人は、といえば、伏せもせず、突っ立った姿勢のまま、怪生物の方へ走っている。よほど動転したと見える。

「大臣、おやめください！」

由紀子が叫んだ。

実戦どころか訓練の経験もない天神原アザミ女史は、銃弾のよけかたも知らない。日ごろ、

「日本は国力に応じて軍備を増強し、世界の平和と安全を守らなくてはならない」

などと咆《ほ》えているが、口先だけである。戦争の忌《い》まわしさを知らない人間ほど、いさましい口をたたくものだ。

突然、機関砲の火線と、天神原アザミの走路が交錯《こうさく》したように見えた。天神原アザミ女史は、ひと声「ギャン」と叫ぶと、拙劣《へた》なフィギュアスケーターのように三・五回転してから地に倒れた。

首相お気に入りの国家公安委員長が、海上保安庁に撃たれたのだ。とんでもない不

祥事である。このとき私は確信した。この島で発生した一連の事件・事案・事象は、かならずや政府によって隠蔽《いんぺい》され、真実が国民に知らされることはないだろう、と。

だが、そうなる前に、やるべきことがある。

私は天神原アザミ女史の姿を、あらためて見やった。緑色の服から突き出した手足が、伸びたりちぢんだりしている。生きているのだ。しかも、そう重いケガでもない。サマースーツの緑色は、ぜんぜん紅く染まっていなかった。

私が動いた瞬間、涼子の声が飛んだ。

「泉田クン、どこへいくの?」

「大臣を助けてきます」

「よけいなことしなくていいわよ。利敵行為はつつしみなさい」

「どこが利敵行為ですか。マリちゃん!」

「はい!」

「警視をおさえていてくれ。責任はおれがとる」

「こら、泉田、カッテなマネすると、ただじゃすまないぞ!」

木下藤吉郎《きのしたとうきちろう》を叱りつける織田信長《おだのぶなが》みたいに、涼子はどなったが、必死の形相《ぎょうそう》の阿部巡査におさえこまれ、さすがに動けない。ショートパンツからのびた脚をばたつかせるばかりだ。

公僕たる者、どんなにイヤでも、なすべきことをなすべき時がある。天神原アザミなど助けたくはなかったが、あのまま放置しておけば、死は確実だ。

私は路上に這って、すばやく何メートルか進んだ。怪生物は、天神原アザミと異《こと》なる方角へ液体を飛ばし、無力な地球人たちを追いつめているようだ。本来なら、そちらも助けなくてはならないのだが……。

私は思いきって身を起こし、できるだけ低い姿勢で駆け寄った。天神原アザミが振りまわすブランド物のハンドバッグが頰をかすめる。あやうくかわして、声をかけた。

「大臣、しっかりなさってください」

「ああ……アタクシ、もうダメ」

「人間は服が破れただけでは死にません」

無名刑事の声など、天神原アザミは聞いていない。

「首相サマに伝えて……天神原アザミ死すとも与党は死せず……」

ぐるりと白眼をむいて、大臣は失神した。

両方とも死んじまえ、というのが私の本音であったが、無言のまま彼女を肩にかつぐ。両腕で抱きかかえなかったのは、けっして、「こんなのお姫さまダッコしても絵にならない」と思ったからではない。いざとなったら片手を自由にして拳銃を抜く必要があるからだ。たとえ無益な抵抗であっても、抵抗せずに死ぬ気はなかった。これはたぶん、上司の影響だろう。

「ホテルへ！　速く！」

室町由紀子の声がひびく。私と視線があうと、大きくうなずいて手招きした。彼女自身、もう一方の手に拳銃をつかんでいる。

気まぐれな怪生物を振りきって、何とかホテルにたどりつくことができた。

「ありがとう、泉田警部補、おかげで大臣は助かったわ」

「失礼ながら、警備部に、ひとつ貸しです」

「台詞《せりふ》の後半は、お涼の訓育《おしこみ》ね。ええ、借りておきます。とにかく助かったわ」

私は、白眼をむいたままの天神原アザミの身体を、SPたちに渡した。その後、両手の埃《ほこり》をはらった行動には、とくに意味はない。

由紀子に一礼して、私は上司の姿をさがした。すぐ見つかったので駆け寄ろうとしたとき、涼子の傍《そば》にひかえていた貝塚さとみが悲鳴をあげた。細い線が宙を奔《はし》り、右往左往《うおうさおう》していた女性客のひとりの頭部をつらぬくのが見えた。

最強力のレベルで発射したのだろう。コンクリートを破砕し、鋼板を貫通するほどの水圧だ。人間など、ひとたまりもない。

女性の頭部は破裂した。

使い古された表現だが、まるで熟《う》れすぎたスイカのように。生命の貴《たっと》さも、死の尊厳もあったものではない。

貝塚さとみが両手で口をおさえて、うずくまってしまったが、もちろん責める気にはなれなかった。私自身、吐き気をこらえるのがやっとだ。

「丸岡さん、貝塚くんをホテルへお願いします。あなたもそのまま内部《なか》にいてください」

「貝塚くんはともかく、おれはそうはいかんよ」

「泉田クンのいうとおりになさい、丸岡サン、足腰の弱ってる人は、後方にさがっているのが合理的よ」

「は、どうも、お恥ずかしいかぎりで……」

苦笑した丸岡警部は、すぐ苦笑をおさえ、かかえるように貝塚さとみを立ちあがらせた。「じゃ」とひと声、戦術的撤退にうつる。それを確認して、滑走路へ視線をもどすと、あらたな惨劇に直面した。男性客のひとりが、頭から怪生物の放った液体をあびたのだ。

「うがが……！」

濁ったうめき声があがる。男の全身はぬれていた。否、ただぬれているだけではない。全身の輪郭《りんかく》がぼやけつつある。むき出しの顔や手の皮膚が泡をたて、声がとだえた。

男は溶かされつつあった。怪生物は地球人に対して、切るも、つらぬくも、溶かすも、自由自在の芸達者ぶりだった。

鋭い音が、大気を鞭打《むちう》った。私が音のした方角を見ると、薬師寺涼子がまっすぐ右腕を伸ばし、拳銃をにぎっている。

涼子が拳銃を撃ち放ったのだ。涼子は射撃の天才だが、天才でなくても外《はず》しようのない的《まと》だった。当然のごとく銃弾は命中し、そして当然のごとく何の効果もない。

「そんな玩具《おもちゃ》が効《き》くか！」

あざけるように怒号したのは、西原二佐である。彼なりに必死ではあるのだろう、両眼が文字どおり血走り、幼児が見たら泣き出しそうな、悪鬼の形相である。うっかり海外の紛争地域にでも派遣されたら、現地住民からテロリストにまちがわれてしまうかもしれない。

彼の背後には、大口径の汎用《はんよう》機関銃をかまえた迷彩服姿の自衛官が三名、緊張に顔を引きつらせて立っていた。

III

「これからあの怪生物を射殺する。ジャマだからどいていろ」

「発砲許可は取ったんでしょうね」

「よけいなお世話だ、引っこんでろ」

「あら、あんたのために確認してあげてるのよ」

あいかわらず涼子の口《こ》調はイヤミだが、台詞には一面の真実がある。機関銃を実弾発射して、想定を超える結果が出たら、責任を問われるのは現場の指揮官だ。西原二佐は、上層部の保身のために、切りすてられるだろう。むろん成功すればオホメにあずかり、メディアで無責任に持ちあげられ、参議院議員の選挙に出馬できるかもしれない。彼個人の人生もかかっているわけだ。

「いわれたとおりにしましょう」

私は平凡な常識人ぶりを発揮して、不平満々の上司をおさえた。実際、拳銃しか持たない私たちの出る幕はない。

西原二佐は無言で部下たちに指示を下し、三名の自衛官は機関銃をいつでも発砲できる体勢で、身をかがめつつ怪生物の左側面へまわりこんでいく。

だが、あの怪生物に「側面」なんてあるのだろうか？

その疑問は、五秒とたたず解明された。

よく訓練された動作で、三名の自衛官が目標地点（だろう）にたどり着き、片ひざをついて発砲の体勢をとった瞬間、音もなく液体の刃《やいば》が宙を奔《はし》った。一発の銃弾も放つことなく、三名の自衛官は胴をなぎ払われた。六個になった人体と、三丁の機関銃が音をたてて地に倒れる。西原二佐は、いさましい命令を下すはずだった口を最大限に開いたまま立ちすくんだ。

「無能な指揮官を持つと、部下はあわれね」

涼子が、冷然たる声を投げつける。

「な、何ッ⁉」

「わたしは、ひとりも死なせないわよ。あんなケチくさいコバケに、部下を殺させたりするもんですか」

「コバケ？」

「小物のオバケって意味よ。そんなことも知らないの⁉」

普通は知らないだろうな。

「とにかく、無益に部下を特攻《カミカゼ》させる指揮官なんて最低よ。ひっこんでなさい！」

西原二佐の心の傷に、死海の塩をたっぷりなすりつける。冷血無情なフルマイの後、涼子は完璧《かんぺき》な形のアゴに指先をあてた。

「怪生物《あいつ》の弱みを知りたいわ」

「なぜです？」

「変なこと尋《き》くのね。やっつけるために決まってるじゃない」

真実だろうか。涼子の場合、弱みをつかんで自分の思いどおりにする、という可能性がある。

と、そこへ頓狂《とんきょう》な声がした。

「み、水ですよ。水には水、高圧の水をあびせてみたらどうでしょう」

「あら、岸本、あんたにしては気が利《き》いてるじゃない。そのホースをおよこし」

「えへへ、お涼さまのお役に立てて光栄です」

うやうやしく、岸本は、手にした長いホースを涼子に差し出した。こいつは直接の上司ではなく、涼子のほうに忠誠を誓っているのだ。

せっかくの忠義立ても、だが、たちまち暴君の一喝で泡と消えた。

「岸本の役立たず！　ホースを水道栓につながないでどうする⁉」

「あっ、ぶたないで、いえ、ぶって、それとも……」

「蹴ってやる！」

有言実行。ビーチサンダルをはいた涼子の足が、丸っこい岸本のお尻を蹴りつける。岸本はレオタード・レッドを抱いたまま、二メートル先の芝生にころがった。

そんな笑劇が演じられている一方で、室町由紀子や丸岡警部は、リゾートの男性従業員たちの協力を求めて、つぎつぎと負傷者たちをホテルに運びこんでいた。マリちゃんこと阿部巡査は、左肩にひとりをかつぎ、右脇にひとりをかかえこんで、ふたりの老人客を同時に運んでいく。あっぱれな公僕ぶりだ。

涼子の自制心が、岸本へのヤツアタリで、ほんのすこし限界から遠ざかったとき、叫び声があがった。自衛官の声だ。怪生物が、移動を開始したのだ。

ホテルへ向かうのか？　私は唾《つば》をのみこんで、この日何度めのことか、拳銃に手をかけた。巨大なゼリー状のかたまりは、地球人たちの危惧《きぐ》や恐怖などおかまいなしに、おぞましく伸縮《しんしゅく》しながら滑走路を横切っていく。その先には、亜熱帯のささやかな樹林があり、さらにその先には無尽蔵の塩水がはてしなくひろがっている。

不機嫌そうな涼子が傍《そば》にいるのに気づいて、私は無益な報告をした。

「海へ帰っていきます」

「昨晩もそうだったわね」

「はい？」

「夜は出てこなかったでしょ」

「深海に棲《す》んでいて、昼行生物ですか」

「健全な生活を送っているみたい」

「そうですかねえ」

とりあえず、私たちはホテルにもどることにした。半日であまりに多くのことがありすぎて、記憶を整理するのも、ひと苦労である。私としては、天神原アザミを助けて室町由紀子に感謝され、半日の成果としては充分だった。これ以上、外をうろうろしていても、自衛隊にジャマ者あつかいされるだけだ。犠牲者の遺体をしらべたいところだが、無理なことは明白だった。

五人の警察官はラウンジに陣どった。ささやかな捜査本部というわけだが、さて、私たちはもともと何を捜査しに来たのだったろう。

「ま、逆にいえば、夜の間はのんびりできるわ」

「油断すると夜襲を受けますよ、司令官どの」

我ながら、さえない発言だった。涼子は一笑に付した。

「そんなチョロイもの、ベッドの前で撃退してやるわよ」

言い放ってから、私の眼をのぞきこむようにして質《ただ》す。

「ウソだと思うなら、試してみる？」

「いえ、遠慮させていただきます」

どんな危険に直面させられるか、知れたものではない。例の怪生物だけで、たくさんだ。

ウェイターが、注文の飲物を運んできた。内心、恐怖と不安でいっぱいだろうが、表情がこわばっているだけで、動作はおちついている。高級リゾートを謳《うた》うだけあって、訓練がいきとどいているようだ。

用命をはたして退《さ》がろうとするウェイターに、涼子が声をかけた。

「心配かけてごめんなさいね。あなたたちの安全は、かならず守るから」

ウェイターは無理に笑顔をつくって去っていった。

涼子はアイスコーヒーのグラスを手にした。

「国家公安委員長、それも首相お気に入りの大臣を、政府が見ごろしにするはずないわ。同行している支持者たちも、無名の庶民なんて、ひとりもいない。正式オープン前に、特別招待されるぐらいの有力者ぞろいよ」

「多少の犠牲が出ても、強攻策をとる可能性がありますね」

「フン、そして、ドベノミクスで何十億円もかせいだ投資家が、新聞には『救出された主婦のAさん』とか書かれるワケだ」

毒づいて、涼子はアイスコーヒーのストローに口をつけた。グラスまで高級だ。脚の部分に何やらアール・デコ調の彫刻がほどこされている。それがわかったのは、私もアイスコーヒーを注文したからだが。

先ほどから貝塚さとみは、トロピカルフルーツジュースのグラスを前にして、しきりに衛星通信のタブレットをいじくっていたが、ようやく、求めていた情報を入手したらしい。

「本土では、それなりの処置はとってるみたいですよ」

すこし表情を明るくして、そう報告した。

「八丈島、小笠原方面への船便や航空便が、ぜんぶ欠航になってるそうですぅ」

「わりとスムーズに手配されたみたいね」

うなずいて、涼子はすぐ、つぎの質問を発する。

「アメリカ軍の動きは？」

「すみません、ちょっとそこまでは……」

「いいのよ、尋《き》いてみただけだから。ご苦労さま、またたのむわね」

涼子は長い脚を組みなおした。

「どうせすぐに政府はアメリカ軍にご注進におよぶわ。それとも、アメリカ軍のほうで、とっくに独自の情報をつかんでるかもね」

ありえる、どころか、当然のことのように思われる。いまでも充分ブッソウなのに、アメリカ軍まで出てきたら、地球規模のスプラッターになりかねない。

「岸本のアポ、ホースなんか持ってきて。せめて火炎放射器でも持ってきたら、怪生物《あいつ》をスルメにしてやれたのに」

「もうイカの形をしてないから、スルメとは呼べませんよ」

「君、英語じゃなくて国語の教師だったの？」

「つまらないことをいって、すみません。でも、うまくいくとはかぎりませんよ。燃えつきて灰になってくれればいいですけど、爆発して四方八方に飛び散ったら、どうします？」

「失敗しちゃった、と、日記に書くしかないわね」

まともに相手にしてくれない。いつものことで、涼子の心底《しんてい》を見透すのは、私ごとき凡才の、よく為《な》しえるところではない。

視線を転じると、海上は海上でトラブルが起きていた。海保の巡視船が警報を鳴らして何かを追っている。もう一匹の怪生物かと思って愕然《ぎょっ》としたが、よく見ると、どうやらクジラが海域に迷いこんで、それを巡視船が追い出しにかかっているらしい。そういえば、このリゾートでは、ホエール・ウォッチングも売物にしている。

安堵《ホッと》した私は、くだらない言葉を洩らした。

「クジラとイルカって、生物学的にどうちがうのかな」

ひとりごとのつもりだったが、阿部巡査が応じてきた。

「生物学的には、まったくおなじですよ」

「え、そうなのか」

つい、マヌケな声を出してしまった。

「ええ、おなじです。大きさで区別しているだけです。だいたい体長五メートル、それより大きいのをクジラと呼んで、小さいのをイルカと呼ぶだけのことです」

「へえ」

どうやらクジラは海域を追い出されたらしく、巡視船が引き返してくる。クジラは自分の幸運に気づいているだろうか。

Ⅳ

「それにしても、ありゃどういう生物なんでしょうな。内臓らしきものも見あたらない。私なんぞには見当もつきません」

根本的な疑問を、丸岡警部が口にした。その点について、涼子はとうに考えていたらしい。すぐ返答した。

「全身で呼吸し、全身で栄養を吸収し、全身で思考する。ゆえに、臓器は不要。というか、全身が臓器」

「そんな生物が存在するんですか」

「生物学的考察はいいから、目で見たものを信じておきなさい。訂正や修正は、原稿をしあげてからでいいわ」

妙な比喩《たとえ》を涼子は使い、アイスコーヒーのストローをくわえた。部下たちもそれにしたがった。涼子はともかく、他の四人は無力感らしきものにおそわれていたことは確かだ。手も足も出ない、という感じだった。

「やつの知能は、どれくらいなんですかね」

いってから、私はつけくわえた。

「知能があるとすれば、ですが」

「あるでしょうよ。わたしたちと異質なものがね。脳もなければ、心臓も肺もない。冥王星《めいおうせい》の外側でも生きられる」

「じゃあ、やつは水中でも地上でも、楽々と呼吸できるんですね」

「そして、機関砲でも自動小銃でも、傷ひとつつかない」

まったく冗談ではない。無敵の生命体ではないか。科学者たちはむろんのこと、日本政府もアメリカ軍も、生命力の秘密を知りたいと渇望するにちがいない。

阿部巡査がうなった。

「何とか、あの皮膚、いや、皮膜かな、それだけでも破れないもんですかね」

「かえって始末が悪くなると思わない？」

「……思います」

警視庁刑事部参事官室。つまり薬師寺涼子の女王国《クイーンダム》が、これほど陰気なムードを醸《かも》しだしたのは、はじめてのことだった。私たちが殉職したら、警視庁は悲しんでくれるだろうか。

あやしいものだ。

億が一にも、薬師寺涼子が怪生物に吸収されて、この世から消えてしまったりしたら、警視庁ではバンザイ三唱《さんしょう》のあと祝杯をあげるかもしれない。涼子のオマケである私たちも、べつに惜しまれないだろう。

トイレに立って用をすませ、ラウンジへもどる途中、壁ぎわのベンチにちょっと腰をおろし、かるく腕を組んで私はつぶやいた。

「どうも変だな」

今回の事件、最初から変に決まっているが、いつもとは別種の違和感が増してきている。それは何かと考えると、結局、涼子の行動にいきつくのだ。独断・暴走・専横《せんおう》と三拍子そろった彼女が、今回あまりジタバタせず、半ば傍観しているような印象を受けるのだった。

事件発生から二日めの夕方。いつもなら、悪漢どもを一ダースはたたきのめしているところなのに、今回はまだゼロ。まあ、海上保安官や海上自衛官に必要以上の暴力をふるうわけにもいくまいが、いまのところ彼女の怒りの犠牲者が岸本ひとりというのは奇蹟である。

「何かたくらんでるにちがいないんだがなあ」

「お涼のこと?」

これが涼子の声だったら、いまさら仰天《ぎょうてん》しないのだが、そうではなかったから、胃におさめたばかりのエビアンを、あやうく噴き出すところだった。咳《せき》こむ私を見て、室町由紀子が心配そうな表情をした、ような気がする。

「おどろかせたみたいね。ごめんなさい。だいじょうぶ？」

「は、はい、何ともありません。あのう、私の上司は？」

「お涼なら、心配いらないわ。あなたとわたしが、並んですわっていたら、すぐ音速で飛んでくるから」

「そ、そうですか」

センスやエスプリの欠片《かけら》もない返事をしたとき、由紀子の両眼に、めずらしく、いたずらっぽい光がひらめいた。

「ほら、いったとおりでしょ」

彼女の視線をたどりながら、私は、動悸《どうき》と呼吸をととのえた。かろうじて成功した。

いつのまにやら、三人のオトモをしたがえて出現した薬師寺涼子は、私に怖《こわ》い一瞥《いちべつ》を投げかけてから、宿敵に向きなおった。

「お由紀、泉田クンに何よからぬこと吹きこんでたの？」

「まだ何も。そんな暇なかったわ」

「まだ？　ということは、何か吹きこむつもりだったのね」

「解釈はご自由に。ただし、マトハズレの解釈は、いった当人の心理を暴露することになるわよ」

いつもはマジメ一辺倒《いっぺんとう》で、ともすれば涼子の攻勢に防御にまわりがちな由紀子だが、このときは何やら冷然として涼子を見返し、さすがの涼子がいささか鼻白んだように見えた。

「まったく、ああいえばこういう」

だれのことだろう。涼子の声には、分子ていどの小ささながら、負け惜しみの成分がふくまれているように思われた。室町由紀子、あっぱれである。って、私は何サマだ。

「劇薬を使うという策《て》はどうですかね」

とりなすように丸岡警部が口をはさむ。

「どんな劇薬？」

「たとえば、硫酸とか……」

「どこから運んでくるのよ。それに、有効かどうか……」

怪生物が硫酸を体内に取りこみ、高圧で放出すれば、惨状は想像を絶するものになるだろう。

世の中には、「想定外」とか「逆効果」とかいうことが、いくらでもある。この時点で、私たちは、未知の脅威の力をさんざん思い知らされていたから、脳細胞も疲労しきって、名案も妙策も出てきそうになかった。無力感と徒労感が手をとりあってダンスを踊り出すのが見える。いかん、かなりまいってるぞ。

ささいなことだが、涼子はラウンジの飲料代の支払いをダークネスカードですませ、レストランを予約した。思いおこしてみると、この日は昼食もすませていなかった。それどころではなかったからだが、「腹がへっては戦《いくさ》ができぬ」というのは人類史上、例外のない真理だ。

レストランへいくまでの間、一同はいったん外へ出た。夕刻になって、風が肌寒くなりつつある。

「政府は、あの怪生物《バケモノ》をどうする気でしょう」

「そうねえ」

私の質問を受けて、涼子はむき出しの腕を組んだ。

「可能なかぎり、生かして捕獲しようとするでしょうけど、不可能でしょうね。でもって、不可能だとわかったら……」

「証拠湮滅《いんめつ》に、まっしぐら」

「そのとおり」

「でも、どうやって匿《かく》す気かしら」

室町由紀子が、まじめに考えこむ。涼子が皮肉のツブテを投げつけた。

「お由紀、あんたにもわかってるでしょ。島ごと消してしまうのよ。たぶん、核兵器を使ってね」

「そんな！　一〇〇人以上の人がいるのよ」

「あら、ヒロシマには二〇万人以上の人がいたわよ」

由紀子は息をのんで沈黙する。

えらそうないいかたになってしまうが、私は、由紀子の限界が見えてしまったような気がした。あれほど頭脳優秀な女《ひと》なのに、良識や理性や正義にこだわるあまり、飛躍した発想ができないのだ。飛躍の権化《ごんげ》である涼子と、おなじリングでは闘えない。

「核兵器の前に、生物化学兵器を使うかもしれませんよ。そうすれば、死体の処理だけですむ」

「いろいろと実験できて、政府もうれしいでしょうね」

上が上なら下も下、というやつで、薬師寺涼子の部下は、このていどの会話は平気である。

「この国には非核三原則というものがあるのよ。無責任な発言も、ほどほどにね」

守勢にまわりつつも、由紀子がたしなめる。

「非核三原則なんて、とっくに骨抜きにされてるけど、何だったたっけ？」

「核兵器を持たず、つくらず、それから、ええと、持ちこませず、でしたかね」

「まあ合格だけど、その三原則を厳守しても、核兵器はＯＫなのよ」

「そんな魔術、あるわけないでしょう」

「あるのよ。重要な原則が最初からひとつ抜けてるんだから」

「……何でしたっけ？」

重大な見落としを指摘されたような気がして、私は首をかしげた。さらりと涼子が答える。

「核兵器を使用せず」

「…………！」

「核兵器を使っても、非核三原則には抵触しない。日本がアメリカから核ミサイルを借りて、国外からどっかの国に撃ちこんでも、非核三原則に反したことにはならない理屈よ」

私は唾をのみこんだ。そんなバカな、とは思ったが、たしかに非核三原則のなかに「使用せず」という項目はない。あまりに基本的なことなので、かえって気づかなかった。

「あなたの理屈は極端です。でも……」

「でも？」

「政治的力学ってやつを因子にいれれば、ありえることなんでしょうね」

サンダルをはいた足で、涼子は宙を蹴りあげた。

「日本は法治国家だ、と、いばってるけどさあ、政府が率先して憲法を破る国だからね。とっくに御用学者が進言してるかもよ」

はあ、と頭を上下させた私は、思わず、前方の海を見すえた。西南方向の水平線が異様に赤い。落日の光によるものだけではない。オレンジ色ではなく、不吉な深紅なのだ。

私のようすに気づいて、涼子もその方角に視線を送り、すねていたような表情を鋭く引きしめた。

「西之島の方角ね」

噴火活動がさらに強まったのだろうか。

V

暮れゆく海上に、大小の艦影が浮かんでいる。海自の護衛艦と海保の巡視船が、サーチライトの光輪を波に投げかけながら遊弋《ゆうよく》しているのだ。搭乗員たちの緊張と不安が思いやられた。

いまや、この小さな無人島は、日本でも有数の自衛隊の活動根拠地と化していた。陸上でもそうであった。もっとよく見ようと海岸に近づくと、私たちの前に、オートライフルをかまえた自衛官が立ちはだかったのだ。

「ここは立入禁止です。ホテルへ帰ってください」

「私たちは警察の者ですが」

「だめです。上層部《うえ》からの命令がないかぎり、お通しできません」

「上層部って、西原二佐のこと？」

自衛官は、涼子の胸と脚から、ケンメイに視線を引きはがした。

「お答えできません。さあ、引き返してください」

「そう」

ただ一言、あっさり涼子は引きさがった。この女《ひと》の行動は変幻自在で予測がつかない。動機はおおむね利己主義にもとづくものだが。彼女は手ごろな獲物を見つけたのだ。西原二等海佐を。

西原二佐の表情は、これまでに何度も見たことがある。彼個人のものではなく、失意の中間管理職に共通するやつだ。前途に光明を見失って、絶望に打ちひしがれている。

「あら、元気ないわね、どうしたの?」

ホテルの玄関の柱に寄りかかっていた西原二佐は、涼子に怒声をあびせる元気もないようだった。

「何もいえん」

「いわなくても、わかるわよ。作戦行動から外《はず》されたんでしょ」

「………」

「無理もないわね。部下を、四名も殉職させてしまっちゃね」

容赦《ようしゃ》なく、またも相手の傷口に死海の塩をなすりつける。西原二佐の顔色が赤紫色に変わったのは、黄昏《たそがれ》の光のせいだけではなかった。

「それにしても、二佐のあんたが外されて、戦力が増強されるんだから……」

「戦力じゃない、平和維持能力だ」

現在の政府は、日本語を破壊するのに熱心だ。平然として「戦争」を「平和」といいかえる。そのうち、「国定国語辞書」をつくろうとするかもしれない。

「はいはい、現状悪化能力だったわね。で、それだけ兵隊サンも武器も増えるのかしら？」

「武器じゃない、防衛装備だ」

いちいち律義《りちぎ》に、西原二佐は訂正する。

「日本語破壊者《ジャパニーズ・クラッシャー》が首相になると、これだからイヤになるわね。とにかく戦力が増大したんだから、あんたより階級が上のオッサンが来るんでしょ？　宗方海将《むなかた》？」

誰だ、それは？

「ちがう、家入《いえいり》海将補だ。ろくに知りもしないくせして……」

いいさして、西原二佐は愕然としたように口を閉ざした。失意の中間管理職をまんまと誘導尋問にひっかけた魔女は、ひさびさに、底意のある笑みをたたえた。

「そうか、家入のオッサンが指揮をとるのか」

「い、家入海将補を知ってるのか!?」

「知るわけないでしょ」

「だったら、どうして……」

「若い女性が海将補になれるわけない。オッサンに決まってるじゃないの」

西原二佐は、むなしく口を開閉させる。涼子は文字どおりのネコなで声を出した。

「あんたも、考えてみれば、ちょっと気の毒ではあるわね。無能者の烙印《らくいん》を押されたあげく、更迭《こうてつ》か。今度の任地はどこかしら。同情するわ」

同情なんていいながら、塩まみれの傷口を、毒舌のナイフでえぐる。私は、つい、本心から西原二佐に同情しそうになった。

「これから厳しい人生が待ってるわ。ご家族がつらい思いをするでしょうねえ」

「よ、よけいなお世話だ」

「あたし、慈悲深い性格だから、気の毒な人を放っておけないのよ。どう、冷酷な官僚組織なんか棄《す》てて、民間にあたらしい人生を求めてみない?」

私はあきれかえった。涼子は不幸な西原二佐をJACES《ジャセス》にスカウトする気なのだろうか。JACESの人材供給源は主として警察だが、自衛隊にまで手をひろげれば、さまざまなノウハウに加え、自衛隊内の情報（とくに弱み）を入手できるだろう。西原二佐が自衛隊の冷たい仕打ちにウラミを抱いて除隊でもすれば、なおさらのことだ。

それにしても、このような怪事件の渦中で、他人の不幸につけこんで、自分の（ものになる予定の）会社の利益を謀《はか》るとは。いまさらながら、私の上司は、ドラキュラ伯爵より悪辣《あくらつ》な女《ひと》である。

西原二佐を置いてきぼりにして、一〇歩ばかり離れたあたりで、涼子が肩ごしに振り向いた。

「泉田クン、何かいいたそうね」

「は、いえ、べつに何も……」

「ないわけないでしょ、はっきりいいなさい」

「それじゃ申しあげますが、西原二佐を信用なさるんですか？」

いった瞬間、私は、涼子が手をひらめかせるのを見た。白い指が、いきおいよく私の左の耳を引っぱる。

「いたッ、何をするんですか!?」

「教育的指導。君はあまりにも、あたしという人間を理解していない」

「人間じゃないくせに」

「何かいった!?」

私は、もはや自暴自棄《ヤケクソ》だった。

「ええ、いわせていただきます。西原二佐は、警察に協力なんかしませんよ。協力するフリをして、私たちの動静をさぐるでしょう。失地回復、名誉挽回、汚名返上に必死なんですからね」

「何だ、ちゃんとわかってるじゃないの」

「最初から、そう申しあげてるじゃありませんか。耳を引っぱられたりする理由はありません」

「主君に耳を引っぱられるって、名誉なことなのよ」

「聞いたことがありません」

「ナポレオンの伝記をよく読んでないのね。ところで、まだ尋きたいことがあるんだけど」

イヤミをこめて私は応じた。

「何ですか、元帥《げんすい》閣下」

「ほら、読んでない。ナポレオンは元帥になったことはないのよ。ま、そんなことはどうでもいいけど、君の想定に対して、君自身はどう対処すべきだと思うの？」

私は、すこし痛む耳をなでた。

「西原二佐がそのつもりなら、それを逆用して、海自の内部情報を入手すべきでしょう」

「オーソドックスな案ね」

「ただし、あの二佐どのは、二重スパイになって、偽の情報を私たちに渡しかねません。海自の組織内で出世したいでしょうから」

「地球人だったら無理ないわね」

涼子は理解のあるところを見せた。

「国家ってのはね、押しこみの強盗殺人犯とモラル的におなじなのよ。見たもの知ってるもの、すべて人殺しの道具に使おうとする。原子力と果物ナイフの差があるだけよ」

私の同僚たちが同情と好奇心をこめて見守っている。

「あなたは国家公務員のくせに、国家をおきらいなんですか」

「いまさら何いってるの。国家がきらいだから、世界を征服しようとしてるんじゃないの。それくらい、とっくに察してると思ってたのに！」

「すみません」

「あやまってすむなら、あたしは要《い》らない！　反省して、以後、オコナイをあらためなさい！」

涼子の基準によれば、私には、あらためるべきオコナイが小惑星の数ほどあるようだが、さて、どれからあらためるかは、むずかしい問題である。

そのときだった、空気が微妙に波立つのを、皮膚が感じとった。

涼子と私は視線をかわし、目を西の水平線に転じた。深紅の帯がおぞましさを増し、大型トラックが急ブレーキをかけたような音が、その後方から遠く伝わってきた。横にのびた赤帯が、垂直に立ちのぼる黒灰色の煙によって、左右に分断される。

「……爆発的噴火ってやつですかね」

かろうじて私が沈黙を破ると、涼子が訂正した。

「爆発的大噴火よ」

私たちの背中で、第三者の声がはじけた。なさけない声だ。

「ボ、ボクたち、生きてこの島を出られるんでしょうか」

岸本明が声の主であったことは、記すまでもない。

第六章　冬の夜の悪夢とは？

I

二度目の夜が来た。場合によっては、人生最後の夜になるかもしれない。孤島をとりまく夕闇は濃密で、島そのものを押しつぶしそうな質感で、地球人にのしかかってくる。南西の一角だけが、魔獣の悪意をこめた眼のように紅《あか》い。

「南国の甘い夜」

という能天気なタイトルの映画があったような気がする。甘いどころか、塩からくて苦《にが》くて、ドクダミ茶と青汁《あおじる》とバリウムをまぜたような味わい。二度と北回帰線に近づかないようにしよう。

海自と海保の隊員たちは、それぞれ自分たちのベースキャンプらしき場所へ引きあげていったようだ。海自の隊員たちは、傍目《はため》にも元気がないように見える。四、五人も同僚をうしなったのだから、さぞショックだろう。西原二佐の姿はわからなかった。

とにかく栄養はつけておかなければならないから、私たちはテーブルをかこんだ。もっとも、腹部を撃たれたりしたら、腸内の雑菌が体内に飛散し、その毒素でさんざん苦しんで死ぬことになる。リゾートのスタッフたちをわずらわせるのも気が引けたので、全員がコーヒーとトーストですませることにした。コップの水を一息にあおって、何となく溜息をついたときである。ヒステリックな悲鳴がひびいてきたのは。

「出た！」

主語の必要はなかった。

「夜も出てきた！　もうダメだ！」

悲鳴に足音や打撃音が入り乱れ、床に倒れこむ人の姿が遠くに見えた。

「夜勤手当がほしいのかな。ケチくさいやつね。それにしても、海自や海保のやつら、どこでガソリンを売ってるんだか」

毒づきながら、涼子は、かろやかに歩き出す。阿部巡査が、困惑と疑問をないまぜた視線を私に向けた。とめますか、と無言で尋ねているのだ。私は首を横に振った。

先ほど、涼子は猪突《ちょとつ》するのを阿部巡査に阻止《そし》された。腕力そのものは阿部巡査のほうが上だが、総合的な戦闘力では涼子がまさる。容易に振りほどくことができたはずだが、そうなると阿部巡査は無傷ではすまない。あきらかに涼子は、無意味に部下を痛めつけるのを避けたのだ。

視線を動かすと、広すぎるラウンジの彼方《かなた》で、何人かの男女が、こけつまろびつ逃げまどっている。視界の一部が妙にゆがんで見えるのは、半透明の怪物の巨体が光線を屈折させているためだろう。涼子は鋭い視線で修羅場をひとなで すると、朗々たる声を発した。

「バリケードをつくるのよ」

涼子の声は、宣言と提案と命令とを兼ねている。一瞬ほどの沈黙につづいて、人々はいっせいに動き出した。

まっさきに動いたのは阿部巡査で、飛び出すや否や、そのあたりに置いてあった安楽椅子やら観葉植物の鉢《はち》やらを、かかえては床の上に並べていく。こういうときの彼は、じつにたのもしい。

「ほら、バリケードをつくるのよ、速く！」

涼子は、ホテルのスタッフや、天神原女史の支持者にまで命令する。こういうときは、声の大きい者が強い。あたふたと、ソファーやフロアスタンドを動かしはじめた。

正直なところ、私は、バリケードがそれほど有効な防御手段とは思えなかった。怪生物は、変にべとつく摩擦力のない身体で、バリケードを乗りこえてしまうだろう。それができなくても、別方向へ迂回《うかい》して、後方からおそいかかってくるかもしれない。

連戦連敗のテイタラクなので、ついつい私の思考は悲観的な方向にかたむいた。他に何かよい手段がないか、とぼしい知恵の蛇口《じゃぐち》をひねっていると、肩をたたかれた。

「泉田クン、何ボサッと突っ立ってるの？　マリちゃんを見習って、はたらきなさい」

このとき、私の脳裏に豆ランプがひらめいた。

「警視、楽しんでますね」

「どういう意味？」

「あなたは、高級家具を手荒らに積みあげて、バリケードをつくること自体に快感をおぼえてるんでしょう？　役に立たなきゃ立たないで、かまわないと思ってる」

涼子は私を見つめて、底意のある笑みを浮かべた。

「あっ、そうか、そういう考えもあったんだ」

「え……!?」

「よし、もっとハデにやってやろう。マリちゃん、そこの趣味の悪いアール・デコ様式のチェスト、持ってきて」

「ちょ、ちょっと待ってください」

あわてて私は制止したが、温厚な阿部巡査も、さすがに興奮しているのか、涼子の命令どおり、趣味の悪い（これは事実だ）チェストを両手でかかえあげ、床に投げつけた。はですぎる音をたてて、チェストはバリケードの一角にころがった。私は溜息をついた。

「ムダだと思うけどなあ」

「いや、まるきりムダともいえんぞ、泉田クン」

丸岡警部が、マイセンらしい西洋陶器をかかえて近づいてきた。

「あのバケモノはひどく見えにくいが、バリケードを乗りこえるときに、音をたてるかもしれんじゃないか。そうしたら、攻撃を集中できる。それにしても、この花瓶《かびん》、いくらぐらいするのかなあ」

「投げつける気ですか!?」

「すこしは役に立たないとな」

誰も彼も、涼子の破壊衝動にマインドコントロールされてしまっている。

私は、人間をあやつる魔女をかえりみた。

「で、あのバケモノをどうする気です？」

「最初からいってるでしょ、スルメにしてやるのよ！」

どこまでもスルメにこだわる。争論《そうろん》してもそれこそ無意味だ。こうなったら私もスタンドでも投げつけるか。そう思ったとき、怪生物が未完成のバリケードにとりついた。

ガラスの砕ける音だろう、耳ざわりな、神経をひっかくような音がひびく。

「みんな、早く逃げろ！」

どなりながら、私は怪生物めがけて、発砲した。肘《ひじ》までが、かるく痺《しび》れる。ムダは承知の上だ。せめて、民間人が逃げるまで時間をかせがなくてはならない。

倒れた老人を踏みつけて、天神原アザミ女史が逃げ出したところだった。つい先刻、「あたくしもうダメ」といったわりには、元気なことだ。しかし、支持者を土足で踏みつけるとは、政治生命はもう終わりだろう。日本のためには、不幸中のサイワイである。

「早くやっつけなさい、どんな手段《て》を使ってもかまわないから！」

あーあ、狼狽と興奮のあまりだろうが、天神原女史は禁句中の禁句を口にしてしまった。涼子にオスミツキをあたえてしまったのだ。どうなっても知らないぞ。

怪生物はバリケードをさけ、くねくねぐだぐだとうごめいて左へ去っていく。私が思わず息を吐き出すと、涼子がわざとらしい声をあげた。

「あらまあ、これはこれは」

「いったい何です？」

「世界一クリーンで誇り高い日本人でも、こんなことするのねえ。ネットにのせたら、世界中で評判になるわ」

涼子が視線を向けたので、とっさに私は表情を消した。涼子の手には一枚の写真があって、それは天神原女史が老人を踏みつけたとき、姿勢をくずして落としたものとおぼしかった。

「泉田クンも見てみる？」

「いえ、けっこうです」

天神原女史は、忠実なSPたちに護《まも》られて、バリケードの一部になっているソファーにすわりこみ、舌を出してあえいでいた。

「いいから、ごらんなさいよ」

ほぼ予想どおりであった。写真に映っていたのは、誇り高い日本国の「警察大臣」閣下と、愛国的な支持者とが――特定秘密保護法によらない良識のため詳述は避ける――愛をかわすお姿だったのだ。こんなゲテモノ、個人としてはまったく見たくない。

私が溜息をついて、涼子に写真を返すと、気がついた天神原女史がうろたえた。

「その写真を週刊誌にでも売る気なの!?　お返し！　わたしは出版社の社長を何人も知ってるのよ！」

「わが社は、製品の質に矜《ほこ》りを持っております。こんな粗悪品を売りつけたら、わが社の信用にかかわりますわ」

涼子は冷笑した。

「無料《ただ》であげます。日本外国特派員協会にね。いまの日本で、圧力に屈しないメディアは、あそこぐらいのものだしね」

本来は、落とし主に返すべきものだろうが、涼子は確信的無視、天神原アザミ女史は逆上、という状況で、そのことに気づかない。

「首相官邸の地下五階にたてこもってる人は、これ見てどう思うかしらね」

「首相官邸は地下三階までしかありませんよ」

「へえ、泉田クン、それを信じてるの？」

「…………」

私は返答できなかった。実際に首相官邸にはいれるような身分ではないし、現に内部を見てもいない。政府の公式発表とメディアの情報を信じるだけだ。

　現在の政府は、ロシアや中国に対しては、「情報の透明性を高めろ、公開しろ」と非難するが、だったら自国で「特定秘密保護法」なんかつくるべきではないだろう。そんな法律をつくった日には、悪用するヤカラが、かならず出てくる——たとえば、私の上司みたいに。

「あいつ、どこへいったのかしら？」

バリケードをくずしたところで方向を変えた怪生物は、人々の恐怖の視線に見送られながら、闇に溶けこんでしまっていた。

II

追撃しそこねた私たちは、ふたたびラウンジに集合した。他にいく場所もない。

「TVではまだ何も報道されてませんな」

丸岡警部が報告する。

「湾岸メッセの世界アニメ・コスプレ祭に三〇万人が押し寄せて、荒川《あらかわ》から東の駅や道路が大混雑。それがトップニュースです」

「そう、平和ってすばらしいわね」

涼子の口調は、私の表現力では再現不可能である。その毒気に反応して、室町由紀子がたしなめた。

「その平和を守るのが、わたしたちの仕事よ、お涼」

「はーい、わかってます、委員長」

「あなたね……！」

「何よ、あんたこそ、テンジンバルの傍についていなくていいの？」

ついに呼びすてである。フンマンをおさえて、由紀子が応えたところによると、天神原女史はSPや用心棒たちにかこまれてレストランにたてこもっているそうだ。話をすませると、由紀子は気が進まぬようすで去っていった。

「あのですねえ……」

「何よ？」

「味方どうしでいがみあって、どうするんです。敵がああなんだから、こちらは協力しあったほうが……」

「味方って、だれ？」

「申しあげなくても、おわかりでしょ」

「わからないなあ。ヒントがすくなすぎて」

ニクマレ口をたたきながら、涼子は、すこし考えるようすだった。もちろん、私の言葉について考えているわけではないだろう。一度、彼女の内面世界《インナーワールド》をのぞいてみたい気もするが、引きずりこまれて二度と出てこられない可能性が高すぎる。

「敵を増やすか味方をへらすか、二者択一ってところね」

「二者択一になってませんよ」

「あら、りっぱな二者択一よ。敵が増えれば、敵どうしを嚙みあわせりゃいいんだから、簡単なモンじゃない」

悪魔の艶笑《えんしょう》を浮かべた涼子だが、すぐ柳眉《りゅうび》をひそめて、いまいましげに舌打ちした。

「問題は味方なんだなあ。まったくアテになりゃしない」

「たよりない部下で、面目ありません」

「君ねえ」

「はい？」

「謙遜《けんそん》と卑下《ひげ》はちがうのよ。あたしの臣下である以上、無意味な卑下は許さないから、そう思いなさい」

「わかりました」

「あたしの部下であることを自慢するのは、かまわなくてよ」

「ああ、はい、そうします」

さからうだけ時間のムダである。

薬師寺涼子以下、たった五人。この人数で、民間人を護りながら怪生物をとらえる、あるいは殺害する。とうてい不可能である。

にわかに海の咆哮《ほうこう》が高まった。

地球に海ができてから、二〇億年だったか三〇億年だったか。気の遠くなるような太古からの時間。それを石油やら放射能やら廃液で地球人が汚染するようになってから、たかだか一〇〇年。人類が滅亡したら、一〇〇年くらいで原状を回復するのではないだろうか。

先進工業国と貧しい発展途上国を同列視するわけにはいかないが、地球人ほどあつかましい寄生生物もすくないだろう。自分の棲んでいる惑星をここまで痛めつけて、いつか復讐される、とは想像しないのだろうか。

まあ私はエコロジストではないから、そんな大局を展望して、「深海からの復讐者」を保護するより、海を汚した犯人たちのほうを護らなくてはならない。

ふいに愕然《ぎょっ》としたのは、思わぬ人物が姿を見せたからである。「ぬっと」という表現そのままだった。西原二佐だ。私などには見向きもせず、前置きもなく、涼子に声を投げつけた。

「習志野《ならしの》の緊急展開集団が出動準備をはじめた」

「ふーん、でもとっくに緊急事態を迎えてるんじゃないの？　おそいおそい、着いたときには、全滅してるんじゃやなくって？」

西原二佐は涼子をにらみつけ、肩で息をした。彼もまた地球環境の一部分で、体内では煮えたぎったマグマが噴出の機会をうかがっている。

「ま、アレね、日本の国内だから、自衛隊がどう動いても、外国にあれこれいわれるスジアイじゃないわ。思う存分、国土を破壊してかまわないわよ」

「かまいますよ！」

西原二佐が、大きく肩を揺らした。

「いいご身分だな。まったく、うらやましいよ。おれたちの苦労を横目に、マンザイごっこかい。ま、仕事をジャマされるよりはマシだがな」

西原二佐は、気化したガソリンの中でマッチをすったようなものだった。

「聞きずてならないわね。あたしたちはちゃんと仕事してるわよ。捜査の結果を教えてあげようか？」

「お前らの知ったことじゃない！　よけいなマネをするな！」

「もう知ってるわよ」

「何だと？」

「あのバケモノを生かしたまま捕獲して本土へつれ帰れ。そういう命令でしょ？」

西原二佐は無言だった。核心を衝《つ》かれると、声帯がはたらかなくなるものだ。

「現場の苦労を知らない上層部なら、かならずそういうからよ。生かしてつれて帰って、さて、どうする気かな」

「よ、よけいなお世話だ。我々は上からの命令にしたがうだけだ」

「したがえるといいわねえ」

「どういう意味だ」

西原二佐が半眼《はんがん》になると、涼子は彼の鼻先に指を突きつけた。

「命令を完遂《かんすい》する前に、あんたたちが全滅しなきゃいいけどね。口に出す必要もないけど、あんたたちの生命《いのち》なんて、現在の政府、一〇〇円玉一枚ぐらいにしか考えてないからね。憶えておいたほうがいいわよ」

現在の政府は、国会での審議もろくにせず、自衛隊を地球の裏側にまで派遣することを提言した。それを決めた政府の御用学者が放言したという。

「自衛官がひとり殉職したら、一億円近い弔慰金《ちょういきん》を支払わなきゃならん。アメリカ軍の兵士だったら、一〇〇万円ていどですむのに！」

彼らにとって、人命ほど廉《やす》いものはないのだろう。戦争をあおりたてた新聞社や出版社の社長、それに大学教授などが最前線で戦死した例は、世界史上ひとつもない。

「もうあんたは、オスプレイをこわされるわ、部下を四人ばかり死なせるわ、失敗のオンパレードだもんね。とっくに上層部《うえ》から見すてられてるわよ」

「お、おれは大事な任務をまかせられて……」

「生きて還《かえ》ったら、どう責任をとらされるか、愉《たの》しみにしてあげるわよ。中間管理職の悲哀、他人事《ひとごと》じゃないものねえ」

他人事のくせして。そういう台詞は、裏面で強大な権勢をホシイママにしている涼子だからこそ、いえることだろう。ただし彼女の権勢の半分は、生命がけで獲得したものだ。

西原二佐は殺人光線のような眼光を涼子にあびせたが、残念ながら、蚊《か》が刺したていどの効果もなかった。彼が逆上した場合にそなえて、私はさりげなく体重を移動させた。西原二佐は口先だけでなく、腕力も格闘術も常人以上だろうが、横あいからタックルして転倒させれば、こちらにも充分、勝機はある。

西原二佐は、視線で涼子を刺殺するのに失敗すると、背中を向け、地上にうごめくアリの群れをブーツで踏みつぶしながら遠ざかっていった。

「何しに来たんですかね」

私の疑問を、涼子は歯牙《しが》にもかけなかった。

「総額一〇〇〇億円のスペクタクル・ショーね。犠牲者がいなければ、愉しんでもいいけど」

涼子が自分自身の耳たぶを引っぱった。

「映画館を出るときは、気分よく、『ああ、おもしろかった』といいながら出たいものよね！」

それには同感である。ただし、私たちは映画の観客ではなく、出演者であるから、無事にスクリーンを脱《ぬ》け出して日常生活へ復帰できるかどうか、あやしいものだ。

それにしても、西原二佐の強攻策が失敗して以後、海自や海保の動きが、妙に鈍くなった。艦船の総数は片手の指ではたりなくなったが、沖に浮かんで灯火を明滅させているだけで、ゴムボートで上陸してくるでもなく、砲撃してくるでもない。もっとも、やたらと砲撃されたら、地獄図が出現するだろうが。

「だいたい、怪生物の所在を、海自や海保は把握してるんですかね」

「可視光線の反射角度までゆがめる、まあいわばステルス細胞ってわけだものね」

「ただ、完全ではない、と」

「完全だったら、まったく見えなくなるわね。ハン、各国の軍部がほしがるわけだ」

「権力者もほしがりますよ。不死の生命力を得られる、と思うでしょうからね」

涼子は完璧な形の肩をすくめた。

「まったく、何でそんなに死にたくないのかしらねえ」

「だれだって、死にたくありませんよ」

「そう？　死ぬほど簡単なことってないんだけどな。どんな臆病者でも卑怯者でも、死ぬことはできるじゃない」

そのとおりではあるが、不死身の涼子がいっても、説得力がない。

涼子の不敵な微笑は、正体を知っている私でさえ、つい見とれてしまうほどだ。いつのまにやら舞いもどってきた西原二佐に視線を向けると、彼女は鋭く言い放った。

Ⅲ

「あんたたちの考えることは、一万年も前から変わっちゃいない。石ころを見ても、武器にしようと考える。まして、あんなバケモノ、利用したくなるのは当然かもね」

西原二佐は咆《ほ》えた。

「お前らの知ったことじゃない。自分たちは、上からの命令にしたがうだけだ」

「あらあら、ナチスの強制収容所の看守とおなじ言種《いいぐさ》ね。何十万人のユダヤ人が死んだとしても、自分は命令にしたがっただけ、と弁明したんだっけ」

「と、とんでもないことをいうやつだ。自衛隊をナチスといっしょにするのか!?」

「それこそ、とんでもない曲解ね。あたしはナチスの例を話しただけよ。思いあたるフシがないなら、部外者のタワゴトなんて笑いとばしてりゃいいじゃないの」

堂々たる詭弁《きべん》で、対手《あいて》を黙らせてしまう。西原二佐は兇悪な、だが無益な視線を涼子に向けると、何かつぶやきながら、ふたたび立ち去った。

ニュージーランドを独裁国家とか全体主義国家とか思う人はいないだろう。自由で平和な民主主義国家と考えているはずだ。事実そのとおりである。

ところが、二〇一五年、ニュージーランド政府の公文書が暴露された。それには、こう書いてあった。

「調査報道をおこなうジャーナリストは、国家にとって有害である」

これには全世界がおどろいたものである。

つまり、それが「近代国家」というものだ。

「存在そのものが目的化してるから、独立や主権を守ると称して、どんなことでもする。大国になればなるほど、国際社会とやらを利用して、他国の国益を侵害する。無人島を確保するために、人間の血を流すという倒錯《とうさく》におちいって、一般人まで巻きこむ。救いようがないわ。やっぱり、あたしが世界を征服しなきゃダメね。でもって六月に祝日をつくりましょ」

いまさらではないが、変な結論になった。

なぜ六月には祝日がないのか。

ばかばかしい疑問だが、奇妙といえば奇妙な話だ。「山の日」なんて、全国各地の「山開き」の日を考えると、六月が一番よさそうなものなのに、お盆休みのある八月に持ってくる。まあ単なる偶然にすぎないとは思うが、この国には卑弥呼《ひみこ》以来の闇の伝統があるから、とんでもない事実が隠されているかもしれない。いずれにしても、伝奇小説家やオカルト雑誌の担当分野だろう。

私たちは散文的な現実に直面している。すでに何人もの自衛官や海上保安官が犠牲になった。艦船まで沈められた。何とか無傷なのは警察だけだが、これとて他の二者から見れば不愉快なことかもしれない。「うまく立ちまわりやがって」と思われているかもしれないのだ。こちらは、孤立感におそわれているというのに。

海保が警察と海自との間をとりもってくれればいいのだが、虫のよい注文だろうか。

海上保安庁の第三管区は、茨城県から静岡県までの太平洋岸を管轄している。東京も横浜《よこはま》も横須賀《よこすか》も、ここにふくまれているから、とくに重要視されているのは当然だろう。他の管区にはない国際組織犯罪対策基地、特殊救難基地、機動防除基地、長距離《ロラン》誘導センターなども置かれているそうだ。

夜の海をながめやった丸岡警部が、歎声をあげた。

「大きいもんですなあ。海保の巡視船にも、りっぱなのがあるもんです」

「〝やしま〟型とかいって、五〇〇〇トン以上あるらしいですよお。ヘリコプター二機つんでて、三五ミリ連装機関砲も二門。あれだったら、たよりにできるかもしれませんねえ」

最初に怪生物に沈められた巡視船は、せいぜい五、六〇〇トンだったから、その一〇倍にもなる。「しきしま」の姿を見ただけで、ソマリア近海の海賊船は、全速力で逃げ出すことだろう。

「みなさん」

あたりをはばかるような声がして、一同が思わず身がまえると、海自の富川一曹が、おずおずしたようすでたたずんでいる。どうやらベースキャンプを脱《ぬ》け出してきたようだ。

「何かあったの？」

「あまり見ないほうがいいですよ。あの船が建造されるとき、ほとんど秘密にされてたそうです。現在だって、見学や乗船は、かたく制限されてるとか」

「一般市民の？」

「だけじゃありません。乗員の家族も、それに海保の職員までもです。自分たちだって、近づくことも許されてません」

「ハン、いつの時代どこの国の話かしらね」

「現代の日本ですよ」

私がいうと、涼子は返事こそしなかったが、すこし考えこんだ。脳内打算機と脳内映像プロジェクターがフル活動したのは、わずか三秒。魔女の笑顔を絶妙につくりあげる。

「ありがとう、気をつけるわ、いい子ね」

涼子が白い繊手《せんしゅ》をのばして、耳たぶをかるく引っぱると、富川一曹は顔をあからめて一礼した。左右を見わたして、あわただしく走り去る。

なるほどね、これがナポレオン流のやりくちか。天才的な戦略戦術だけでなく、あのような行為で兵士たちを感激させ、マインドコントロールしていたわけだ。感激する人たちが、あわれではある。

「とりあえず、すこしばかり情報は得たわ」

「あんまり利用したら、かわいそうですよ。上官に知られたら、どんな目にあうか」

「人聞きの悪い。君のご意見にしたがって、味方どうし協力してるんじゃないの。文句あって？」

いいえ、ありません。

それにしても、いらだたしいかぎりだ。人間たちが協力して怪生物を追いつめていくべきなのに、各個に攻撃を受けて、当面、自分たちの身を護るしかない。反撃すらできない。

警察に自衛隊に海上保安庁。これに検察庁を加えると、「事実を知られるくらいならウソを書かれるほうがマシだカルテット」のできあがりだ。公安調査庁は強制捜査権もなく、格下と見られているので、仲間にいれてもらえない。もっとも、こんなカルテットに加わっても、何の名誉にもならないが。

東京、正確には千代田区のあたりでは、政治家や官僚たちがさぞ右往左往しているだろう。それとも、中間管理職に対応を押しつけて、シャンパンでも味わっているかな。もしこれ以上、犠牲者が増えて、隠しきれなくなったら、責任のなすりつけあいが始まるのだけは確実だ。

私だって犠牲者になる可能性がある。それは公僕として覚悟の上だが、しかし警察はおなじ人間が対手《あいて》のはずだ。あんな非常識な怪生物は、自衛隊におまかせしたい。

貝塚さとみが声をあげて、暗い海面を指さした。目をこらすと、先ほどの巡視船よりさらに大きな黒影が、波を切って進んでいる。

「ありゃフリゲート艦ですよ、海自の」

「ふんふん、どんどん話が大きくなってくるわね」

「何だか、もう、私らの出る幕はなさそうですな」

丸岡警部の言葉に、私もまったく同感だったが、ふと思い出したことがある。大騒動でつい忘れていたが、重要なことだ。

「えーと、あの件ですが……」

「どの件？」

「田園調布一家殺人事件の犯人が、この島にいる、という、あやしげな手紙の件ですよ。我々、捜査らしいこと何もしてませんが、いいんですかね」

「いいのよ、それどころじゃないから」

あっさりと、涼子は、私の杞憂《きゆう》を吹きとばした。いわれてみれば、そのとおり。実際に犯人がいるとしても、とうてい島から脱出できるものではない。涼子はたぶん、

「捜しましたけど、いませんでしたあ」ですませるつもりだろう。

「二律背反《アンビバレンツ》もいいところですね。大規模にしなくては秘密が守れない、といって大規模になるほど、他人に知られやすくなる」

「どうにでもなるわよ。大新聞もTVも、政府が適当にリークしてやったら、大よろこびで、ないことないこと書きたてるでしょ」

「週刊誌は？」

「北朝鮮《ノースコリア》あたりの工作員が何かやらかした、とでもほのめかせば、大喜びで好きかっ

てにストーリーをでっちあげるわ。もっと海自や海保の予算を増やせ、と、キャンペーンでも張りかねないわね」

「……ありえますねえ」

阿部巡査が太い溜息をついた。

彼のような日本人には、どんどん住みにくい世の中になりつつある。社会正義が嘲《ちよう》弄《ろう》され、社会的弱者が圧迫され、経済的格差は拡大する一方だ。

「世界一すばらしい国・日本」

などというおめでたいタイトルの本が売れるのは、人々が抱く奇妙な不安や怯《おび》えの裏返しだろう。

「じゃ、わたしは支配人とすこし話してきますから」

ずっと沈黙していた室町由紀子は、目礼《もくれい》すると、背中を見せて去った。天神原女史のオモリであろう。

「お由紀は、この国をすこしでもよくするため、もっと権限をほしがってるんだろうなあ。主観的にはね」

「りっぱな志《こころざし》じゃないですか」

「りっぱ？　ふふふふん！」

いやにしつこく、涼子は、ととのいすぎるほど形のいい鼻の先で笑った。

Ⅳ

「ところでさ、あのゼリーのオバケ、知能があると、ほんとに思う？」

涼子が問いかけた。

「知能はあるんでしょう？　おっしゃったじゃないですか、全身で思考してるって」

「いったわよ。いったけどね、泉田クン、君にも知能があるでしょ」

これには、さすがに私も勃然《むっ》とした。

「ええ、あるつもりです。ですがね……」

「あたしのいうことに、いちいち腹を立ててちゃ、身がもたないわよ。笑ってすませる度量を持ってほしいなあ」

床にころがっている観葉植物の鉢を、あやうくかわしながら、私は応じた。

「もしかして、あの生物は、何か別のものにあやつられている、と？」

「可能性のひとつとしてね。高くはないと思うけど」

「おい、こら、お前たち！」

これはもちろん私の声ではない。六〇歳すぎの男性の声だ。写真にもうつっていた天神原アザミ女史の支持者で、「国際平和産業支援機構」とやらの理事をしている男である。名は池中敬蔵。

「いつまでぐずぐずしとる？　さっさとあの化物をかたづけろ。役立たずの税金ドロボーが」

「税金ドロボー!?」

涼子の柳眉が、いきおいよくはねあがった。いきなりパンチをくらわせなかったのは感心である。

「ハッ、よくいうわね。あんたの会社、サイエンシアだっけ？　ここ一〇年間、法人税を一円も払ってないじゃないの。そのくせ、内部留保という名で、ヘソクリが二兆円。あんたこそ脱税の常習犯じゃないのさ。ちゃんと税金を払ってから、口をきいたらいかが？」

「な、何をぬかすか、小娘め。ちゃんと合法的にやっとるわ。文句があるなら財務省にいえ！」

「あらそう、日本がマトモな民主国家なら、いずれ法が正常にはたらくでしょうよ。その日が来るまでに、日本が亡びなけりゃだけどさ。ところで、以前から気になってたんだけど」

「な、何だ」

「日本を代表する大企業と称しているくせして、どうして社名が横文字なのよ」

虚を衝《つ》かれた表情で、池中敬蔵は沈黙する。つい私もマバタキして、口をはさむのを中止した。

「日本の文化と伝統を守れ、とかいうなら、会社名も日本語でなきゃ変でしょ。ま、WとかSとか、正気とも思えないヘイトスピーチを売物にしてる雑誌のタイトルも、なぜか横文字だけどね」

涼子はわざとらしく指を鳴らした。

「ああ、そうか、植民地や属国じゃ、宗主国の言語を使うのが、ごキゲンとりの証明だもんね。せいぜい奴隷の幸福をごタンノウあそばせ」

自分の権勢が通じなかった池中は、茫然と立ちつくす。涼子は侮蔑の視線を投げつけると、踵《きびす》を返した。四人の部下もそれにつづく。ひとりひとり単独行動をとったりしたら、どこでどう襲撃されるか知れたものではない。涼子は私たちを地獄へつれていくかもしれないが、地獄でも仲間がいたほうがましである。

「あのイヤなやつをだまらせたのはおみごとでしたが、何でまた社名なんか持ち出されたんです？」

「名前って、だいじなものなんだから」

「わかっているつもりですが……」

「どうかな。マリア・アントニアってドイツ人の女性を知ってる？」

「知りません。どんな女《ひと》です？」

「最後は死刑になるのよ」

「殺人犯だったんですか？」

「アハハ、その女《ひと》、フランス語では、マリー・アントワネットっていうのよ」

私は憮然とした。それくらいは承知しておくべきだった。しかし、「マリア・アントニア」だとあまり悲劇の王妃という感じにならないな。

「もう一問いこうか」

「はいはい、何でしょう」

「フランスのノルマンディー公爵リシャール・ド・プランタジュネって、どんな人？」

「それなら知ってます」

今回は即答できた。

「獅子心王《ライオン・ハーテッド》こと、イングランド国王リチャード・プランタジネット一世です。ご存じでしょう、これでも英文学科卒業ですからね」

「チェッ、問題が易《やさ》しすぎたか」

リチャード一世はイギリスでは人気のある歴史的ヒーローだが、母親はフランスのアキテーヌ女公爵で、育ちもフランスなら、しゃべる言葉もフランス語。一生のうちイングランドに滞在していたのは五ヵ月ぐらいのもので、国外で戦争ばかりしていた。当然、英語などろくにしゃべれない。

というより、リチャード王の時代、一二世紀には、まともな英語など存在しなかった。先住民のサクソン語と、征服者たちのノルマン語が、ごっちゃに使われていたのだ。ようやくまとまった言語として定着したのは、西暦一五〇〇年ごろで、女王エリザベス一世やシェークスピアのころにようやく言語として完成された。私はというと、一九世紀以降の「近代英語」を学んだ身である。まあ表面をなぞったていどのものだが。

「そんな歴史の浅い言語が、いまや世界の公用語とはねえ」

「言語も使用国のパワー次第というのが、イヤな現実ですよ」

「ま、いいか。あたしが世界を征服したら、宇宙開発の公用語を、万葉集《まんようしゅう》時代の日本語にしてやるから」

「ちょっと実用的じゃありませんよ。宇宙飛行士が、マロは火星におじゃる、とかいうんですか」

「それは万葉集時代の言葉じゃないわよ」

　私たちがくだらない問答をかわしている間にも、事態は悪化の一途をたどっていた。地球人一同は、ホテルの一階で怪生物に応戦するのを断念し、室町由紀子の指示で、全員、二階へ上った。階段の入口にバリケードをきずき、そこで怪生物を阻止するのだ。怪生物は、まさかエレベーターを使うことはないだろうから、このような状況では最善の戦術だろう。それにしても、「万物の霊長」なんていばりながら、あわれなものだ。

　貝塚さとみが最新情報をもたらした。

「ロシアとジョージアが、国境に軍隊をあつめて、一触即発の状況だそうですう。外務大臣が来月、訪問する予定だったので、外務省が大さわぎだそうで」

　私は小首をかしげた。

「ジョージアって、アメリカ合衆国の一州でしょう？　州都がアトランタで、CNN―TVやコカ・コーラの本社がある……」

「『風と共に去りぬ』の舞台！」

と、貝塚さとみが、きびしく指摘する。たぶんファンなんだろう。

「そのジョージアが何でロシアと……」

だいたい、ひとつの州が他の独立国家と、紛争をおこすものだろうか。国境だって接してもいないのに。

「二〇一五年に、日本政府は、ある国の呼びかたを変更したわ。あたらしい呼称はジョージア」

「うかつですが、気づきませんでした。旧《ふる》い国名は？」

「グルジアよ」

私は脳裏に世界地図を描いてみた。

「あの、ロシアとトルコの間にある？」

「あった、ね。国名表記を変更するよう、世界各国に通告したから」

「それで英語表記でジョージアですか」

「グルジアって、ロシア語表記だからね。旧ソビエト連邦の痕跡は、ぜーんぶ消し去ってしまいたいわけ」

「はあ、気持ちはわかりますが、ロシアとしちゃ、おもしろくないでしょうね」

ロシアはつまり旧ソビエト連邦だが、大粛清やら農業政策の大失敗やらで何百万人ものソ連国民を殺した独裁者スターリンは、グルジア、ではなかった「ジョージア」の出身である。「ジョージア」が一方的にロシアの被害者づらをするのは、ロシアとしては不愉快だろう。

この島から一万キロ以上遠くで、世界的な緊急事態が生《しょう》じているようだが、私たちは手も足も口も出せない。出す立場でもなかった。

「まったく海自や海保は何を……」

私のボヤキに、涼子が応《こた》えた。

「あの連中は、艦船で島を包囲して、バケモノを逃さないようにしてるのよ。あたしたちはたぶん見殺しね」

「自衛隊を信用してないんですね」

「自衛隊は信用してあげてもいいわよ。でも、国防軍なんて信用しないわよ。ロシア、中国、チリ、アルゼンチン、フランス、アメリカ……歴史上、どこの国だって、外国軍に殺された民衆より、自分の国の軍隊に殺された人のほうが多いんだからね」

「アメリカもですか？」

私の質問に、涼子はうなずいた。

「アメリカの場合、南北戦争における死者はざっと六二万人。これは、第一次大戦、第二次大戦、朝鮮戦争、ベトナム戦争をあわせた死者より、ずっと多いのよ」

「へえ……」

「ちなみに、当時のアメリカの総人口は約三〇〇〇万人。総人口の二パーセント以上が死んだわけね」

そんな話を聞くと、まとめて口封じをされるかもしれない、という気になってくる。

いくら何でも、核ミサイルを撃ちこまれることはないだろう。衛星軌道が通勤ラッシュ状態になりつつあるご時世で、地表の核爆発など宇宙《そら》から丸見えである。太平洋上の商船や漁船からも、キノコ雲が見えるし、小笠原諸島からも同様。全世界の核反対運動団体や環境保護団体も非難をあびせる。隠しようがない。それこそ逆効果だ。

もともと、この奇怪で珍妙な事件を、日本政府（ひょっとしてアメリカも）は秘密にしておきたいらしいのだ。例の怪生物の存在を知り、ぜひとも手に入れようとしているのだろう。

なるべく客観的に考えてきて、はたと私は気づいた。いまさらアポ、いやアホな話だが、私たち自身の生命と安全である。海自や海保は、私たちの目から見れば好きかってに動きまわっているが、警察は私たちを救出しにきてくれるだろうか。来ないかもしれないな。いや、来られないというべきだろうか。政府の思惑にアメリカ軍のそれがからまったら、どんな結末になるやら。生きて還《かえ》ることができても、警察にとどまることができるかどうか。

故郷《くに》に帰って、バアちゃんと同居しながら英語の教師でもやるか。それも悪い人生じゃないな。

私が現実逃避している間に、現実破壊の女神は、何やら不穏な謀画《ぼうかく》を実行していたようだ。丸岡警部、阿部巡査、貝塚巡査の三人が、ガードしつつ監視しているのだが、何せ神出鬼没《しんしゅつきぼつ》ならぬ魔出邪没《ましゅつじゃぼつ》、ちょっと目を離した隙《すき》に姿をくらましている。

「何をなさったんですか」

と尋ねても、

「録音《おトイレ》よ。それ以上、知りたいの？」

と応じられて、追及できない。逆にいえば、いまこの島で単独行動して、アリバイがないのは、おそらく彼女だけである。

V

沖縄が一九七二年までアメリカ軍の占領下にあったことは、広く知られている。現在に至るまで、アメリカ軍の基地が置かれ、日本政府が、兵士用のプールやゴルフ場まで費用を負担し、アメリカ兵の犯罪が沖縄県民を憤《いきどお》らせていることも、たいていの日本人は知っている。

その一方で、小笠原諸島が一九六八年までやはりアメリカ軍の占領下にあったことは、あまり知られていない。

世界遺産として知られるこの諸島は、もともと無人島だったが、一八三〇年にアメリカ人やカナダ人が来住し、捕鯨基地にしていた。一八七六年に日本政府が、「一五九三年に日本人小笠原貞頼《おがさわらさだより》がここを発見した」と主張して、領有を宣言し、各国もそれを認めたので、事は丸くおさまった。ところが、小笠原家の家譜《かふ》には、「貞頼」という人物の名は載《の》っていないのだ。小笠原家は鎌倉《かまくら》時代からつづく旧家で、明治時代には伯爵に叙《じょ》せられており、系図もはっきりしているのだが。

というわけで、小笠原諸島は日本の領土のなかで、日本人より先にアメリカ人、カナダ人、さらにポルトガル人、イギリス人などが住んでいた、という変わった歴史を持った土地なのだが、これらの知識は、丸岡警部から得たものである。

そのような歴史的ウンチクは、「へえ」とうなずいていればよいのだが、涼子がもたらした秘話は、仰天《ぎょうてん》すべきものだった。しばらくは一同、声もなく、ようやく、マヌケな質問をする。

「それ、ホントですか」

「西原のおっさんが自供したのよ」

どんな手段を使ってしゃべらせたのだろう、と思ったが、涼子は名前のごとく、すずしい顔である。

「この島に、旧《ふる》い原爆があるって……」

そこまでいって、丸岡警部は絶句する。いくら何でも信じがたい話だ。

「つまり、アメリカ軍は占領中にこの島に原爆を匿《かく》しておいて……」

「それを忘れたまま日本に返還した、日本政府は最近までそれを知らなかった」

「あきれたもんですなあ」

丸岡警部が歎息する。ふたりの巡査は硬直している。

私もあきれた。ただ、アメリカの所持する核兵器は二万発以上。しかも一九六八年といえば米ソ冷戦のまっただなかで、いつベトナムやキューバをめぐって核戦争がおこるかわからず、核実験も毎年のようにおこなわれていた時代だ。絶海の孤島に匿しておいた原爆の一発や二発、つい管理の手からすべり落ちたということだろう。「つい」じゃすまない話だが。

だとしても、現在、そんなことが国際社会にバレたら、はなはだまずい。秘密裡に処分したいところだろう。

「西原二佐を信用していいんですか？」

「ま、それならそれで、逆用してやるだけよ。耳を引っぱってまで、懐柔《かいじゅう》してやりたくなるタイプじゃないしね」

女王陛下は、耳を引っぱる相手も選んでいるというわけだ。

「真相を公表したら、大騒ぎどころじゃないでしょうね」

「どうかな？　このごろ日本人は妙に無感動になってるからね。沖縄返還の密約が暴露されても、増税につぐ増税でも、物価があがって給料がさがっても、何だか妙におとなしいじゃない。あたし、はっきりいって、このごろの日本人が薄気味悪いわよ。他の国ならとっくに革命か暴動がおきてるだろうにさ」

涼子に「薄気味悪い」といわれるスジアイはないと思うが、じつのところ、私も似たような感覚をおぼえることがある。やさしい人、親切な人はいくらでもいるが、社会全体が何となくグラリと――グラリ？

最初は自分がメマイでもおこしたのかと思ったが、そうではなかった。足もとが揺れて、私はよろめき、おなじくよろめいた涼子の身体をささえた。すずやかな香気が鼻先をかすめたが、それどころではない。

「じ、地震!?」

悲鳴がおこる。床が波打ち、調度が揺れ踊っていた。天井のシャンデリアが回転し、バリケードが崩れ落ちた。多くの人が立っていられず、頭をかかえて床にへたりこむ。

単なる地震ではなかった。単なる地震であっても、充分に一大事だが、窓ガラスを外側からたたく音がして、それは空気の振動と噴石がおこす音だった。

「噴火だ！」

「西之島か？」

「ちがう……もっと近くだ」

つまりそれは、あらたな海底火山の出現を意味している。涼子と私は顔を見あわせた。二〇一一年三月の悲劇以来、日本の地殻は大活動期にはいったといわれる。毎年毎月のように噴火と地震が発生している。それなのに、海岸を埋めたてて高層ビルを林立させ、中央アルプスに大トンネルを穿《うが》ってリニアモーターカーを通そうとしているのだ。

「なるほどね、眠っていた海底火山が、西之島の影響でめざめたわけか」

周囲の人々が、うめき声やあえぎ声を洩らした。内心そう思っていても、怖くて口に出せないことを、涼子が平然と口に出したからだ。

「このまま連鎖していくと、この島自体、いつ火を噴くか、わからないわねえ。島ごと吹き飛ぶ可能性も大ありだわ」

「お涼、みなさんを不安にさせるような発言は、つつしみなさい！」

室町由紀子が良識を発揮したが、涼子は負けていない。

「何ねぼけたこといってるの。事実をきちんと知らせておかないと、対策の立てようもないでしょ。まだ安全と思ってるうちに逃げおくれたらどうするのさ」

由紀子は口を開きかけて閉ざした。涼子の発言には一理ある。

小さく、大きく、小さく、小さく、大きく。地面は法則なしに揺れつづいている。

亜熱帯樹林の彼方がオレンジ色に染まり、無彩色《むさいしょく》の煙がそれをまだら色に染めていた。海岸近くで小規模な噴火がおこっているのか。気がつくと、砂より細《こま》かい粒子が服の袖《そで》や肩に薄くつもっている。降灰《こうはい》だ。

背すじが冷たくなったとき、夜空の彼方から音がひびいてきた。人工の音だ。

「何の音だ？」

「ヘリコプターだ、ヘリの爆音だ」

「救助に来てくれたのか！」

喜びと期待の叫びがわきおこる。海自か海保かは知らないが、このときばかりは、感謝と安堵の思いであった。夜と降灰の彼方に、紅《あか》い点が力強く明滅している。それが一定の距離に近づくと、左右に、べつの光点が挟撃《きようげき》するように接近していく。あれは海自か海保のヘリか。とすると、最初の飛行物体は何だ。

当惑の声を丸岡警部があげた。

「まさかＵＦＯじゃなかろうな」

航空自衛隊の最高幹部だった人物が、『ＵＦＯは実在する』とかいったようなタイトルの本を上梓《じようし》して、ちょっとした話題になったことがある。

いっておくが、ＵＦＯは実在する。ＵＦＯとは「未確認飛行物体」という正式な航空用語だから、空を飛んでいるのが鳥か飛行機か孫悟空《そんごくう》か、そのときその場で判別できなければ、それがＵＦＯと称されるのだ。問題は、「ＵＦＯ」といえば

「宇宙人の乗物」という意味だ、と、多くの人が誤解していることである。そもそも、侵略するにしても、友好関係を結ぶにしても、宇宙人がとっくに多くの人の前に姿を見せていなければ、おかしいのだが。

最初にあらわれた紅い点は、左右のヘリを無視するように、悠々と近づいてきた。いきなり周囲の闇が押しのけられて、私たちは大きな黄色い光輪のなかに立っていた。地上へ、探照灯の光が投げつけられたのだ。私たちはまぶしさをこらえ、光の主を見あげた。

双発の大型ヘリに、アメリカ空軍のマーク。

何と、アメリカ軍が出動したのだろうか。だとすれば、警察《われわれ》どころか、海自も海保も出る幕はない。涼子が説明してくれた。

「CH－47、通称チヌーク。一機で四〇〇〇万ドルするわね」

約五〇億円か。つい換算してしまう自分が、せこく感じられる。しかし、チヌークが大型でも一二〇名以上の人間を収容できるのだろうか。艦船でなければ不可能なように思えるのだが、とにかく、助けられるだけの最大人数は助けなくてはならない。

この島に来てから何度めのことか、私は拳銃をつかみ、殉職を覚悟した。民間人が乗りこむ間に、怪生物が襲来したら、何としても防がなくてはならない。しかしまあ、まず岸本から犠牲になってもらうとするか。

　上司の悪影響を受けた私は、周囲を見まわしたが、岸本の姿は見あたらなかった。薬師寺涼子は光輪のなか、ヘリの巻きおこす風に髪をなびかせ、颯爽《さっそう》と叫んだ。

「マリアンヌ！　リュシエンヌ！」

　それは魔法の呼び声だった。ヘリのドアがスライドして開き、ふたつの人影が手を振っている。

　女王陛下の信頼もあつい、表は可憐《かれん》なメイド、裏はアメリカ軍特殊部隊も顔色をうしなう驍勇無双《ぎょうゆうむそう》の女性戦闘員。このふたりが出現した、ということは、一連の悲喜劇も終幕《カーテンコール》まぢかと思ってよさそうだった。

　ただ、どんな形での終幕になることか。

第七章　恐怖の最終兵器とは？

I

「な、何でアメリカ軍機に、あのふたりが……あっ！」

私の脳裏《のうり》に閃光が走った。

「あれは、あなたの所有物《もの》なんですね。軍のマークなんて描けばすむことだし、消してしまえば証拠はなくなる」

「どうして、こいつ、こんなことだけ敏感なのかなあ」

涼子は舌打ちした。

「いつも肝腎《かんじん》なところは鈍感なくせして……ああ、わかった、そんなギャップがきらわれて、恋人にフラれたんだ」

「よ、よけいなお世話です」

動揺したのが、我ながらなさけない。体裁《ていさい》をとりつくろうつもりで周囲を見まわすと、私ごときを注視しているヒマ人はいなかった。

ヘリが降下するにつれ、自然の風を人工の風がかきまわし、乱気流が人々の頭髪や衣服をひるがえす。

ヘリの足が接地すると同時に、そしてまだ回転翼が勢いを弱めないうちに、ふたつの人影が先をあらそうように飛びおりた。体重のない者のように涼子へ駆け寄る。女王陛下は大きく両腕をひろげて、ふたりの忠臣を迎えた。

「マリアンヌ、リュシエンヌ、おつかれさま」

「ミレディ、もっと早くお召しくだされればよかったのに」

右は想像上の会話だが、おおかた、そんなところだろう。私はフランス語に通じていない。

迷彩服をまとったマリアンヌとリュシエンヌの姿に、日本人たちは目と口をOの字にして見とれている。最初に我に返ったのは、さすがというべきか、西原二佐だった。

「な、何なんだ、あのふたりは？」

「美少女よ」

「なるほど……って、そんなことじゃない！　何者かと尋《き》いとるんだ!?」

「アメリカ海軍の特殊部隊の隊員に決まってるでしょ！　バケモノの調査に来たの」

閻魔《えんま》大王の前でも平然とウソをつく涼子である。西原二佐では対手《あいて》のアの字にもならない。二佐は美少女メイドたちに深い疑惑の視線を向けたが、直接の問答には自信が持てなかったようで、ふたたび涼子に向きなおった。

「き、聴いとらんぞ、アメリカ軍が出動するなんて……」

「特定秘密保護法。あんたは教えてもらえなかったのよ。気の毒だけど、出世コースから外《はず》されたみたいね」

西原二佐は、泡や唾といっしょに、当然の質問を発した。

「そんなことを、どうしてお前が知ってるんだ!?」

「特定秘密だっていってるでしょ」

「何でもかんでも特定秘密といえばすむ、とでも思っとるのか!?」

「あーら、日本はそういう国になったのよ。いつまで平和主義の民主国家を気どってんのさ。海外で戦争しないって決めた憲法を土足で踏みにじったのは、あんたたちの最高司令官でしょ」

西原二佐はめまぐるしく顔色を変えたが、やがて赤みをおびた黄土色《おうどいろ》に落ちつくと、憤懣《ふんまん》をうなり声にこめた。

「に、日本の国内で、そんな好きかってをされてたまるものか。日本を護るのは、わが自衛隊だ！」

「おや、自衛隊がアメリカ軍と闘う気なの？」

「…………！」

「勝てると思ってるなら、やってみればいいけど、あとの責任は、あんたがとるのよ。第二次太平洋戦争をおこした男、って、きっと映画や小説になるわねえ」

西原二佐の両目と口は、むなしく開閉をくりかえす。アメリカ軍との協調や提携は彼らの本能にインプットされているから、戦闘などできるはずがない。彼らの仮想敵は、あくまでべつの国だ。

ヘリの回転翼が完全に停止すると、昇降口から、あらたにふたつの人影が出現した。これは本物のアメリカ兵だろう。ハリウッド映画そのものの迷彩服とヘルメット。友好的な笑顔を日本人たちに向けて語りかける。

「おれはトムと呼んでくれ」

「おれはハックだ」

もちろん偽名に決まっているが、多少は文学の素養があるらしい。ふたりとも白人で目は青いが、トムの髪は金褐色、ハックは黒髪で、トムはどこか北方系、ハックはイタリア系あたりかと思われた。ともに、プロレスラー級の大男だ。

すばやいささやきを、私は耳にした。

「英語がわからないふりをしてなさい、命令よ！」

甘美な口調だが、内容はこれだ。何をたくらんでいるのやら知れないが、同盟国の兵士を全面的に信用はしていないらしい。

トムとハックは、混乱から立ちなおれない西原二佐にも愛想よく敬礼し、友情をこめて私の肩をたたくまでした。ただし、その友情のオーラは、かなり濁《にご》った色をしていた。

「ミス・リョーコは気前がいいからね。アルバイト代に二五〇万ドルもくれるんだぜ！」

ハックが大きな口をあけて笑うと、トムがこれまた満面の笑みでうなずく。私はアイマイな表情をつくって、無言でうなずきかえした。

肘をつかまれたので、振り向くと、涼子が、「モンクあるか」といいたげな目つきをしている。

「あたしは、金銭《おカネ》に対する人類の忠誠心を信用してるだけよ。信仰や愛国心のために人を殺すのは、金銭《おカネ》のために人を殺すより上等だと思う？」

「それは、テロと強盗のどちらが上等かという話になりますかね」

「抽象的《ちゆうしようてき》な方向へ話を持っていかなくていいの。あいつらがカネに目がくらんでればね」

「それはそれでけっこうですけどね。二五〇万ドル二五〇万ドルと、うわごとみたいに聞かされましたよ」

「とっくに話したでしょ？　ドベノミクスと称するインチキ経済で、いくら稼いだか」

知りたくもないけど、知っている。

「アブク銭なんて、どうせ身につかない。パーッと浪費するのが、最善の厄《やく》よけ策よ」

「それで軍用ヘリですか」

「七〇〇〇万ドルで買って、改造したのよ」

「ずいぶん高価じゃないですか」

「差額の三〇〇〇万は厚木《あつぎ》基地の司令官にプレゼントしたの。基地への駐機料コミでね」

　私は啞然とした。

「それって、外国の公務員に対する贈賄《ぞうわい》じゃないですか。まずい、というか、まずすぎるでしょ」

「アホらしい。誰にも迷惑かけてないし、国民の血税を流用したわけでもないわよ。司令官だって、よけいなこと他人にしゃべるはずもなし。日本人の生命を救うため、日米双方の関係者が協力してるんだから、むしろ美談じゃないの」

「美談ですかねえ」

　涼子の論理はどこかおかしいが、それを私は、はっきりと指摘できない。凡人の悲しさである。

「安全保障に関する、理想的な日米協力よ。首相に感謝してもらいたいくらいね。勲一等でももらってやろうかな」

　私は思考停止することにした。結果オーライだ。これ以上の殺戮《さつりく》をくいとめ、ひとりでも多くの市民の生命を守る。そのためなら、在日アメリカ軍基地の治外法権をも利用する。涼子にしかできないことだ。まあ、公僕としての使命感や責任感より、戦闘意欲や遊びゴコロのほうが上まわっているにちがいないが、そのドコが悪い？

「泉田サン、泉田サン」

抽象的思考も良心のささやきもまとめて吹きとばす声がして、レオタード・レッドが所有者を引っぱってきた。私にはそう見えた。

「な、何だか海のようすが変なんですよ」

岸本が差し出す双眼鏡を受けとって、目にあててみる。海面の一部が盛りあがり、何かが飛びはねているようだった。

「バ、バケモノの仲間じゃないですか」

リュシエンヌから渡された暗視用ゴーグルをはずした涼子が、一言のもとに否定する。

「マグロよ、マグロの群れ。二メートル級のやつが何千匹も、海面を埋めてるわ」

「キハダマグロですか、クロマグロですか」

「専門家じゃなし、そんなことまでわからないわよ。まあ、獲《と》れるだけ獲ったら、ひと財産でしょうね」

伊豆諸島や小笠原の漁師たちは、さぞ残念だろう。海自や海保にとっては宝の持ちぐされだ。

室町由紀子が誰にともなく尋ねた。

「やはり噴火の影響？」

「プランクトンの生存分布が変わったんじゃないかな。そんなことより、バケモノ退治が先よ。いくわよ、泉田クン」

はいはい、覚悟はできています。声に出したのは前半部分だけだった。

II

「警視、あの怪物は、威嚇《いかく》射撃にまったくひるみませんでした」

「何だ、ちゃんとわかってるじゃないの。もったいぶらずに、考えていることがあったら言上《ごんじょう》なさい」

「慎重を期しただけです。で、どうやって、あの無敵の怪生物を追いつめるおつもりですか？」

「君、だれに対して、ものをいってるの？」

「上司にです」

「それにしては、尊敬とか従順とか崇拝とか信頼とか忠実さとかマゴコロとか、美しい日本語に縁がないわね」

「表面だけです。本心を汲《く》みとっていただければ幸いです」

私だって、すこしは進化するのだ。涼子はホルスターの位置をたしかめて、私をにらんだ。

「追及すべきだけど、時間がないわ。あとでゆっくりたっぷり、テイネイに査問してあげるからね。トム！　ハック！」

涼子はふたりのアメリカ兵を呼んだ。トムとハックは、あいかわらず陽気な表情で、タブレット端末に指を踊らせた。

と、輸送ヘリの底部が微音とともに開いて、金属板に積みあげられた巨大なソーセージが六本、するすると降りてきた。

正体は大きなボンベだった。平均的日本人の身長ぐらいあり、冷酷な感じの灰色をしていて、ソーセージとすれば、いかにもまずそうだった。

「いったい何です、それは」

「液体水素よ。沸点《ふってん》マイナス二五二・八度C」

涼子は、ボンベに向かって、形のいいアゴをしゃくった。

「さて、あたしの忠実な部下なら、あたしがどんな作戦を考えてるか、わかるよね」

彼女は前提条件をつけたが、そんなものは必要なかった。説明を聴いて、私にはすぐわかったのだ。

「わかりました」

「なら、よろしい」

「ですが、あのボンベをどうやって……」

「もう考えてあるから、君はおとなしくついてくればいいの」

丸岡警部が、腰をたたきながら声をあげた。

「おい、泉田クンもいくのか」

「上司ひとりをいかせるわけにいかないでしょ」

「そ、それなら自分も……」

「マリちゃんはここにいろ。体力のある者がひとりはいないと、警察もこまる」

「は、はい」

「それに、ひとりというなら、犠牲になるのはひとりでいい。そうだろ？」

冗談のつもりでいったのだが、同僚たちが何だか粛然《しゅくぜん》としたので、私は多少あわてた。

「心配するなって。なぜ六月に祝日がないのか、秘密を解明するまでは死にやしないさ。丸岡警部、今回の件はどうせ闇に葬られます。ご無事で、証人になってください」

「わ、わかった。君のいうとおりにしよう」

「こういうときは、老練な人がたよりです」

丸岡警部は、ゆっくり腰をのばした。

「若い連中も、すてたもんじゃない。デモや集会でがんばってるよ。戦争に参加なんてことになったら、自衛隊のつぎに戦場へ引っぱり出されるのは、彼らだからね」

とりしまる側のはずなのに、丸岡警部は変にうれしそうだ。学生運動が盛んだった時代がなつかしいのかな。まだ子どもだったはずだが。

阿部巡査もうなずいた。

「非正規社員、アルバイター、障害のある人、独居老人、ホームレス、失業者、文科系学生、引きこもり……そういった人たちが、『社会に無益な存在』として、今夜はどんどん切りすてられていくでしょうねえ」

「まあ、みんなすこしは目が覚《さ》めてきたみたいね。というかさ、この期《ご》におよんでまだ目が覚めなかったら、自業自得よ。せめて歩いて五分の投票所にぐらい、いくことね」

えらそうに涼子はいうが、いっそ彼女が「世界統一党」なんてシロモノをつくって自分で立候補しないのがフシギである。たぶん闇のなかから糸を引いて子分をあやつるつもりだろう。

ことさら乱暴な足音をたてて歩み寄ってきたのは西原二佐だ。公憤と私憤を左右の鼻孔《びこう》からいきおいよく噴き出している。

「やっつける方法がわかったらしいのは、けっこうだが、肝腎の敵はどこにいるんだ？」

西原二佐が、もっともな質問を発した。しだいに常態に回復しつつあるらしい。

「あら、あたしは、あんたたちに教えてもらうつもりだったんだけど」

「何だと」

「だって、あんたたちは、あたしたちよりずっと有能で、ずっと装備がすぐれてる。あんなバケモノの所在ぐらい、つきとめるのは簡単よね」

「………」

「それとも、知っていて教えてくれないのかしら。ま、政府はいつでもそうだけど。たとえば、この島に原爆が匿《かく》されている可能性とかね」

文字どおり原爆が落ちたような反応が、涼子をとりかこんだ。恐怖の空振《くうしん》が私の頬をたたく。

「原爆ですって!?」

室町由紀子が上半身をのけぞらせた。

「やっぱり知らないんだ。アメリカ軍が小笠原を占領してたとき、一時この島に原爆を保管してたんだけど、返還するとき持ち出すのを忘れて、そのままになってるのよ」

ふたりのアメリカ兵も、そんなことを聞いてはいなかったのだろう。よくいえば悠然、わるくいえばノホホンと、日本人たちの騒ぎを見守っている。一生涯、生活にこまらないだけの大金を手に入れたし、トラブルになれば日本政府が守ってくれるし、絶世の美女たちと同乗できるし、第一、「原爆」なんて日本語はわからない。

「なーんてね」

涼子は意地悪の極致ともいうべき笑声をたてた。

「このごろネットのゴミためでうろついてる都市伝説よ。タチの悪い話で、遠からず発生源のやつは地獄の下水処理場に蹴落としてやる。それより」

涼子はふたりの美少女メイドの肩に手をおいた。

「いいわね、あたしたちが、やつを追い出すから、マリアンヌとリュシエンヌは、入口で待ち伏せして、やつを冷凍させるのよ」

わざとらしく伸びをして、トムが涼子に問いかけた。

「ミス・リョーコ、おれたちはどうするね？」

「トムはいつでもヘリが離陸できるよう準備して。ハックはマリアンヌとリュシエンヌを護衛して、変な動きをするやつがいたら、撃ってもかまわなくてよ」

さすがにハックは、ためらいを見せた。

「いいのかね。威嚇射撃ならためらわんが、おれたちが日本人を撃ったりしたら、それこそ国際問題になりゃしないか」

「いいのよ。日本政府が必死になって、あんたたちを守ってくれるから。もし、あんたたちに危害を加える者がいたら、北朝鮮《ノースコリア》あたりの秘密工作員にでもしたてれば、すべて丸くおさまるわ」

極悪無道の奸計だが、トムもハックも、圧倒されたようにうなずいた。彼らも本来は小市民であろう。正義や真実より、大金と身の安泰《あんたい》を選ぶのは、もっともなことだった。

アメリカ社会での貧富の格差はひろがる一方で、貧しい人々は就職先もなく、しかたなく軍隊にはいって兵士になる。アメリカ軍の全兵士の七五パーセントが貧困層の出身者、という統計があるほどだ。それどころか、貧しい人々を軍隊にいれるため、意図的に貧富の差をひろげる政策をとっている、という説すらある。あと五年もすれば、日本もそうなるかもしれない。

「ただし、それは後の話」

涼子が言い放つ。

「まずは、こそこそ隠れてるバケモノを、アジトからたたき出す。洞穴にはいるわよ。あたしについておいで」

ハックがたじろいだ。

「いや、だめだよ、ミス・リョーコ、そこまではつきあいきれ……」

「ひとり一〇〇万ドル追加」

ふたりのパイロットは青い目を白黒させ、たちまち財貨神《マモン》の信徒に変化した。顔を見あわせてうなずく。私が視線で問いかけると、涼子は即答した。

「金銭《おカネ》で買えるものは買うわ、それだけよ」

「賢明なご判断だと思います」

涼子は私に指を突きつけた。

「いっとくけど、君には一円もあげなくてよ。金銭で買えないからね」

「はあ、ありがとうございます」

「何でお礼いうの？」

「自分でもよくわかりません」

トムやハックが三五〇万ドルなら、私は五億円ぐらいもらっても、よさそうな気がする。だが、一方では、金銭で評価されなかったことが、奇妙に爽快な気分をもたらした。子どもっぽい快感だ。カネでタマシイは売らないぞ、という、少年漫画誌のヒーローの気分である。すべては公僕としての使命感。とはいえ、正直なところ、このごろ自分の国のありように疑問を抱いているが。

ナチス・ドイツでさえ、

「国立大学から文学部をなくせ」

などという粗暴な命令は出さなかった。現在のドベ内閣は、近代日本史上もっとも野蛮で非文明的な政権だと思う。こんな「先進国」が世界のどこにあるというのか。比較できるのは「イスラム国《IS》」ぐらいのものだろう。

私の脳裏に、赤い点が灯《とも》った。危険な考えだ。つねひごろ涼子は、「あたしが世界を征服する」と、のたもうている。それは彼女の自由と自己責任であるが、できればその前に、ここまで堕《お》ちた国を破壊してしまってもらいたい。一五〇〇年におよぶ文学や哲学、歴史学、美術学などを自分たちの手で破壊してしまう国家など有害なだけだ。そのうち、「源氏《げんじ》物語を研究したければフランスへいけ、夏目《なつめ》漱石《そうせき》を学びたければイギリスへいけ」ということにでもなるのだろう。

III

「何でもかってに決めるな！」

とげとげしい蛮声が、私の危険思想を吹きとばした。声の主は、記述するスペースももったいないが、西原二佐だ。

「いつお前が、全権をにぎることになったんだ。第一、海自が警察の下風に立つスジアイが……」

「やかましい！」

涼子は一喝を返した。

「これだけ犠牲者を出しておいて、えらそうなことほざくんじゃない！　首をすりむけるほど洗ってながめてりゃいいのよ！　くれぐれも足を引っぱるな！」

全面的に賛成だが、涼子が口にすると、『ふしぎの国のアリス』に登場するハートの女王にしか想《おも》えない。あの「首をはねよ！」という名《めい》（？）台詞《ぜりふ》だ。

西原二佐は、いいかげんくたびれていた精神的支柱に蹴りをいれられて、後方によろめいた。忠実な部下たちが、あわてて、たくましい身体をささえる。

「ま、無理せずに待っといで。苦労したんだしさ。すこし休んだほうがよくってよ、二佐さん」

涼子のオタメゴカシを聞きながら、私は、涼子の作戦について思考をめぐらせた。単に戦闘能力だけを問題とするなら、リュシエンヌとマリアンヌのふたりだけで充分だ。この島にいる自衛官と海上保安官が全員タバになっても、ふたりの美少女メイドに敵対できるとは思えない。自衛官や海上保安官が弱いのではない。メイドたちが強すぎるのだ。

だが、マリアンヌとリュシエンヌは、どちらも私人である。後日になって、公務執行妨害やら何やら、イイガカリをつけられる恐れがある。

そこで、トムとハックの存在が意味を持つことになる。形式上、彼らは、アメリカ軍の正規兵であり、上官の命令にしたがって、「秘密作戦行動」を遂行していることになる。公務執行中のアメリカ兵は治外法権だ。それを妨害したりしたら、どうなるか。日米地位協定の違反であり、「日本国内におけるアメリカ兵の犯罪は看過《かんか》する」という日米密約の違反にもなる。ひいては国際問題化してしまうだろう。

かくして、日本の警察、海自、海保が首をそろえても、手も足も舌も出せず、ただ見守るしかないわけだ。ナショナリストなら憤死するところだろうが、薬師寺涼子にとっては、国家の威信なんてトイレットペーパー一枚より軽いものだから、平然たるもの。

「アメリカは日本のカネをほしがってるんだからさ、ムダガネをくれてやってりゃいいの。カネの切れ目が、どうせ縁の切れ目なんだからさ」

「あなたがご自分のおカネを、どう費《つか》おうとご自由ですが、あのふたりのアメリカ兵をどのあたりまで利用なさるおつもりなんです？」

「アハハ、おのずと機会があるわよ。君は準備をおこたりなくね」

私のよけいな心配を一笑で吹きとばすと、涼子は合図するように両掌《りょうて》を鳴らした。

彼女はやはり、私たちがボサッとしている間に、怪生物が出現する場所を確認していたのだ。

リュシエンヌとマリアンヌが、名も知らない亜熱帯の草木にかくれていた直径二メートル弱の洞穴に、発煙筒を投げこんだ。約五分後。

「なるほどね、あそこが海中の出入口か」

夜目にも明るく、あわいラベンダー色にゆらめく煙。煙の出口が、つまり怪生物の通路の出入口である。

「マリアンヌとリュシエンヌはここで待機していて。バケモノが出てきたとたんに、液体水素をあびせてやるのよ。ああ、いい子だから、不満そうな表情《かお》しない。作戦の成否《せいひ》は、あんたたちにかかってるんだから、いいわね？」

美少女メイドたちの額にかるくキスすると、涼子は彼女たちから受けとったベレー帽をきっちりかぶりなおした。

「さて、いくか。全軍突撃《ヤシャスィーン》、さえぎるやつらは馬蹄《ばてい》にかけろ！」

どこに馬蹄があるのか、尋くのは愚《ぐ》の骨頂《こっちょう》である。事実は、四人とも背をかがめて洞穴の入口をくぐった。岩石だらけのせまい道だが、暗視用ゴーグルのおかげで、たいして不自由もしなかった。涼子の作戦は着々と進行しつつある。その作戦とは。

怪生物を液体水素で冷凍して無力化した上で、西之島の噴火口のなかにでも落とす。

「どう、他に何か名案ある？」

「ありません」

「じつは、もっといい方法があるんだけど、準備ができてないし、後日のためにとっておくんだ」

「教えるだけ教えてください。ぜひ知りたいです」

このとき私は、イヤな危機感におそわれた。私が英語をわからないふりをしているように、トムやハックは日本語を知らないふりをしているのではないか。

「何か態度があやしいけど、まあいいわ。ベストの策はね、あのバケモノをロケットに積みこんで、太陽に撃ちこむのよ」

「それって、一九五〇年代の科学冒険小説の世界ですよ」

「五〇年たとうが、一〇〇年たとうが、実現できてない以上、現代人がいばる資格ないわよ。まったく、二〇世紀のうちに火星にすら往《い》けないで、スマホいじりながら片手で自転車を走らせて子どもをはねる。こんな時代、いまこの瞬間に終わっても、惜しくもおいしくもないわ」

言い放って、涼子は、足もとの小石をブーツの先端で蹴飛ばした。ドベ首相の脳ミソぐらいのサイズの小石は、空洞のなかを軽く遠く飛んで、ポヨヨンとはねた。

ポヨヨン？

涼子と私は視線をかわしてダッシュした。常識的には、用心してひそかに接近すべきだが、涼子は「リアルな軍事小説」なんてものをあざ笑うために地球に生まれてきた生物である。私はというと、彼女の付随物にすぎない。トムとハックが、「ドシロウトが」といいたげな視線を送ってくるのを承知の上で、かなり大きな岩をまわりこむ。広間のような空間があったが、岩石だらけで、怪生物の姿は見えなかった。暗視用ゴーグルをはずすと、視界が一色に染まった。

「緑色に光ってますね」

「八丈島のヤコウタケの一種かしらね。ベトナムにも発光するキノコがあるわ」

多くのキノコ類には「ヒスピジン」と呼ばれる物質がふくまれているが、それ自体は発光しない。一部のキノコが持つ酵素と反応することで発光するのだそうだ。

地球に棲息する生物だけで、無限の神秘性をそなえている。この上、海王星人や天王星人にまで来てもらう必要はない。

過剰にならないようこころがけてはいたが、それでもやはり私はときおりトムとハックを振り返らずにいられなかった。彼らが、ひとり三五〇万ドルという大金に忠誠心をちかうのはわかる。しかし、他方に五〇〇万ドルプラスアルファが置かれたとしたらどうだろう。加えて、トムもハックも不良軍人ヅラしているが、地球人には演技力というものがあるのだ。

今度は用心深く歩みながら、私はささやいた。

「もしですね」

「何よ？」

「もし、あなたが日ごろから気にかけてる地底人にバッタリ遭遇したら、どうします？　即座に射殺しますか？」

「対手《あいて》しだいね」

「まだ決めてないんですか」

「地底人だって、いろいろいるのよ。知っておいたほうが身のためよ」

地上人だって、天神原アザミとか岸本明とか、いろいろいるのだから、地底人だって、さまざまな種類がいるにはちがいない。

石の蔭、岩のくぼみ、ひとつひとつ確認しながら歩くうち、空気が動いて風が通りぬけた。発煙筒で確認できたことだが、ふたつ以上の通気孔があるからには、風が吹きぬけるのは当然だ。なまぐさい潮《しお》の香が鼻孔にささってくる。海のすぐ近くなのだ。

不思議な体験ではあった。東京都に属する亜熱帯の孤島で、地底深くの洞窟を進んでいるのである。このままずっと北へ進んでいけば、翌週あたり国会議事堂の地下シエルターに到着してしまうかもしれない。そんなパカパカしい、否、ありえる想像さえ浮かんでくる。

先をいく涼子はといえば、足どりも軽く、もちろんサイフは底が抜けそうに重く――何せひと声二〇〇〇億円だもんな――、いまにも口笛でも吹き出しそうな気配だ。この女《ひと》が生まれてくるとき、母親の胎内に「良識」を置き忘れてきた、ということは、桜田門《さくらだもん》では周知の事実だが、どうやら「良心」は親友の「恐怖」を引きとめたらしい。あれ、そういえば、涼子の遺伝上の父親はKC庁の伝説のOBだが、母親についてはまるで聞いたことがないな。

どのような危険に直面しても、涼子は部下を置き去りにして逃げたりはしない（念のためいっておくが、岸本は涼子の部下ではない）。つねに陣頭に立って、まっさきに突進していく。この点だけは、私も、心から感服するところで、ウソもイツワリもない。

ただ、もっとも勇敢な人物が、最後の勝者となるとはかぎらない。丸岡警部に倣《なら》って歴史にかんがみれば、真田幸村《さなだゆきむら》に天下はとれず、天下をとるのは徳川家康《とくがわいえやす》なんだよなあ。

汗がコメカミから頬をつたわった。亜熱帯の地下、いや、すでに海底かもしれない。前進するつど、地熱が高まり、それに運動による体温上昇が加わる。冷汗は最初からのことだ。国民の生命をおびやかすバケモノを討伐する前に、脱水症や熱中症で倒れたりしたら、あまりにもばかばかしい。

立ちどまった涼子が、長い腕をしなやかに後ろにまわした。これまたメイドたちから受けとったリュックの脇ポケットからスポーツドリンクのアルミ容器をとり出す。たてつづけに三口飲むと、かるくフタをして、私に放ってよこした。

Ⅳ

「あのバケモノ宇宙人もアホね。自分の星に棲《す》んでりゃ、よけいな騒ぎにはならないのに」

「じゃあ、火星には火星人が棲んでいる、と、おっしゃるんですか」

「当然じゃない」

「しかしですね……」

「もし火星に金星人が棲みついたら、どうなると思うのよ。宇宙戦争がボッパツするじゃないの。太陽系の平和は、諸惑星の住人たちの良識にかかってるのよ」

私は返答に窮して、だまりこんだ。今回にかぎらず、涼子の論理はあきらかに不条理なのだが、なぜか反論できないのだ。ま、私が常識人だからだな。

先刻の「ポヨヨン」という、まのぬけた音は、石が怪生物の丸い身体にあたったことを意味している。これは決めつけではなく、願望だ。これ以上、予想外の状況に出くわしたら、西原二佐だけではすまず、私の精神的支柱もへし折れてしまう。

「それほど悪い景色でもないわね。そう思わない？」

「はあ……」

これが秋芳洞《あきよしどう》とか安家洞《あっかどう》とかいった観光地であったら、岩や石の奇景を観賞する余裕もあっただろうが、時も場所も場合も、そんなゼイタクは許してくれなかった。前方を、涼子がハイキングみたいな足どりで進んでいる。怪生物は洞内のどこに潜んでいるやら、わからない。

「前門の上司、後門のバケモノかあ」

心のなかでつぶやいていると、美女の叱咤《しった》が飛んできた。

「何よ、もっと愉《たの》しそうな顔なさい」

「ムリいわないでください」

「どこがムリなの。絶世の美女といっしょに、怪生物をやっつけにいくのよ。地球の命運はあたしたちの手にかかってる。ワクワクするのが当然のシチュエーションでしょ」

「ドキドキはしてます」

「微妙な表現ね」

ドキドキするのが当然だ。いまや、わずか数メートルをへだてて、例の怪生物がいる。

「ところで、あの怪生物ですが……」

「何よ？」

「土星人ですか、木星人ですか」

涼子は柳眉をはねあげた。

「ほんっとに、ジョークの拙劣《へた》な男ね！」

「すみません」

「海王星人に決まってるでしょ！　ひとめ見て、わからないの!?」

自分だって、わからなかったくせに。いや、待て、ちがう、海王星人が地球にいたら、宇宙戦争だ、待て待て、それもちがう。いったい何の証拠があって、あの怪生物が海王星人と決めつけるのだ。

「うらやましいねえ」

わざとらしく、トムが肩をゆすった。

「こんな美人の上司を、おれも持ちたいよ。ハゲたリンカーンみたいなおっさんじゃ、ベッドに引きずりこむ気になれやしねえ」

下品な笑い。私は反応しなかった。英語が通じないふりをしておくのが、私たちのささやかな戦術だった。ところが長くは保《も》たなかった。トムとハックが、声を高くして、マリアンヌとリュシエンヌの「女としての品さだめ」を始めたのだ。あまりの下品さに、思わず私は振り向いて、彼らをにらみつけた。

「おや、わが同盟国民はお怒りのようだ」

「やっぱり、この野郎、英語が通じないふりをしてやがったぜ」

トムは嘲弄《ちょうろう》をこめて吐きすてた。私の表情がふたたび変わるのを見て、ハックが口笛を吹いた。

「おいおい、おれたちは世界一友好的な同盟国じゃないか。変な細工をしないでくれよ」

「ムダ口たたいてないで、協力おし。三五〇万ドルがほしけりゃね」

南極の雪嵐《ブリザード》を思わせる声で彼らを沈黙させると、涼子は私を手招いた。無言で指さす先に、小学校のプールほどの水たまりがあって、怪生物の姿が岩石の隙に見え隠れしている。トムが叫んだ。

「ヒャッホー！」

足もとで水がはねる。舌を塩味がかすったのは、海水だからだろう。たのむから、それ以外によけいな成分は、はいっていないでくれ。

「泉田クン、岩の上に登って！」

涼子の鋭い指令。即座に私はしたがった。マリアンヌやリュシエンヌにはおよばないだろうが、トムやハックとほぼおなじスピードでできたのは、自慢していいと思う。

息をつく間もなかった。

火花がスパークし、視界全体が青白くかがやく。水面が揺れる。水たまりのなかに、涼子がスタンガンを投げこんだのだ。蒸気とも煙ともつかぬ気体が舞いあがり、珍獣の呼吸音に似た音がひびいた。怪生物は不快そうに、高圧電力の処刑場からはい出していく。

「チェッ、スタンガンていどの出力《パワー》じゃ、やはり効かないか」

一連の光と音がおさまると、私は、芸のない質問をした。

「どうやってやっつけます？」

「しかたない」

しかたなくあきらめる、というのではなく、その反対であった。

「それじゃ、泉田クン、例のものを使うのよ。恐怖の最終兵器！」

「あれをですかあ」

気がすすまないが、しかたがない。

ニヤつきながら傍観しているトムとハックは、自分たちの処分書にサインしたことを知らない。彼らは、トラの子とネコをまちがえたのだ。メイドたちを片手で制圧して、そのあとたっぷりと、レベルの低い本能を満足させるつもりだったのだろう。聖人君子でないかぎり、ムリのないことだが、安直な欲望には、それにふさわしい報いがあるのも、これまた当然の理《ことわり》である。

私はぬれた石に足をとられないよう用心しながら、怪生物に近づいた。洞穴にはいる前に、リュシエンヌから渡された「武器」を手にする。それはD・I・Y店やホームセンターでいくらでも売っているシロモノだった。超強力なガムテープだ。私はそれを一メートルほど引き出すと、動悸《どうき》をおさえながら狙《ねら》いをつけた。

「あたしから逃げられるとでも思ってんのかなあ。海王星人って、楽観主義者が多いのね」

冷笑して、涼子は、ためらいもなく、大きな岩のひとつに駆けあがった。平原を疾走する駿馬《しゅんめ》さながらの足どり。「従者」としては、見とれているわけにもいかなかった。

「気をつけてくださいよ！　石を踏みはずしでもしたら、たいへんです」

「そのときは、君が下であたしを受けとめるだけのことよ。だいたい、あたしが、そんなヘマするとでも思ってるの？――まあ、たまにはおもしろいかもね」

トムとハックは、涼子とは異なる意味で胆力があるのか、鈍感なのか、まだ変な薄笑いを浮かべながら日本人たちの奇行をながめている。

私は至近距離から一投した。大きな的《まと》だ。はずしようがない。テープはべったりとその外膜に貼りついた。私はテープの本体をかかえ、その周囲を走り出した。ガムテープで「海王星人」をぐるぐる巻きにするのだ。

「悪には悪、銃には銃、ベトベトにはベトベトよ。思い知ったか」

怪生物は地をころげ、ころげるたびにガムテープをみずからの身に巻きつけていく。突き破るのではない。たたきつぶすのでもない。一滴の血も流すことなく、テープは怪生物を無力化していく。いまや怪生物はガムテープでぐるぐる巻きにされ、ときおり体表から体液を噴き出すだけで、抵抗しようもなくなっていた。

「ほら、泉田クン、テープがたりない！」

「あ、はいはい」

怪生物は涼子のブーツに蹴られて、弾《はず》みつつころがっていく。私は息をはずませて走りながら、その行手の地面にガムテープを敷いていった。石ころだらけで、足場も悪く、けっこう体力を費《つか》う作業だったが、他人が見たらさぞ笑える光景にちがいない。

この怪生物が海王星人だという物証は、どこにもない。天王星人かもしれないし、深海人かもしれない。まあ、仮に宇宙生物だとしておこう。宇宙生物を退治するのに、核兵器でも劣化ウラン弾でもなく、ガムテープを使うという設定の話があっただろうか。否である。こんなふざけた設定があるものか。しかも、一歩まちがえば生命がないのだ。

こんな役まわりをさせられる地球人も、たぶん空前だろう。両親やバアちゃんには見せたくない光景である。

だが、どんなみっともない作戦でも成功した。怪生物の外膜は、槍でも弾丸でも通用しないが、体内へ侵入しようとしないガムテープには、抵抗しようがなかった。

ほとんど怪生物の全身がガムテープにぐるぐる巻きにされたころ、爆笑がおこった。自動小銃の銃口を私たちに向けて、トムとハックが笑っている。涙まで浮かべて。

「いや、傑作だ。こんな笑劇《ファルス》を地底で見せてもらえるとはな。しかも料金を払うどころか大金つきでよ。死なせるのが惜しい役者さんたちだぜ」

V

「あんまり欲をかくなよ」

私は息をととのえ、親切に忠告してやった。

「ひとり三五〇万ドルだろ？　多少ぜいたくに暮らしたって、一生、暮らしていくのにこまることはないはずだ。それで満足しといたほうが、りこうだぞ」

「神よ、足《た》ることを知る者を守りたまえかし」

トムは陽気に、神を冒瀆《ぼうとく》した。ハックのほうが信心深いらしく、すこし眉をしかめた。

「だけど、もうすこしだけ、ゼロの数がほしいんだなあ。いや、たったひとつでいいんだ。三五〇〇万ドル。そうすりゃ会社がつくれる」

「何の会社だ」

「何がいいと思う？」

「民間軍事企業ってやつ？」

涼子が腕を組んだ。民間軍事企業、すなわち戦争の代行屋、傭兵《ようへい》部隊だ。いわゆる「死の商人」たちとは密接な関係にある。「死の職人」とでもいえばいいのか。

「あわれ、わが神聖なる合衆国は、もう国民の血を流すのに疲れはてた。美しのバージニアに生まれながら、何でアフガンだのシリアだの、緑色の一滴もない岩砂漠のまんなかで、テロリストを殺してまわらなきゃならない？　そんな苦労はプロにまかせて、アマチュアはＴＶの前でポテトチップスをかじってりゃいいのさ」

「軍人は殺しのプロじゃないのか」

「まちがって子供を撃ち殺して、後悔のあまり麻薬《ヤク》びたりになったあげくに自殺するような繊弱《ひよわ》なやつら、プロなもんかよ。プロってのはな、自分のやった仕事に喜びと誇りを持つ人間のことだ」

トムは涼子に好色な視線を向けた。私に向け変えたとき、視線は冷酷なものに変わっていた。

「そして、おれはプロなのさ」

その表情を見て、私は一瞬でさとった。この男が軍服を着こんだ殺人鬼であることを。

私の脳が怒りで煮えたぎった。

「きさま、子供を殺したな！」

トムは無精ヒゲの生《は》えたアゴをなでた。

「子供ってのは、一五歳以下のテロリストのことか？」

せせら笑う間も、まったく銃口を動かさない。

「ああ、殺したさ。おれの後ろにいきなり近づいたりするから悪いんだ。前から来りゃチョコバーの一本ぐらいくれてやったのによ」

劇画の無表情な主人公みたいな台詞を吐いて、トムはけたたましく笑った。本物のトム・ソーヤー（といっても小説の主人公だが）がこの場にいたら、ただちに天誅《てんちゅう》を加えたことだろう。

「とにかく、テロに対する国土防衛戦争なんだ。同盟国の日本に、とやかくいわれるスジはねえ」

「どこで殺した？」

「さあね、シリア？　イラク？　あのあたりはさっぱりわからねえ。それがどうした？」

「国土防衛といったな。シリアやイラクはアメリカの領土か」

「それがどうした、正義はどこでも正義さ」

いい終えぬうちに、トムの長い脚が、うなりを生じておそいかかってきた。とっさに両腕を交叉《こうさ》させて防御する。かろうじてまにあったが、両腕に痺《しび》れが走った。転倒をまぬがれて跳《と》びすさった瞬間、足もとの地面が揺動した。左右への揺れ。地震だ。と同時に。

「見たか、地球環境は、あたしの味方だあ！」

完璧な脚線が、完璧な弧《こ》を宙に描く。結果もまた完璧だった。トムの後頭部に、まわしげり一閃《いっせん》。トムは衝撃と苦悶《くもん》に顔をゆがめ、頭から地面に突っこんだ。倒れこむ寸前、私は痺れの残る腕をのばし、自動小銃を引ったくった。

「や、やめてくれ、ミス・リョーコ」

ハックのほうは自動小銃を放り出し、両手をあげた。涼子の、冷たく燃える眼光が、鎖のように彼をしめつけている。

「投降する気があるなら、両ひざを地面におつき！　ぐずぐずするんじゃない！」

ハックは、できの悪い自動人形《オートマタ》みたいな動作で、命令にしたがう。その間に、私は、泡を噴いているトムの頸動脈《けいどうみゃく》をさぐった。

「どう、泉田クン」

「完全にのびてます。おみごとな一撃でしたが、すこしひかえていただきたいですね」

「どうしてよ」

「もうすこしキックが強くて、勁骨《けいこつ》でも折っていたら、とりかえしがつきませんでしたよ」

「いいのよ。そのときはハックのやつに事故と証言させるから」

困惑と不安で全身をこわばらせているハックに、涼子が英語で問いかけた。

「さて、ハック、何かいうことある？」

「あ、お、おれは、つまり、その……」

「トムが主犯で、あんたが従犯ってわけ？」

「い、いや、トムの野郎を、おれはとめたんだよ。あんまり欲をかくなって。だけど、あいつ、三五〇万ドルと聞いて、かえっておかしくなったみたいで……」

「身のほど知らずもいいところね。で、あんたは三五〇ドルでつつましく満足するつもり？」

ハックは、なさけなさそうに、両眉の角度を四時四〇分にした。

「そりゃないよ。おれは裏切らなかったんだし、ミス・リョーコが前言をひるがえすような人間とも思わない。約束どおり、三五〇万ドルくれないかなあ」

「たしかに、あたしは前言をひるがえすようなケチな地球人じゃないわ。約束どおり三五〇万ドルくれてやるわよ。それでいいわね？」

「あ、ありがてえ。三五〇万ドルあったら、ニューメキシコに牧場が買える。軍隊なんかとは、おサラバだ」

「そのかわり……わかってるでしょうね」

「わかってるよ。一生あんたに忠誠をつくすとも。虚言《うそ》じゃねえ。おれだって生命が惜しいもんな」

「人聞きの悪い。あんたの生命なんてほしくないわよ。ただ、さからわれるのがキライなだけ」

かくして、女王サマと従者は、予定どおり「臣民」たちの前に凱旋《がいせん》した。ハックは気絶したトムをせおい、私はといえば、手袋をはめた手で、ガムテープに巻かれた球体をころがしてのことである。小学生のころ、運動会の大球ころがしで優勝を逃《のが》してクラス全体でくやしがった経験を思い出した。

さっそくリュシエンヌとマリアンヌが、液体水素のボンベから引いたノズルで、殺人的な冷液を球体にあびせはじめた。白い冷気がたちこめていく。

「これさ、黒蜜のシロップをかけて食べたら、あんがいイケルんじゃないかな」

「気色の悪いこと、いわないでください」

「味覚を追求しない男って、社交界でもてないわよ」

「けっこうです。社交界にデビューする予定はありませんから」

くだらない会話をかわす間にも、球体は白く凍結していく。

「もともとトコロテンみたいなやつだったんだからさ」

「トコロテンがどうした？」

これは私の奉答ではなく、西原二佐のうなり声である。

「それをつかまえて、凍らせて、そのあとはどうするつもりだ」

「あんたたちには何の権利もないわよ。ごたいそうな船で、島にいる全員を救助して東京へ運びなさい」

「そ、それでおめおめと帰れ、と……」

「おめおめ？」

涼子が、すばやく揚げ足をつかんだ。

「人命救助をおめおめとは、よくいったわね。それが国民の生命を護る自衛隊の――

い。


ああ、ちがう、国防軍だっけ」

「こいつ、揚げ足とりやがって……」

西原二佐は傷ついたトドのようにうなったが、これは、揚げ足をとられたほうが悪い。


無益な問答の間に、マリアンヌとリュシエンヌは、さっさと作業をすすめていた。海自や海保の隊員たちは、安堵の一方、何とも釈然としない表情で、美少女たちをとりまいてたたずんでいる。自分たちの領土内で発生した大事件だ。同僚も犠牲になっている。手も口も出したいにちがいないが、在日アメリカ軍との間にトラブルでもおこしたら、自分は破滅、日本政府はひっくりかえる。ただ見守るしかなかった。


涼子は、リュシエンヌとマリアンヌの仕事ぶりを満足げにながめていたが、ふと室町由紀子をかえりみた。

「ところで、岸本は無事？」

めずらしく、涼子が気にする。感激した岸本が両手両足をばたつかせて近づいた。

「無事です、無事です」

「よかったわね」

「わあ、お涼サマにそういっていただけるなんて、自分、感激であります」

「あんたが無事なら、もういっぺんは囮《おとり》に使えるからね。それより、泉田クン、気づいた？」

「……と思います」

「たよりないなあ、まあいい、気づいたことがあるなら、いってごらん」

そういわれて、私は自分の危惧《きぐ》を語った。いまとらえて冷凍した「海王星人」のことだ。死んだのか、仮死状態で生きているのか、噴火口に投げすてて、それで永遠に安心できるのか。

「あれくらいで死んだとは思えないわね」

「じゃ、あの怪生物は、どろどろの熔岩地獄のなかで……」

「何万年生きるかしらね」

涼子は指先でくるくるベレーをまわした。

「ま、あたしたちの知ったことじゃないわ。何万年か未来の人類に対処してもらいましょ」

「対処できますか」

「何万年かたっても対処できないようなら、人類はちっとも進化してないってことね。その前に亡びてる可能性が高いけど、かわいい子孫には苦労をさせろ、よ」

「負《ふ》の遺産」もいいところである。まだ見ぬ遠い子孫たちに、私が同情したとき、視界が揺れた。

地球人たちは反射的に身がまえた。気のせいではない。いったい、この日、何度めのことか、左右に、つづいて上下に、島全体が安物のトランポリンに乗せられたようだ。

「ひゃあ、また地震です！」

いう必要もないことを岸本が叫ぶ。

またしても大地が——ちっぽけな島だが——鳴動した。地球という怪獣の叫喚《きょうかん》だ。ホテルの一部が、哀しげな悲鳴をあげてくずれるのが見えた。

「あ、あれを見て」

室町由紀子が、声をおさえながら海上を指さした。黒い水面に、赤い膜のようなものがひろがっていき、波が音をたてて泡立った。

「西之島か」

「ち、ちがう」

理解と恐怖の叫び。

「もっと近くだ。すぐそばだあ！」

火柱と水柱が同時に天を衝《つ》きあげた。

海が爆発したのだ。岸本がいやに静かだと思ったら、レオタード・レッドを抱きしめて、へたりこんだまま気絶している。

狂乱する波にかこまれているのは、見たこともないほど巨大な水蒸気のかたまりだった。各処に赤やオレンジ色の灯《ひ》がともり、伸縮している。熱風が顔をたたき、降灰が舞う。

「焼き殺されるう」

中年女性の悲鳴。天神原アザミ女史の声だ。薬師寺涼子は会心の笑みを浮かべた。

「また日本の領土が増えそうね。めでたしめでたし」

「無料《ただ》じゃありませんよ」

海自のフリゲート艦が、熱雲と噴石のなかで苦悶し、のたうちまわっているのが見えた。その近くで、完全にひっくりかえった海保の巡視船が、白い腹を波に洗わせている。

もはや人力のおよぶところではないように思われた。

第八章　最後の恐怖？

I

　西原二佐は激怒した。かならず、かの邪智暴虐《じゃちぼうぎゃく》の小娘をやっつけてやる、と決意した。西原二佐にジョークはわからぬ。彼はひたすらマジメで柔軟さのカケラもない自衛官である。自分たちが高価な「防衛装備」を使用して、何の効果もなく、とうとい犠牲者まで出したのに、あの警視庁の小娘は——すごい美人ではあるが——まんまと謎の怪生物をいけどりにしてしまった。それも、何とふざけたことに、転居《ひっこし》用のガムテープを使ってのことである。一隻何百億円という護衛艦が何の役にも立たず、一〇〇円ショップに山と積まれているようなガムテープで！

「ああ、警視庁の有能で偉大なこと。多少の例外もいるけど、おまわりさんってタヨりになるわね。それにひきかえ海自のだらしなさ……」

「いいかげんにせんかッ！」

怒号したのは西原二佐だ。一歩ごとに冷静さを振りすてながら、涼子にせまった。

「何をかってなモノローグで、他人の心情を分析しとるんだ。しかも、どこかで聞いたような気がするぞ。どこの三文《さんもん》作家の文章をパクった？」

「あら、『走れメロス』よ。太宰治《だざいおさむ》よ。さては、あんた、国語の成績、悪かったでしょ？」

「うるさい、国語なんぞ、どうせ何年かのうちに消えてなくなる科目だ」

「そしてかわりに小学一年生から英語を教える。教育まで属国化するってわけね」

涼子はさりげなく、西原二佐のツバのとどかない距離をたもっている。

「で、いったい何の用？ 愛の告白なら、せっかくだけど、おことわりさせていただきますわ。あたくし、自分の好みに忠実ですので」

「いいかげんにせんかッ！」

「ボキャブラリーが貧困ね。やっぱり箴言《しんげん》のとおりだわ。本を焚《や》く者は、いずれ人を焼く。国語を破壊する者は、いずれ国を亡ぼす……」

「もういい！ 話がある、べつのことだ」

「べつのこと？」

「あのぐるぐるテープ巻きになってる、変な丸いやつだ！」

「ああ、海王星人ね」

「海…王…星…？」

「何でもないわ、ギョウザみたいなもんよ」

「ギョウザ……!?」

「焼こうと蒸《む》そうと、煮ようと揚げようと、あたしたちのカッテ。あんたたちには、皮の切れっぱしもわけてあげないよーだ」

「そ、そんなことをさせてたまるか」

「たまるたまらないは、あんたのカッテよ。あれは警察が確保したもの。海自にも海保にも、一義的な権利はないわ。モンクがあるなら、国家公安委員長におっしゃいよ。必要もないのに、こんなところにいるんだから」

涼子がいきおいよく指さすので、西原二佐も私も、ついつられてその方角を見やったが、当惑した表情の自衛官たちが、拳銃を手に立ちつくしているだけだった。天神原女史の姿など見えない。涼子はポーズをとっただけなのである。

「ふ、ふざけた女め。もういい、とにかく、あの丸いゲテモノを海自《われわれ》に引きわたせ」

「おことわり」

ニべもない、という表現そのままである。

「あんたたちの考えなんて、完全に、パーフェクトに、ノーヒットノーランに、お見通しよ。海王星人を防衛省の技術研究本部に送って、生物兵器の研究をする。それともストレートに在日アメリカ軍に献上するかな」

「お前らの知ったことじゃない」

「国民の知る権利はどうなるのかしら」

「そんなもの、このさい関係ない」

涼子は両手を腰にあてて、胸を張った。

「国家なんて、税金で食うしか能のないやつらがでっちあげた妄想よ。いっとくけど、あたしは高額納税者だからね。その立場からいっても、私有物を強奪しようというあんたたちに、あれをわたす気なんてないわよ」

西原二佐は顔の変色をひととおりすませると、作戦の変更に出てきた。

「本官は何もセクショナリズムでいってるわけじゃない。海自《うち》があずかって文科省にわたす。すべては科学の真相を解明するためだ。いっては何だが、我々が運ぶほうが安全だろ？」

「科学の真相ねえ」

涼子は、美しい微笑に塩とハバネロをまぜた。

「そんな信仰は、二〇一一年三月一一日以降、とっくに説得力をうしなったと思ったけどな。自分の国の原発事故も収束できないくせに、原発を外国へ輸出してまわる死の商人が、科学の真相？　笑わせるのもほどほどにしてくださる？　ブルテリアさん」

私は失笑しかけて、どうにか自制した。涼子にいわれて気づいたが、西原二佐の顔はブルテリアによく似ていた。性格も、闘争的でしつこいところが、似ているかもしれない。ブルテリアのほうには、人類と異《こと》なる主張があるだろうが。

マリアンヌとリュシエンヌが、信号弾発射筒を、ガムテープのかたまりに突きつけている。引金をひけば、炸裂四散《さくれつしさん》して、以前より始末の悪い状態になる。いざとなれば、命令をためらう涼子でも、服従をためらうメイドたちでもない。

「さあ、奪えるものなら奪ってごらん」

そういわれて、力ずくで奪えるわけがない。

「うぬぬ、この卑怯者め」

「ホホホ、負け犬の遠吠えって、モーツァルトより官能的だわ。ほら、もっと吠えてみなさい、ニャアと鳴けたら考えてみてもいいわ」

「あのですね」

「何よ、泉田クンは、まさかあのブルテリアに味方する気じゃないでしょうね」

「公務員どうし、あらそってる場合ですか、あの怪生物、凍結したままじゃいませんよ。融《と》ける前に、噴火口に墜《お》としてしまわないと、また暴れ出したら、どうするんですか」

「ガムテープは、まだたくさんあるわよ」

「また最初からやりなおすのは、ごめんこうむります」

「お前らがやりなおす必要はない」

ありがたいお言葉だったが、口調というものがある。西原二佐の発言は、私に一ミリグラムの感謝の念も呼びおこさなかった。そもそもの最初から、何で部外者に「お前」よばわりされなくてはならないのか。事を荒らだてたくないから黙っていたが、どうも、「いざというとき」が肉薄《にくはく》してきたようだった。

「おい、全員、射撃用意！」

西原二佐が厳格きわまる声を発した。彼としては、忍耐に忍耐をかさね、涼子を説得しようとしてきたのだろう。しかし、ついに平和的解決を断念した、というところだ。

温和そうな四〇歳くらいの一等海尉が、目に見えて困惑し、かつ狼狽した。

「で、ですが二佐どの、彼らは同朋《どうほう》です」

「国家の敵だ、放ってはおけん」

西原二佐の両眼は、完全に異次元を見すえている。とうとう、ストレスが限界をこえたらしい。

「さっさとせんか！　テロリストや工作員を制圧する訓練を、国のカネで何年もやってきただろうが！」

四名の自衛官が、表情をころしてマリアンヌとリュシエンヌの背後にせまる。否、せまろうとした瞬間。

美少女メイドふたりの姿が消えた。

愕然とする自衛官たち。もちろん、メイドたちはテレポートしたわけではなかった。自衛官たちの視界の外へ、一瞬にして飛び出したのだ。

マリアンヌは地を蹴って宙へ跳び、リュシエンヌは地表へ身を投げ出していた。はげしく歯をこすりあわせるような音がして、二本の紐《ひも》が高く低く奔《はし》る。

ふたりの自衛官が、地を鳴らして横転した。一方の左足首ともう一方の右足首が、コードで縛りあわされている。

それはリュシエンヌの早業《はやわざ》、まさしく電光石火《でんこうせっか》だったが、マリアンヌのほうも、まさるともおとらず、というやつ。素手のまま宙で一回転したかと思うと、左右の脚を翼のようにひろげた。

左の脚でひとり。右の脚でひとり。ふたつのヘルメットが超小型UFOのごとく宙に踊《おど》る。マリアンヌが着地したとき、ふたりの自衛官は大の字になってのびていた。西安《シーアン》武術団と上海《シャンハイ》雑技団をたして割らないような絶技。見ていた者ことごとく、自分の視覚をうたがって立ちすくむ。

凡人たちの驚愕は、美少女メイドたちのさらなる攻撃をふせぐこともできなかった。リュシエンヌの手からコードが細い黒影となって飛び、西原二佐の身体へ飛びかかる。西原二佐とて訓練も経験もあるだろうに、一瞬にして右手首と左手首をコードでつながれてしまった。

西原二佐の体勢がくずれ、よろめき、重い音をたててひっくりかえる。立ちあがろうともがく間もなく、マリアンヌが優雅に身体を舞わせた。右足が西原二佐の胸と咽《いん》喉《こう》の接続部を、左足が二佐の左手を踏みつける。マリアンヌがその気になれば、西原二佐はブーツの踵《かかと》のひとひねりで、あの世いきだ。

「な……何をする……」

「あら、正当防衛よ」

西原二佐が何かどなろうとした瞬間、太くて長い蛇のようなものが、涼子の手から音もなく延《の》びていった。

それは意思を持った生物のように、西原二佐の頭部にいきおいよく巻きついた。彼の両眼、耳、鼻、口が一気にふさがれる。またしてもガムテープだった。

II

「どうだ、怪人ガムテープ男、おそれいったか！」

涼子が揶揄《やゆ》したが、西原二佐は耳をふさがれて、声も聞こえず、口が封じられているので反論もできない。それ以前に、鼻がふさがれているので呼吸すら不可能だ。身もだえしつつテープをむしりとろうとするが、当然、不可能である。あわてて私は阿部巡査とともに駆けよった。暴れまわる西原二佐を、阿部巡査におさえつけてもらうと、顔のテープに手をかけた。

「泉田クン、よけいなマネしないの！」

「そうはいきません。鼻だけでも開《あ》けないと、窒息しますよ！」

「ズウタイの割に、肺活量のすくないやつね、口ほどもない」

私は耳を貸さず、まだ暴れようとする西原二佐のミゾオチにひと蹴りくらわせておとなしくさせると、乱暴にテープをはぎとっていった。私が人道的な人間でない証拠は、はぎとったのは耳と鼻の部分だけで、眼と口はそのままにしておいたことだ。呼吸と聴覚は確保してやったが、視力と口はうしなわれたまま。

「ほう、気がきいておるな、ほめてつかわす」

私の意図を正確にさとって――こんなときばっかり――涼子女王はふんぞりかえり、私たちが作業をすませる間、何かまた権謀《けんぼう》をめぐらせるようすだった。

この間、自衛官たちは、ふたりの美少女メイドに制圧され、なす術《すべ》もなく立ちすくんでいた。メイドたちの戦闘力にドギモをぬかれ、彼女たちに銃を向けるのもためらわれたのだろう。ついでにいえば、西原二佐にはあまり人望がなくて、積極的に救出する気になれなかったのかもしれない。しらけた表情のまま立ちつくしている。まさか、マリアンヌとリュシエンヌが、西原二佐を殺害すると思っているわけでもないだろう。

「さてと、上官より良識のある自衛官の皆さまがた」

涼子が口調をことさら上品にするのは、危険の信号である。私たちとちがって、自衛官たちはそんなことは知らぬはずだが、現場を知る者の直感で、半歩しりぞいた。

「うかつにジャマをしたら、大隊長だか班長だか知らないけど、このオッサンは、ガラにない悲劇の主人公になるわよ。返してあげるから、すこしだけ、時間をよこしなさい」

返答というより、反応もなかった。

「それじゃ、もうひとつの用件を、さっさとすませてしまおうっと。リュシエンヌ！」

リュシエンヌがロココ調のオルゴールのような小箱の蓋《ふた》をあけて、「ミレディ」に差し出す。小箱の内部には、上品なラベンダー色の絹が張ってあったが、はいっていたのは殺伐《さつばつ》としたものだった。注射器と、二個のカプセル。

「何ですか、それは」

注射の用意をしながら、涼子はうるさそうに答えた。

「自白剤」

「じ、自白剤って……！」

「心配ご無用。日本にはまだ輸入されてないものだし、どうせ強要された自白は無効だからね」

制止する間もありはしない。涼子は西原二佐の太い頸《くび》に、注射針を突き刺した。私の顔を見て、邪悪な笑いを浮かべる。

「じゃましたら、針を折っちゃうぞ」

これでは手も足も舌も出しようがないが、じつのところムリに制止する気はなかった。私も、涼子とおなじことを知りたかったのだ。

長々と経過を記す気はない。いくつかのキーワードで、ほぼ事態が把握できるだろう。

一、海水の高温化、熱帯性魚類の日本近海北上化

二、日本周辺の地質変動活発化、深海魚の浅海浮上

三、新種の深海生物の発見続出

四、海上防衛力の強化、防衛装備の技術開発

……聴き終えて、涼子はうなずいた。

「なるほどね、ほぼ、あたしの推理どおりだわ」

ホントかなあ。いや、おそらくホントだろう。スピードの差はあれ、私もおなじ結論に達したからだ。

「だいたい、こういっちゃ何だけど、手ぎわがよすぎるのよね。あっというまに、海自と海保が駆けつけるなんてさ」

「いや、それは、近海をよくパトロールしていたからでは……」

いちおう私はいってみたが、熱はこもらなかった。現場の自衛官や海上保安官はともかく、最上層部を弁護してやる必要はない。

「それで、あなたは、海自や海保のジャマをしてやろうと思ったんですね」

「君、言葉に気をおつけ」

「はい、ですが、まさか、てつだってやろうとお考えじゃなかったでしょ？」

反撃できまい、と思ったら。

「あたたかく見守ってあげようと思ったのよ」

「どんな意味があるんですか!?」

「海王星人をつかまえて、日本の平和を守れたから、いいじゃないの。結果オーライよ」

「それはあくまで結果でしょ！」

「すばらしい結果じゃないのさ」

私は沈黙した。そのとおり、と思ったからだ。すると上司はたちまち図に乗った。

「君は主君のありがたい思いやりがわからないのかね」

「申しわけありませんが、わかりにくいです」

このあたり、我ながら巧言《こうげん》になったものだ、と思う。善良な老若男女《ろうにゃくなんにょ》を、暴力や不正から守るのだ、との決意もかたく、オマワリさんになったのだっけ。思えば遠くへ来たものだ。

ふと気づくと、三、四人の自衛官が西原二佐をとりかこみ、コードやガムテープを外《はず》してやっている。コードはともかく、ガムテープは手や指にくっついて、ずいぶん彼らを苦労させているようだ。おまけに、せっかく外したコードは、すばやくリュシエンヌにひったくられてしまった。JACES《ジャセス》の企業秘密だからだろう。

ブーツの踵《かかと》を鳴らして涼子が二佐に近づいた。

「もし、あたしと臣下たちに指一本でもふれたら、この動画を全世界に公開するからね」

マリアンヌがスマートフォンをかるくあげてみせた。

「ま、ふれることができたら、の話だけどさ。その前に、あんたの身の上のほうがあぶないもんね。左遷なら上出来《じょうでき》、謎の死をとげないようにしなさいねー」

優雅に脅迫してから、まるで司令官のように、自衛官たちを一喝した。

「さっさと、あんたたちの本来の任務をはたしなさい。人災や天災で危険な国民の生命を救うのが、あんたたちの使命でしょ！　イラクやアフガンまで出かけて人を殺すより、よほどりっぱじゃないの！」

これがB級の映画やドラマだったら、反目《はんもく》を乗りこえて祖国の危機を救った警察官と自衛官が、感涙をたたえて抱擁《ほうよう》しあう場面に、「終」という大文字がかぶさったことだろう。あいにくと、そんな美化されたラストシーンにはならなかった。

警察サイドのトップが室町由紀子警視であったら、どうにか形式だけでもとりつくろったと思うが、西原二佐がB級なら薬師寺涼子はZ級だから、ステージがちがいすぎる。

発言者の正体はどうあれ、涼子のいったことは、りっぱな正論だ。自衛官たちは、完全に異次元へトリップした西原二佐をささえ、降灰のなかをあわただしく走り去った。最後尾のひとり、例の若い富川一曹が一瞬、立ちどまって敬礼すると、駆けていった。上官よりよほど礼儀正しい。生きのびろよ。

「おみごとな演説でした」

「何いってんの、真実と正義の勝利よ」

「はいはい、おっしゃるとおりです」

「ところでさ、あの丸いオバケに何か命名したいんだけど」

「名前をつけるんですか？　海王星人Xとか、どうです？」

「それは名前じゃなくて記号でしょ。そうだな、鈴木アキラにしとこう」

「鈴木アキラ!?」

「山田ヒロシのほうがいいかな」

ここまでふざけるとは思わなかったから、私はうろたえた。

「そんな名前じゃ、いくら何でも……だいたい全国の鈴木さんたちに失礼じゃないですか」

「以前もいったでしょ、名前は大事だって。ゴジラはゴジラって名前だから、こわいのよ。あれが田中マコトだったりしたら、こわくもないし、気味悪くもない。あんなガムテープの浪費者に、特別な名前をつけてやる必要なし！」

「お涼」

沈着だが、すこし呼吸をはずませた声がして、あらわれたのは室町由紀子の姿だった。漆黒《しっこく》の髪や肩先に薄く灰がつもっている。

「たいへんなことになったみたいね」

「そりゃもうタイヘーンよ。ところで、天神原のオバさんは？」

「とっくに海自の護衛艦に乗りこんだわ」

天神原アザミ女史に対して、室町由紀子は尊敬語を使わなかった。理由は尋《き》かなくてもわかった。

「ごいっしょでなくて、いいんですか」

「SPが三名、秘書もついてるから、まかせてきました」

「あなたは、残られたんですね」

「民間人がひとりでも残っているかぎりは、自分だけ逃げ出すわけにいきません。それに、岸本警部補は、あれでもわたしの部下だし、安全を確認しておかなくては、ご両親に申しわけないもの」

「そ、そうですか」

ううむ、私の上司と較《くら》べて何というちがい。黒の女王と白の女王、というところかな。

私が手短かに西原二佐との経緯《いきさつ》を語ると、涼子が涼子らしく、しめくくった。

「あんなやつらに鈴木をわたしたら、一九五〇年代のハリウッド怪獣映画の世界。かならず海王星人に逃げ出されて、東京は火の海。首相官邸と国会議事堂は、あわれ踏みつぶされて、負の遺産《レガシー》になるだけ。それをあたしたちがふせいでやったのよ、オホホホホ」

「鈴木って、だれ？」

由紀子の疑問は当然のものだったが、涼子は無視して、噴火の方向をすかし見た。

「西之島まで二〇〇キロ飛ばなきゃならないかと思ったけど、あの海底火山の噴火で、短くてすみそうだよね」

「二、三〇キロというところですかね」

「楽になっていいわあ」

「そのかわり、島にいる人たちの避難は、一刻の猶予《ゆうよ》もありません」

涼子は、いっこうに動じない。

「そりゃ、君、海自にまかせときゃいいの。日本の国民の生命と安全を守ることを自衛っていうんだから。そうじゃないの？　ほら、案外がんばってるみたいじゃないの」

涼子の指先で、自衛官たちがあわただしく活動している。最後までのこっていたリゾートのスタッフたちが避難を開始し、自衛官たちがそれを誘導していた。「足もとに気をつけて」「荷物はあきらめてください」などという声が、空振《くうしん》や降灰にまじって伝わってくる。

Ⅲ

涼子がガムテープを二本の指にかけてくるんくるんと回転させた。

「一機のオスプレイより、一〇〇万個のガムテープ。差額の一九九億円は、ＶＩＰの方々で公平に山分けなさればよろしいわ」

「山分けって……」

日本には、会社の数とおなじくらいの「特殊法人」が存在する。〇〇協会、××機構、△△財団、◎◎センター、▽▽研究所……こういった組織の長は、国民の選挙によって選ばれるのだろうか。とんでもない。官僚、政治家、財界人らが好きかってに任命し、給料も決めるのである。ウソだと思うなら、現在の日本のオリンピックやパラリンピック委員会の会長の選挙に投票したかどうか、知りあいの人にでも尋いてみるといい。日本年金機構の理事長がだれで、どうやって任命されたか知っている人はいるだろうか？　ロシアがどうの、中国がどうの、ギリシアがどうの、日本のメディアは外国のことばかり、よくいえるものだ。

こんなことを私が述べると、公務員のくせに反政府的だといわれそうな気もするが、私の雇傭主《やといぬし》は納税者だ。政府でも官僚でもない。

「あんな税金ドロボウのバカどもに選ばせるくらいなら、あたしに選ばせなさい！そのほうが、よっぽどマシでしょ！」

涼子の暴言が、ときおり正しく思えるのは、知らず知らず私が洗脳されつつある証拠かもしれない。あぶないあぶない、私は社会秩序を重んじ、法律を順守する官憲である。節度は守らなくてはならない。ひとまずは穏当《おんとう》に解決の道をさぐるべきだ。

その間にも、忠勇無双《ちゆうゆうむそう》のメイドたちは、ミツバチのように軽快に動きまわっていた。奇怪なガムテープのかたまりは、ワイヤーロープでヘリの機体につながれた。何のためかは、考えるまでもない。

「船に乗った人たち、無事なんでしょうね」

「さあ、口封じのため、鳥島の沖あたりで海に沈められるかもね」

「ちょっとちょっと……」

「ジョークの通じない男、きらいよ。ま、帰京した後しばらく公安の監視がつくかもしれないけど、人類のやったことでなし、そのうちなしくずしに終わるでしょ。どうせ、すぐまた何かろくでもないことがおきて、それどころじゃなくなるわよ」

「メディアは？」

「とっくの昔に、虫歯をぬかれたネズミよ」

牙をぬかれたオオカミなんて上等な表現はしてもらえないらしい。

何やら小さな騒ぎがおこった。ベージュ色のスーツを着こんだ中年女性が、阿部と貝塚の両巡査に引っぱられてくる。室町由紀子がつきそっていた。リゾートの支配人である。

「まだいたんですか！　早くお逃げなさいとあれほど……」

つい私が口調をきつくすると、支配人は恐怖と不安をおさえこんだ声で応じた。

「わ、わたくし、責任者として、このリゾートを離れるわけにまいりません」

「軍人でも警官でもないんだから、生きて責任をおはたしなさい。いつかこのリゾートが再建されるときには、あなたが必要になります」

「あのさ、お由紀、再建なんかできるわけないでしょ、こんなインチキリゾート、そもそも成立するわけない。もともと、旧郵政省のやつらが、他人のカネをばらまいてセレブづらするためにつくったシロモノだからね」

「お涼、そこまでいう権利はないわ。この女《ひと》は自分の任務に責任感と誇りを持って――」

「うるさい！　もっとマシな職場が、このオバさんには似あうっていってるのよ。あたしはいつ、いかなるときも、善良な市民の幸福を願っているの!」

台詞《せりふ》はあやしいかぎりだが、どうやら涼子は、支配人の今後のメンドウをJACESでみてやる気らしい。これは感心なことだ。

「たいへんですううううう……!」

やたらと語尾を長く曳《ひ》きながら、岸本がころがってきた。

「ど、洞穴からマグマが……」

「手足でなくて口で話せ」

「か、か、火砕流《かさいりゅう》がおこりそうですう! 奥に赤いものがちらついて、熱風が噴き出してきました」

私たちは声もなく顔を見あわせた。それが事実なら、新噴火口とこの島は海底でつながっていたことになる。

「岸本、覚悟はできてるわね」

「あ、え、はい? 何のことで……」

「あんたがヒーロー・オブ・オタクズ、人類の救世主となる日が、ついに来たのよ」

「ええッ!? あの、その、そんな」

「あんたがイケニエとなって大地の怒りを鎮静《しず》める。人類発生以来の伝統文化。あんたはその継承者として、未来に美名をのこすのよ」

「イヤでえす。のこしたくありませえん」

岸本は半泣きで逃げ出そうとしたが、襟もとをつかまれた。私は最後の良心をたたきおこした。

「ちょっとお待ちください。岸本をイケニエにするのは、やめたほうがよろしいかと」

「いまさら何いってるの。急に偽善的ヒューマニズムにめざめたわけでもないでしょ。本人だって、国民のためと思えば、きっと本望よ！」

「ほ、本望じゃないですう」

岸本は完全に泣き出して、レオタード・レッドをかたく抱きしめた。

「おだまり、岸本、あんたの生命保険金がいくらあるか知らないけど、それを費《つか》って、あんたとレオタード戦士の群像を、国立競技場の前に建ててやるから」

「だめですってば」

「泉田クン、何でそこまで岸本をかばうの」

「岸本をイケニエにささげたりしたら、大地の神が怒ります。逆効果ですよ！」

「あら、正論」

めずらしく、涼子はスナオにうなずいた。拍子ぬけした私の前で、涼子は一・五秒ほど考えこんだが、岸本をポンと蹴ころがすと、私を見てから早足で歩き出した。私は岸本の襟もとをつかんで後を追った。

「泉田クン、今度の事件、公式の結末がどうなるか、わかるわね」

「はい」

「いってごらん」

「あらたな海底火山の噴火によって、真珠島のリゾートは開業前に壊滅。天神原大臣と彼女の支持者たちは、海自と海保により、かろうじて救出。その際、海自と海保には、国民を救って、残念ながら多数の殉職者が出た。すべては天災によるもので、責任はだれにもない。最後の部分が、一番たいせつなわけですね」

「あとは時間をおいて、都市伝説っぽい話をネットにちりばめる。謎の殺人怪生物なんて、だれも信じやしないから、くだらないデマとして、そのうちみんな忘れるわ」

話しながら、私たちはどんどん早足になっていった。今度の敵は火砕流だ。うかうかしていると、ジョークではすまない。

「さあ、みんな、さっさとヘリにお乗り！　ファーストクラスとはいかないけど、料金《タダ》は無料にしとくわよ！」

室町由紀子が何かいいかけた。

「ちょっと、お涼……」

「うるさい、モンクは雲の上で聴くから、さっさとお乗り！　時間がないんだから。それからと、トムのやつは？」

ここでようやく報告ができた。

「トムは、両手をガムテープで後ろ手にグルグル巻きにして、マリちゃんとふたりで、もう機内に放りこみました」

「さすが、あたしの侍従《じじゅう》、といいたいけど、甘い！」

「はい？」

「両眼と両足首もグルグル巻きにして、手首と足首もひとまとめにしておくの。よくって？」

「りょ、了解」

時間がないので即答し、ガムテープを片手にヘリに飛び乗る。女王陛下の勅命《ちょくめい》どおり作業しながら、マリちゃんこと阿部巡査と顔を見あわせずにいられなかった。トムと名乗るやつ、かなり危険な人物と、涼子のオスミツキがついたらしい。

ヘリのエンジンが稼動し、ふたつの回転翼《ローター》がうなりはじめる。

「海自と海保は数にいれなくていいわ。かってに退避するでしょうからね」

「これで現在、この島にいるのは？」

貝塚さとみが指を折る。

「ええと、薬師寺警視、室町警視、丸岡警部、泉田警部補、岸本警部補、阿部巡査、貝塚巡査《あたし》、それにアメリカ兵のトムとハック。合計九名ですぅ」

涼子はうなずいた。

「よし、乗員には充分、余裕がある。すぐ全員、乗りこみなさい。ハック、ひとりで操縦するのよ、できるわね？」

「コ、副操縦士《コ・パイロット》がいないと……」

「役に立たないやつ。リュシエンヌ！」

「ウイ、ミレディ」

「副操縦士席に着いて。マリアンヌは悪いけど、ハックの後ろに立って。変なマネしたら、遠慮はいらなくてよ」

このときの「遠慮」という言葉の意味は、市販の辞書にはのっていないだろう。

「来たぞ！」と声をあげたのは丸岡警部だ。

「火砕流」と呼ばれる地獄の熱舌《ねつぜつ》は、数百度Cのヨダレで地面を燃やし、草木を焼き殺しながら、洞穴からあふれ出てきた。ほとんど同時に、このいかがわしい島全体が、地獄の一部と化した。

地面が裂け、土砂が噴きあがった瞬間、ヘリは大地を見すてて宙へ舞い立った。間《かん》半髪《はんぱつ》である。ヘリの機体の直下を、熱泥《ねっでい》の濁流が不快な音をたてて流れ去る。時速六〇キロだ。人類の足では逃げきれない。

「わあ……すごい」

歎声をあげて窓に顔を寄せた貝塚さとみに、私は声をかけた。

「窓をあけるな！　熱風で大火傷《やけど》するぞ！」

「あけませんよう。そこまでバカじゃないです！」

「ああ、すまん、悪かった」

身を案じて忠告したつもりだったが、声がとがったらしい。スナオにあやまっておくことにした。

ヘリが安全圏に脱し、シートベルトをしめたままでも、いちおうひと息つけるようになったのは三分後だ。私は隣席の上司に話しかけた。

「いまさらですが……」

「いまさら？　何がいまさらなのよ」

「我々の当初の目的は、どうなったんです？」

「当初の目的？」

トボけているのではなく、涼子は心からフシギそうに問い返す。

「田園調布一家殺人事件の犯人を捜し出すという任務ですよ！」

「ああ、あれか」

「あれかってねえ……」

「よく憶《おぼ》えてるわね。執念深い男って、好みじゃないんだけどな。泉田クン、君って、考えてみると、あたしのキライな要素をぜんぶ持ってるのねえ」

「否定はいたしませんが、ご返答を」

涼子はなぜか、室町由紀子のほうを一瞥《いちべつ》してから、こころもち声を低くした。

「匿名の手紙が、刑事部長のもとにとどいたのよ。例の事件の犯人がこの島にいる、という内容の」

「ええ、それで？」

「そういう手紙を見たら、刑事部長はどう出ると思う？」

「そりゃ、待ってましたとばかり、あなたに出張を……」

私は沈黙した。窓の外でも、私の脳内でも、火花が散った。私は二度ほど深呼吸してから上司につめよった。

「その告発書は、あなたが書いたんですか⁉　刑事部長をだまくらかすために⁉」

「ちがうわよ」

「じゃ、だれが？」

「あたしのＰＣ《パソコン》」

とびあがってどなろうとして、ようやく私は、自分の意志よりもむしろシートベルトの力で自分をおさえつけた。窓ガラスが、軽快だがブキミな音をたてる。降灰と、水より軽い噴石がヘリを包囲し、のみこもうとしていた。

Ⅳ

双発ヘリは単発ヘリよりはるかに安定度が高いはずだが、上下左右に揺れた。見えない巨人の掌《てのひら》でもてあそばれているように。

「殺人事件をオモチャにしちゃいかんでしょ！」

「一パーセントでも可能性があるならたしかめなきゃダメでしょ！」

「おーい、ここらへんで投棄しちゃダメなのかよ⁉」

ハックの声が、半分、泣いている。女王陛下の返答は冷厳だった。

「まだダメ、単に海に落っことすだけ。やつに温泉気分を味わわせてどうするの。もうすこし近づきなさい！」

温泉気分を味わって、気持ちよく海王星へ帰ってくれないかな。緊張のきわみ、私は、思いきりくだらないことを考えた。それから頭《かぶり》を振って、質問をつづけた。

「一パーセントの可能性なんてあったんですか？」

「〇・五パーセントかな。とにかく、あたしは、刑事部長サマに、ひとときの安楽をプレゼントしてあげたのよ。これをいっちゃお終《しま》いだけど、警察はあきらめてませんマジメに捜査をつづけてます、というアリバイづくりにもなるしね」

ふたたびハックの泣言《なきごと》が聞こえた。

「これ以上、一ヤードも進みたくねえよ！」

「メートル法を使え、後進国民！」

涼子は吐きすてた。

「ま、小ゼニであらそいたくないわ。オリンピック会場の建設費に、イギリスや中国の三倍や五倍もかける大帝国の国民だからね。思いやり予算一〇〇万ドル追加！　どうだ、やるか？」

「生命は一〇〇万ドルじゃ買えねえよ。ちくしょう、牧場を買ったら、ニューメキシコから死ぬまで一歩も出ねえぞ」

ハックは二つの崩壊に直面しているようだった。理性と欲望である。涼子がおどそうとしても、顔面をひきつらせ、操縦桿《そうじゅうかん》をにぎりしめたまま全身を慄《ふる》わせている。

「待て」

かすれて品のない、それにもかかわらず異様な力のこもった声。床の上にころがされたトムの声だった。ガムテープで自由を奪われた身体に、重い大きな足がのっている。足の所有者である阿部巡査は、すこし気の毒そうな表情をしていた。

「おや、トム、状況がわかってるの？」

「あたりまえだ。ミス・リョーコ」

ぎらついた声に、涼子は興味を抱いたようだ。

「プラス一〇〇万ドル、合計で四五〇万ドル、まちがいないな」

「いい度胸してるわね。最初の三五〇万ドル、そのままもらえると思ってるの？」

「日本人がアメリカ人にカネを出し惜しんでどうすんだよ。レーゾン……ええと……」

「存在意義《レーゾンデートル》」

「それそれ、そいつだ。アメリカ人にカネ払わねえ日本人なんて、何のレーゾンデートルがある？　思いやり予算ってやつさ。いっとくが、一〇〇万ドルじゃ安いくらいだぜ。オスプレイを八〇回以上、操縦して一度の事故もおこしちゃいねえんだからな」

それはすごい技倆《ぎりょう》だ——話半分としても。

「よろしい、その口の達者なところに、投資してやるわ」

涼子はトムとの間に悪魔どうしの微笑をかわした。

「それじゃ、マリちゃん、トムを立たせておやり。ああ、リュシエンヌ、副操縦士席をハックとかわって。それからマリアンヌ、拳銃をトムの口に突っこんで、操縦席につれていくのよ。手をほどくのは、それからでいいわ」

この用心深さには、あらためておどろいた。トムの本名が何というか知らないが、尋常な実力ではないらしい。

一対一ということにでもなったら、相討ちの覚悟が必要だろう。あるいは、生まれてはじめて、人を射殺することになるかもしれない。右翼好戦派《ウォー・ホークス》の政治家たちに利用される自衛官たちの苦衷《くちゅう》が、すこしだけわかった。ちなみに、私の上司は、全方位型好戦派である。

座席が交替された。マリアンヌはトムの口から拳銃を引きぬくと、一瞬の油断もなく、銃口を彼の後頭部に押しあて、背後に立った。モデルにでもなれば、年に何百万ドルのカネと人気にめぐまれるだろうに、薬師寺涼子なんていう極東の魔女に心酔《しんすい》したばかりに、こんなアコギな行為に加担しなくてはならない。かわいそうだな、と思うのだが、本人はとても幸福そうなので、凡庸《ぼんよう》な第三者がとやかくいうスジアイではないだろう。

たけりくるう大自然のなかで、ヘリは上下左右に揺れた。そのたびに岸本が悲鳴で効果音をあげる。

「もういいでしょ。ワイヤーをカットして。そこの黄色いボタンを押せばいいでしょ？」

ハックがあせりの声をあげた。

「ワイヤーが、からまってやがる！　スイッチを押しても外《はず》れねえ！」

海王星人・鈴木アキラは熱と煙のなかで、こわれた振子《ふりこ》のように回転している。彼の身体をグルグル巻きにしたガムテープの隙間から、純白の蒸気が噴き出していた。鈴木アキラを凍結させていた液体水素が、高熱で蒸発・気化しているのだ。

「ええい、この期におよんで、ラストシーンを安っぽくするとは！　あっさりとしたラストのほうが、観客の心にのこるものなのに！」

涼子の映画論はともかく、みすみす上司をいかせるわけにはいかない。

「待ってください、私がいきます」

「君は脇役なんだから、私の命綱をにぎってりゃいいの！　呂芳春《ルイ・ファンチュン》、そこのケースにフックつきのコードがはいってるから、取り出してちょうだい」

涼子はワイヤーを切断して、鈴木アキラを地獄へ突き落とすべく、ＪＡＣＥＳ製の特殊コードを自分のベルトにフックで引っかけた。昇降口をあける。ためらいなくワイヤーをつたっておりはじめる。

そのときだった。「ミレディ」の動きに心配げな目を向けたマリアンヌの、〇・五瞬の隙をついて、トムが電光石火、シートの下からスパナを引き出し、メカの一部にたたきつけたのだ。破片が飛んだ。

「撃ってみろよ、ヘリが墜ちるぜ。みんなまとめて地獄へまっさかさまだ」

「おい、やめろ、トム」

ハックが悲鳴をあげた。

「四五〇〇万ドルもくれるってのに、まだたりないのかよ。おれはてつだわないぜ。おれがいうのも何だが、身のほど《ハナ》を知れよ！」

「てめえなんぞ、最初からアテにしちゃいねえよ。小物野郎、これまで組んでやったのを感謝しな！」

「トム、てめえ……」

「おとなしくしてろ。そうすりゃ三五〇ドルぐらいはくれてやらあ」

考えてみれば、たいしたものだ。ハックは副操縦席にしがみついているし、リュシエンヌは主操縦席にすべりこんで、シビアな表情で操縦桿をつかんでいる。涼子は機外で乱気流に振りまわされながら、ワイヤーに超硬度鋼《ちょうこうどこう》のナイフで切りつけ、室町由紀子と貝塚さとみは、必死でコードをつかんでいる。

それ以外の五人を、トムは同時に相手どったのだ。もっとも、丸岡警部はあんまり、岸本はまったく、全然、すこしも、戦力として計算するわけにはいかないが、それでも一対三をトムは選んだのである。

せまい機内に殺気がたちこめる。

マリアンヌ、阿部巡査、それに私の三人。自分でいうのも何だが、実戦において水準以下の者はひとりもいない。というか、正直なところ、三人のなかでは私がいちばん弱いだろう。

大型ヘリとはいえ、機能的なだけに、ムダな空間がなく、それがよけいトムに有利だった、といえるかもしれない。加えて、トムには私や阿部巡査に欠けているもの

――兇暴な殺意があった。

V

スパナがたけだけしいうなり声をあげて、私の頭上を通過する。頭髪が飛散し、頭皮に暴風を感じた。

スネを蹴とばしてやろうとしたが、座席の肘かけにさまたげられる。阿部巡査が後ろから組みつこうとしたが、スパナで肉厚の肩を一撃された。トムが後ろ手だったので、全力をこめられなかったのが幸いである。

つぎの瞬間、何ごとが生じたのか、とっさには理解できなかった。

トムが苦痛の絶叫を放った。天井すれすれに跳躍したマリアンヌが、両腕でトムの右腕をはさみ、そのまま宙で全身をひねったのだ。力学のおもむくところ、トムの巨体は姿勢をくずした。両足がヘリの天井に衝突し、頭から床へ墜ちる。いや、そこには岸本がはいつくばっていた。水牛に落下された子豚は「キュウ」と鳴いてひらべったくなる。

一転して起きあがりかけたトムの形相はすさまじかったが、反撃にはいたらなかった。二ヵ所の急所を同時に衝《つ》かれたのだ。私は全体重をかけてトムのみぞおちを蹴りつけ、ベレーを天井にひっかけて黒髪をむき出しにしたマリアンヌは、ふたたび宙に舞って、トムのたくましいアゴを蹴りくだいていた。つい先刻、隙をつかれた、その怒りをたたきつけたのだ。

トムは大きくのけぞり、後転した。そこは開いたままの昇降口だった。かろうじて昇降口の縁をつかんだが、ここで満を持《じ》した阿部巡査の鉄拳がうなりをあげ、トムの鼻柱に強打をくらわせた。

宙に鼻血が散る。

ついに力つきたトムは、手を放した。そのまま熱と炎のなかへ転落しようとする。だが、彼にとどめをさしたのは、ごつくて人相が悪くても、まちがいなく天使だった。マリちゃんこと阿部巡査は、一発をくらわせたその手で、トムの手首をしっかりつかんだのだ。

私と視線があうと、阿部巡査は申しわけなさそうな表情をつくった。私は笑って――かなり殺伐とした笑いだったと思うが――その処置を承認した。

「マーク・トゥエインに免じて、赦《ゆる》してやっていいぞ」

「はい、文豪バンザイですね」

「またテープでしばっておいてくれ。ただし、今度は座席ごとだ」

「万能兵器ですねえ」

床の上から声がする。ひらべったくなった岸本が、案外ダメージのすくない顔つきで、レオタード・レッドを抱きしめている。

踏みつぶしてやろうかな。一瞬そう思ったが、これ以上の暴力ザタはたくさんである。だから身体の位置を変えるとき、背中を踏んづけてやるだけにした。

「警視、だいじょうぶですか!?」

声を発したときは、私はワイヤーに両手をかけて、機外に出ようとしていた。白い繊手《せんしゅ》が私の手首をつかむ。室町由紀子だった。

「泉田警部補、おちついて！」

すると席を立ってきたマリアンヌが、先ほどのケースをあけ、細いコードの先端についたフックを、私のベルトに引っかけた。強度を確認する動作をして、私に天使の笑みを向けてから、何のためらいもなく、むぞうさに私の身体を両手で押した。ポンと。

私の身体は機外に放り出された。たちまち自由落下状態になる。うずまく火煙と、たたきつけてくる軽石のなか、三秒で私は涼子と顔を突きあわせていた。

「泉田クン！」

「おまかせを」

自信も成算もなく、そう答えて、私は涼子の手に自分の手をそえた。超硬度鋼のナイフは、二人分の力でワイヤーにくらいつく。呼吸をあわせて、涼子と私はナイフをひとひねりした。ワイヤーは苦鳴《くめい》をあげて切断され、不気味な荷物とともに噴火口へ落下していった。

こうして、地球人の脅威となった海王星人・鈴木アキラは、全身をガムテープでグルグル巻きにされたあわれな姿で、マグマのなかへ消えていったのである。

あらたなマグマが、炎と熱の舌を吐き出し、灼熱の唾液を宙に散らした。ヘリでは、岸本もふくめて五人がかりでコードを引く。

「はやく！」

私に強くいわれて、まず涼子が、私の肩を踏み、機内にとびこむ。つづいて私。阿部巡査がスライドドアを音高く閉めた。

しばらくは、だれひとり声も出ない。マリアンヌに経口補水液をわたされた涼子が、ようやくへらず口をたたく元気を出した。

「せっかく、はるばる海王星から四〇億キロ以上の旅をつづけて、地球にたどりついたのにねえ。もうすこし友好的なフリをしておけば、太陽系連合に加盟することだってできただろうにさ」

「あのう……」

「何よ。君が変に下手《したで》に出てくるときは、お説教をはじめるとわかってるんだから」

「お説教なんてしませんよ、上司に向かって、そんなだいそれた……」

「じゃ、何よ」

「この機内にいる日本人七名は、全員、信用できます。岸本だって、よけいなことはいわないでしょう。問題は同盟国のふたりです」

一四本の視線がハックに集中した。

「お、おれはちゃんと仕事はしたし、裏切りもしなかったぞ。まさか、おれに危害を加えたりしないだろうな。同盟関係にヒビがはいって、国際問題になるぞ。おれの家族だって……」

「わめかなくてもいいわ。あんたには三五〇万ドルちゃんとあげるわよ。約束どおりにね」

ハックが全身で溜息をついた。その顔に生色がすこしずつもどってくる。涼子は、床にころがるトムに視線を向けた。

「さて、こいつには四五〇万ドルか」

「え、四五〇万ドルくれてやるんですか」

他人事《ひとごと》ながら、思わず声をたててしまった。誤解されたくないが、さんざん私たちに迷惑をかけたトムには、一セントもくれてやる必要はないように思われた。

「あたりまえよ。くれてやるって約束したんだから、約束は守るわ」

「でも、この人は一度ならず、あなたにさからったのよ」

室町由紀子まで疑念を呈する。涼子は経口補水液を私に手わたし、愉《たの》しそうに笑った。

「反抗したら報酬ゼロ、とはいってないしね。約束は守るわよ。ハックのやつは、三五〇万ドルの価値。このトムの悪党には、どのていどの価値があるか。四五〇万ドルをどうあつかうかでわかるってもんだわ」

こんな発想は、私には絶対できない。必要以上のおカネに縁のない人生を送ってきたから、それはしかたない。だが、私よりはるかに物質的に豊かな人生を送ってきた人々のなかに、涼子のような台詞を断言できる人が、どれほどいるだろう。「スケール」という単語が私の脳裏にちらつくのは、こういうときだ。

私は前方の窓に視線を送った。リュシエンヌとハックの頭ごしに、色彩が乱舞している。紅、黄、オレンジ、黒、白、褐色……。私たちは、日本のあたらしい領空を通過しつつあり、窓は降灰のため、しだいに視覚が悪くなってくる。

「それじゃ東京へ帰るとするか」

ようやく待望の一言が涼子の紅唇《こうしん》から流れ出して、同乗者たちが、程度の差こそあれ、安堵《ほっと》した。ただひとり、気絶しているトムをのぞいて。

彼がうめき声をあげて意識をとりもどそうとするたび、マリアンヌが誠意をこめて銃身で殴りつけるから、トムの頭はコブだらけだった。コブひとつ五〇万ドルと思えば廉《やす》いものだろう。

「で、どこに降りるんです？」

「そうね、とりあえず八丈島あたりにしとこうか。あの島ぐらい人目があれば、変なマネもできないし」

「津波がおこるかもしれませんよ。直接、横田《よこた》か厚木におりられませんか？」

「南の島がいいの！」

この口調だと、もしかしたらすでに八丈島のホテルを予約している可能性もある。

私は話題を変えた。

「もしかして、私たちは科学研究上、たいへんな罪を犯してしまったんじゃありませんか。正体不明の新種の生物を、研究も調査もせず、葬りさってしまって、よかったんですかね」

「研究？　調査？　フン」

涼子がせせら笑った。

「国立大学の文学部を廃止してしまえというような非文明国、研究だの調査だのほざく資格はない！」

「はあ、日本はそうかもしれませんが、国際機関が……」

「あのさ、泉田クン、人類が核エネルギーを発見していなかったとして、それでいま、こまることが何かある？　あたしはひとつも思いつかないけど」

「……私も、思いつきません」

涼子は満足げにうなずくと、変にゲンシュクそうな口調をつくった。

「海王星人・鈴木アキラ、はるばる外宇宙より来《きた》りて、ココロザシをとげず、この地に永眠す。憐《あわ》れむべきかな。ナムアミダブツ、アーメン、インシャラー」

海王星人でも、鈴木アキラという名前でもない、と思うが、いつものように私は言い負かされて沈黙した。

涼子がイヤに甘い声を出して、私の肩をたたいた。

「まあまあ、そう失望することもないって。縁があったらまたあえるわよ」

「あいたいわけじゃありませんよ！」

ヘリは一路、八丈島へ向かっている。一時間もすれば到着するだろう。初冬の陽は、まだ大部分水平線に隠れている。噴火と降灰は、はるか後方に置き去りにされた。すると、空と海の美しさがきわだって、皮肉なかぎりだが、この期《ご》におよんでようやくリゾート気分の残党が心の一隅にうごめいてきた。まったく、えらい目にあった二日間だった。涼子が不謹慎な手紙で刑事部長をだまくらかした、その天罰に、私たちも巻きこまれてしまったのだ。

ヘリは安定した飛行で北へ向かっている。

ふと、奇妙な想像が心の奥に湧きおこった。

涼子はなぜ手紙にこの島のことを書いたのだろう。追いやられるに決まっているのに。もしかして、先月、寒い寒いシベリアで苦労した部下たちに亜熱帯リゾートの気分を味わわせてやりたくて……？　まさかね。

つぎの瞬間、私の甘い幻想は、海王星の氷のように凍《い》てついた。

「まったく、政府も警察も軍隊も、男どもにまかせておいたらダメになる一方ね。あたし、そろそろ本気で世界征服計画にとりかかろうかな」

解説──海からやって来たものの正体とは

遠藤　遼（作家）

ああ、おもしろかった。

〈薬師寺《やくしじ》涼子《りょうこ》の怪奇事件簿〉シリーズはどれもこれも、その一言に読後感がまずは集約される。「解説」ということになっているのだが、いまさら何を解説しても蛇足のようで困るのだ。ちなみに手元の『広辞苑《こうじえん》』で「解説」を引いてみると、「よくわかるように物事を分析して説明すること。また、その説明」とある。本シリーズのおもしろさは「読めばわかる」なのだが、あらためてその説明の努力をしてみたい。

実はこの「読めばわかる」がすごいことなのだ。

本シリーズが講談社文庫から刊行されるのは久しぶりなので、初見の読者の便宜も考慮して多少詳しく述べる。一九九六年発刊の『魔天楼《まてんろう》』を皮切りに『東京ナイトメア』『巴里《パリ》・妖都変《ようとへん》』『クレオパトラの葬送』『黒蜘蛛島《ブラックスパイダー・アイランド》』『夜光曲』『霧の訪問者』『水妖日《すいようび》にご用心』『魔境の女王陛下』と続き、本作『海から何かがやってくる』まで（ノベルス版ではさらに『白魔のクリスマス』が出ています）、どのタイトルを見てもオシャレでエスプリすら感じさせ、要するにおもしろそうであり、現におもしろい。

一冊読めばさらにほかのものが読みたくなる。本書を読み終え、興奮冷めやらぬままに思わず既刊の小説をすべて読み返し、さらに講談社から発刊されている漫画版もぜんぶ読み返してしまった。そのせいで目下、自分自身の原稿が遅れてピンチなのはあくまでもこの物語のおもしろさゆえの悲劇であると、ご理解いただきたいところである。

これらの作品群の魅力はどこにあるのか。言うまでもなく、唯一にして無二の女性主人公「薬師寺涼子」という女王サマの存在だろう。本書での登場はこうだ。

一〇〇〇万ドルの美景だ。茶色っぽい髪をショートにした、満開の紅《べに》バラのごとき美女。プロポーションも完璧《かんぺき》で、アンドロイド的ですらあるが、豊かで新鮮な血色《けつしょく》と、野心的かつ好戦的にかがやく瞳が、地球の生命体であることを雄弁に証明している。

彼女の名は薬師寺涼子。年齢は二七歳。東京大学法学部を首席で卒業して、現在は警視庁刑事部参事官、階級は警視。将来は、史上初の女性警視総監との呼び声も高い、キャリア官僚の華《はな》である。

この絶世の美女が水着姿で登場するのである。お涼ご用達の普段の競泳タイプのワンピースではなく、繊維《せんい》を思いきり節約したビキニ姿で。それは「一〇〇万ドルの美景」に違いない。

どの巻でもかくの如《ごと》く美の形容をほしいままに鮮烈に登場するお涼が、美貌のみならず明晰《めいせき》な頭脳と無尽蔵の財力と情報網と、それらのすべてを凌駕《りょうが》するほどの手段を選ばぬ破壊の女神ぶりで悪役相手にこれでもかと暴れ回るのだ。その懲悪ぶりは痛快無比としか表現しようのないほどの徹底ぶり。何しろ最初の物語『魔天楼』においては結果論ながら活躍の返す刀で警察庁と警視庁のいちばん偉い人の首を飛ばしてしまったのだから。ついたあだ名が「ドラよけお涼」――ドラキュラもよけて通るお涼さま、である。ドラゴンでもドラえもんでもないところがミソだ。「すぐれた敵より無能な味方のほうが腹が立つ、ってのは古今《ここん》の真理ね」という本書の台詞《せりふ》は、お涼の人物観を極めて端的に表している。彼女は絶対の女王サマとして物語に君臨しているのだ。このシリーズは〈薬師寺涼子の怪奇事件簿〉。彼女にしか解決できない「怪奇」事件が押し寄せてくるからである。

お涼と共に縦横無尽の活躍をする登場人物たちも俗に言う「キャラが立った」逸材ばかりである。まずは物語の語り手でもある泉田準一郎《いずみだじゅんいちろう》警部補。彼はお涼の部下にして臣下にして椅子にして世界征服の協力者である。お涼の活躍については「小人《しょうじん》、閑居《かんきょ》して不善《ふぜん》をなす。ドラよけお涼、独居《どっきょ》して奸謀《かんぼう》をめぐらす」という客観的な視点を持っていながら、お涼の心情については朴念仁《ぼくねんじん》のたたき売り状態という人物である。

次に、お涼に心酔するマリアンヌとリュシエンヌのパリメイドコンビ。お涼の世界征服のための先兵であると同時に目の覚めるような美少女たちである。さらには通称「お由紀《ゆき》」こと、警視庁警備部参事官の室町由紀子《むろまちゆきこ》警視は長い黒髪とメガネの似合う美人。何でもありのお涼を危険視しているが、正義の人としてときに協力し、ときに反発し、場合によってはお涼と女子中学生なみの言い合いをしながら、表に出せない「怪奇」の辻褄《つじつま》を合わせる苦労の人。そのお由紀の部下で全世界のオタク・ネットワークの要人であるキャリア警部補の岸本明《きしもとあきら》。――これらの登場人物がおのおのの意志を持って走り回るのだ。物語は否《いや》が応《おう》でも盛り上がる。

お涼は警視庁刑事部参事官であり、警視庁のえらい人であるから、泉田くん以外にも部下が存在する。プロレスラー並みの体躯《たいく》と強面《こわもて》ながら、実は敬虔《けいけん》なクリスチャンで休日にはボランティア活動にいそしむ阿部真理夫《あべまりお》巡査。元は捜査三課の敏腕刑事だった貝塚《かいづか》さとみ巡査。香港《ホンコン》フリークで「呂芳春《ルイ・ファンチュン》」というソウルネームを持つ貝塚さとみ巡査。元は捜査三課の敏腕刑事だったが五〇代後半で残り少ない警察人生の平和を祈りつつ日々を過ごす丸岡《まるおか》警部。本作においては、お涼の部下が総出で怪奇に体を張っている。いつもなら警視庁《ほんしゃ》との連絡専任の丸岡警部が腰の痛みと闘いながら怪奇に立ち向かおうとする背中には感動を覚えた（もっとも、途中から丸岡警部は最前線を離れるが。お涼は決して部下を理不尽に戦場に送るタイプの上司ではないのだ。泉田くん？　信頼と鈍感の代償でしょう）。

このような登場人物たちに、本作でいろいろと立ち向かわなければならない海保、海自、大臣などは——その九九・九％はお涼のせいなのだが——ご愁傷さまと言うほかはない。同時にこのように多岐にわたる利害関係者がおのおの立場でどのように振る舞っているのかも本作の見所のひとつである。

怪奇を相手にする物語やゲームは、主人公側に制約があることが多い。限られた人員とアイテムを駆使して怪奇に対して満身創痍《まんしんそうい》になりながらも勝利を収める。エンドクレジットは血と煤《すす》にまみれた主人公への勲章なのだ。そうでなければ、ハラハラドキドキ感とラストの痛快さが満たされず、物語として成立しないのである。ところが、このシリーズは違う。お涼に血と煤は似合わない。優雅に軽やかにハイヒールとタイトなミニスカートに埃《ほこり》のひとつもつけずに敵を完膚なきまでに叩《たた》きのめす。勝利のためには常に前線に立って戦い、知識も財も、法律ぎりぎりな華麗な戦闘行為も何でもあり――。実際に物語として「何でもあり」の展開を書きたくても破綻するのが凡人というものだが、それを破綻どころか最高のエンターテインメントに仕上げているのが作者である田中芳樹先生の凄《すご》さである。それもただの空想物語ではない。本書ならトロイ戦争から太宰治《だざいおさむ》、小笠原諸島《おがさわらしょとう》の歴史まで田中芳樹先生の博覧強記ぶりが発揮されながら、それらが物語の邪魔どころか深みを与えている。かつ、あくまで読み口は軽い。もはや名人芸の領域と言うほかない。

ここまで書いて、少し悩んだ。三度くらい考えたが、本作について、より正確にはいまの時期の本作について、触れずにおけないと思うのであえて書く。

このシリーズでは執筆当時の政治がらみの出来事がデフォルメされ、書かれている。ドベノミクスとか。故・桂歌丸《かつらうたまる》師匠の大喜利における政治風刺のように、ぶすりとくる。ただ、本作が祥伝社のノベルス版で発刊されてから現在までの間に、われわれは——日本人だけではない。全人類である——未曾有の禍《わざわい》に直面した。新型コロナウイルスである。本文中に、アメリカ南北戦争についての説明がある。お涼によると、「アメリカの場合、南北戦争における死者はざっと六二万人。これは、第一次大戦、第二次大戦、朝鮮戦争、ベトナム戦争をあわせた死者より、ずっと多いのよ」だそうだ。この解説を書いている二〇二一年七月末現在において、新型コロナウイルスによるアメリカの死者は六一万人超え。本書が読まれている段階では南北戦争の戦没者数を超えているかもしれない。アメリカだけではない。同じく二〇二一年七月末現在、世界中で新型コロナウイルスによる死者は四〇〇万人を突破し、累計感染者数は二億人に迫っている。ロックダウンや緊急事態宣言などが発令され、新型コロナウイルスの影響により被《こうむ》った有形無形の損失は文字通り計り知れない規模となり、自殺者の増加などにもつながった。

コロナ禍を生きるわれわれにとって、本作で描かれている世界はある種の郷愁すら伴う情景である（現在ノベルス版のみの『白魔のクリスマス』もコロナ禍以前の作品である）。「三密」もなく、マスクもなく、法的根拠の曖昧な「自粛要請」なる珍奇な言葉もまだなかった世界。辛辣な政治批判さえもが懐かしい。現在の立場で読み返したとき、われわれは本書に描かれる警察、海保、海自、政治家など縦割り行政での危機管理のむなしさをいかに受け止めるべきか。すべてが現在進行形のわれわれには、難しい問いだ。

せめてこんなときだからこそ、お涼の、胸すくばかりの大活劇を心ゆくまで味わおうではないか。物語はかくあるべし、である。「あやまってすむなら、あたしは要《い》らない！」と啖呵《たんか》を切り、「全軍突撃《ヤシヤスイーン》」と叫んでとうとう物語の垣根すら超越してしまった勝利の女神。一度ならず自らに逆らった悪党にも——お由紀でさえ反対したのに——約束通りの四五〇万ドルを払い、その使い途《つかみち》で人物判定しようとする度量ある女王陛下。ついに世界征服へ腰を上げようとするお涼こそ、『海から何かがやってくる』の正体だったのではないかと共に慄然としようではないか。

それにしても、コロナ禍の世界よりも、お涼による世界征服の方がきっと……と何とも甘美な誘惑を感じてしまうのは、お涼ファンに共通する想《おも》いかもしれない。

本書は二〇一五年九月、祥伝社ノン・ノベルとして刊行されました。

|著者|田中芳樹　1952年熊本県生まれ。学習院大学大学院修了。'77年『緑の草原に……』で第3回幻影城新人賞、'88年『銀河英雄伝説』で第19回星雲賞、2006年『ラインの虜囚』で第22回うつのみやこども賞を受賞。壮大なスケールと緻密な構成で、SFロマンから中国歴史小説まで幅広く執筆を行う。著書に『創竜伝』、『銀河英雄伝説』、『タイタニア』、『薬師寺涼子の怪奇事件簿』、『岳飛伝』、『アルスラーン戦記』の各シリーズなど多数。近著に『創竜伝15〈旅立つ日まで〉』などがある。

田中芳樹公式サイトURL　http://www.wrightstaff.co.jp/

海《うみ》から何《なに》かがやってくる　薬師寺涼子《やくしじりょうこ》の怪奇事件簿《かいきじけんぼ》

田中芳樹《たなかよしき》

講談社文庫

定価はカバーに
表示してあります

2021年10月15日第1刷発行

発行者――鈴木章一
発行所――株式会社　講談社
東京都文京区音羽2-12-21　〒112-8001
電話　出版　(03)　5395-3510
　　　販売　(03)　5395-5817
　　　業務　(03)　5395-3615

Printed in Japan

KODANSHA

デザイン―菊地信義
本文データ制作―講談社デジタル製作
印刷―――大日本印刷株式会社
製本―――大日本印刷株式会社

ISBN978-4-06-525734-0

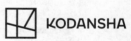

講談社文庫刊行の辞

二十一世紀の到来を目睫に望みながら、われわれはいま、人類史上かつて例を見ない巨大な転換期をむかえようとしている。

世界も、日本も、激動の予兆に対する期待とおののきを内に蔵して、未知の時代に歩み入ろうとしている。このときにあたり、創業の人野間清治の「ナショナル・エデュケイター」への志を現代に甦らせようと意図して、われわれはここに古今の文芸作品はいうまでもなく、ひろく人文・社会・自然の諸科学から東西の名著を網羅する、新しい綜合文庫の発刊を決意した。

激動の転換期はまた断絶の時代である。われわれは戦後二十五年間の出版文化のありかたへの深い反省をこめて、この断絶の時代にあえて人間的な持続を求めようとする。いたずらに浮薄な商業主義のあだ花を追い求めることなく、長期にわたって良書に生命をあたえようとつとめるところにしか、今後の出版文化の真の繁栄はあり得ないと信じるからである。

同時にわれわれはこの綜合文庫の刊行を通じて、人文・社会・自然の諸科学が、結局人間の学にほかならないことを立証しようと願っている。かつて知識とは、「汝自身を知る」ことにつきていた。現代社会の瑣末な情報の氾濫のなかから、力強い知識の源泉を掘り起し、技術文明のただなかに、生きた人間の姿を復活させること。それこそわれわれの切なる希求である。

われわれは権威に盲従せず、俗流に媚びることなく、渾然一体となって日本の「草の根」をかたちづくる若く新しい世代の人々に、心をこめてこの新しい綜合文庫をおくり届けたい。それは知識の泉であるとともに感受性のふるさとであり、もっとも有機的に組織され、社会に開かれた万人のための大学をめざしている。大方の支援と協力を衷心より切望してやまない。

一九七一年七月

野間省一

講談社文庫 最新刊

辻村深月
噛みあわない会話と、ある過去について
あなたの「過去」は大丈夫？ 無自覚な心の裡をあぶりだす〝鳥肌〟必至の傑作短編集！

砥《と》上《がみ》裕《ひろ》將《まさ》
線は、僕を描《えが》く
喪失感の中にあった大学生の青山霜介《あおやまそうすけ》は、水墨画と出会い、線を引くことで回復していく。

今野　敏
エムエス〈継続捜査ゼミ2〉
容疑者は教官・小早川《こばやかわ》？ 警察の「横暴」に美しきゼミ生が奮闘。人気シリーズ第2弾！

重松　清
どんまい
苦労《ピンチ》のあとこそ、チャンスだ！ 草野球に、人生の縮図あり！ 白球と汗と涙の長編小説。

佐々木裕一
雲雀《ひばり》の太刀〈公家武者 信平《のぶひら》(十)〉
江戸泰平を脅かす巨魁と信平、真っ向相対峙す！ 大人気時代小説4ヵ月連続刊行！

望月麻衣
京都船岡山アストロロジー
占星術×お仕事×京都。心迷ったときは船岡山珈琲店へ！ 心穏やかになれる新シリーズ。

碧野　圭
凛として弓を引く
神社の弓道場に迷い込んだ新女子高生。いつしか弓道に囚われた彼女が見つけたものとは。

西村京太郎
十津川警部　両国駅3番ホームの怪談
両国駅幻のホームで不審な出来事があった。目撃した青年の周りで凶悪事件が発生する！

楡　周平
サリエルの命題
新型インフルエンザが発生。ワクチンや特効薬の配分は？ 命の選別が問われる問題作。

創刊50周年新装版

浅田次郎
日輪の遺産〈新装版〉
戦争には敗けても、国は在る。戦後の日本を守るために散った人々を描く、魂揺さぶる物語。

麻耶雄嵩
夏と冬の奏鳴曲《ソナタ》〈新装改訂版〉
発表当時10万人の読者を唖然とさせた本格ミステリ屈指の問題作が新装改訂版で登場！

講談社文芸文庫

磯﨑憲一郎

鳥獣戯画／我が人生最悪の時

解説＝乗代雄介　年譜＝著者

いＡＢ１

「私」とは誰か。「小説」とは何か。一見、脈絡のないいくつもの話が、〝語り口〟の力で現実を押し開いていく。文学の可動域を極限まで広げる21世紀の世界文学。

978-4-06-524522-4

蓮實重彥

物語批判序説

解説＝磯﨑憲一郎

はＭ５

フローベール『紋切型辞典』を足がかりにプルースト、サルトル、バルトらの仕事とともに、十九世紀半ばに起き、今も我々を覆う言説の「変容」を追う不朽の名著。

978-4-06-514065-9

講談社文庫　目録

葉室　麟　山月庵茶会記
葉室　麟　津軽双花
長谷川　卓　獄《がく》神《じん》〈上・白銀《しろがね》渡り〉〈下・湖底の黄金〉
長谷川　卓　嶽《がく》神《じん》伝《でん》　無《む》坂《さか》(上)(下)
長谷川　卓　嶽《がく》神《じん》伝《でん》　孤《こ》猿《えん》(上)(下)
長谷川　卓　嶽《がく》神《じん》伝《でん》　鬼《き》哭《こく》(上)(下)
長谷川　卓　嶽神列伝　逆《さか》渡《わた》り
長谷川　卓　嶽《がく》神《じん》伝《でん》　血路
長谷川　卓　嶽《がく》神《じん》伝《でん》　死地
長谷川　卓　嶽神伝　風花(上)(下)
原田マハ　夏を喪くす
原田マハ　風のマジム
原田マハ　あなたは、誰かの大切な人
羽田圭介　コンテクスト・オブ・ザ・デッド
花房観音　恋塚
畑野智美　海の見える街
畑野智美　南部芸能事務所
畑野智美　南部芸能事務所 season2 メリーランド
畑野智美　南部芸能事務所 season3 春の嵐
畑野智美　南部芸能事務所 season4 オーディション
畑野智美　南部芸能事務所 season5 コンビ
早見和真　東京ドーン
はあちゅう　半径5メートルの野望
はあちゅう　通りすがりのあなた
早坂　吝《やぶさか》　○○○○○○○○殺人事件
早坂　吝　虹の歯ブラシ〈上木《かみき》らいち発散〉
早坂　吝　誰も僕を裁けない
早坂　吝　双《そう》蛇《じゃ》密室
浜口倫太郎　22年目の告白〈―私が殺人犯です―〉
浜口倫太郎　廃校先生
浜口倫太郎　A　I　崩壊
原田伊織　明治維新という過ち〈日本を滅ぼした吉田松陰と長州テロリスト〉
原田伊織　列強の侵略を防いだ幕臣たち〈続・明治維新という過ち〉
原田伊織　〈明治維新という過ち・完結編〉虚像の西郷隆盛　虚構の明治150年
原田伊織　三流の維新　一流の江戸〈明治は「徳川近代」の模倣に過ぎない〉
萩原はるな　50回目のファーストキス
葉《は》真《ま》中《なか》顕《あき》　ブラック・ドッグ
原　雄一　宿命〈國松警察庁長官を狙撃した男・捜査完結〉
平岩弓枝　花嫁の日
平岩弓枝　花祭
平岩弓枝　青の伝説
平岩弓枝　はやぶさ新八御用旅(一)〈東海道五十三次〉
平岩弓枝　はやぶさ新八御用旅(二)〈中仙道六十九次〉
平岩弓枝　はやぶさ新八御用旅(三)〈日光例幣使道の殺人〉
平岩弓枝　はやぶさ新八御用旅(四)〈北前船の事件〉
平岩弓枝　はやぶさ新八御用旅(五)〈諏訪の妖狐〉
平岩弓枝　はやぶさ新八御用旅(六)〈紅花染め秘帳〉
平岩弓枝　新装版 はやぶさ新八御用帳(一)〈大奥の恋人〉
平岩弓枝　新装版 はやぶさ新八御用帳(二)〈江戸の海賊〉
平岩弓枝　新装版 はやぶさ新八御用帳(三)〈又右衛門の女房〉
平岩弓枝　新装版 はやぶさ新八御用帳(四)〈鬼勘の娘〉
平岩弓枝　新装版 はやぶさ新八御用帳(五)〈御守殿おたき〉
平岩弓枝　新装版 はやぶさ新八御用帳(六)〈春月の雛〉
平岩弓枝　新装版 はやぶさ新八御用帳(七)〈寒椿の寺〉
平岩弓枝　新装版 はやぶさ新八御用帳(八)〈春怨　根津権現〉
平岩弓枝　新装版 はやぶさ新八御用帳(九)〈王子稲荷の女〉
平岩弓枝　新装版 はやぶさ新八御用帳(十)〈幽霊屋敷の女〉

講談社文庫　目録

2021年9月15日現在